龍鳳呈祥 5

風文創 376

慕童 著

謝家 人物關係表

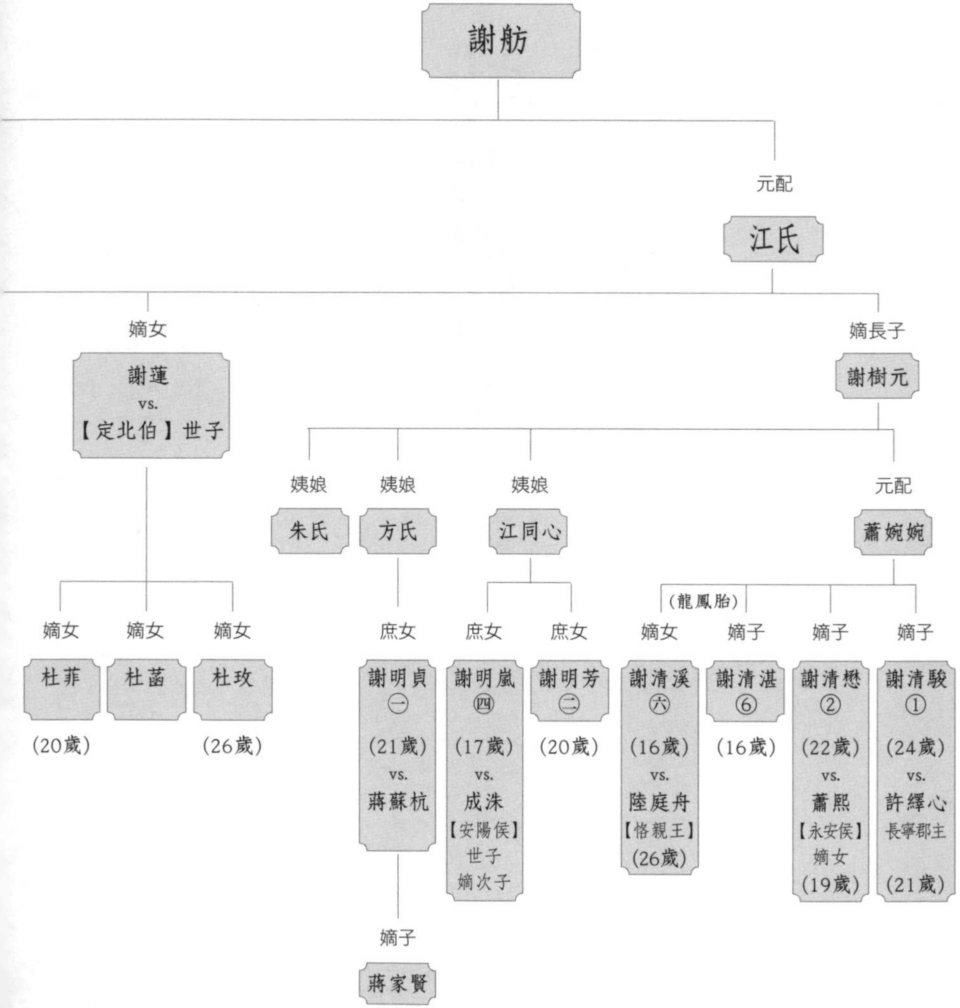

註1：年紀以女主角謝清溪16歲成親那年來計算。
註2：①～⑧為謝家男子在同輩間的族中排行。
註3：㊀～㊈為謝家女子在同輩間的族中排行。

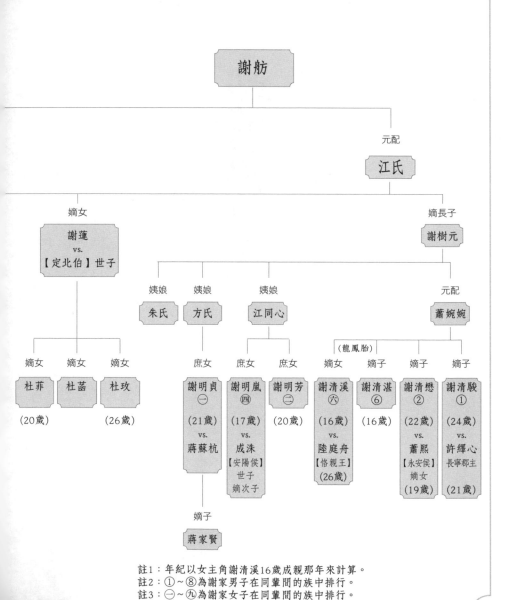

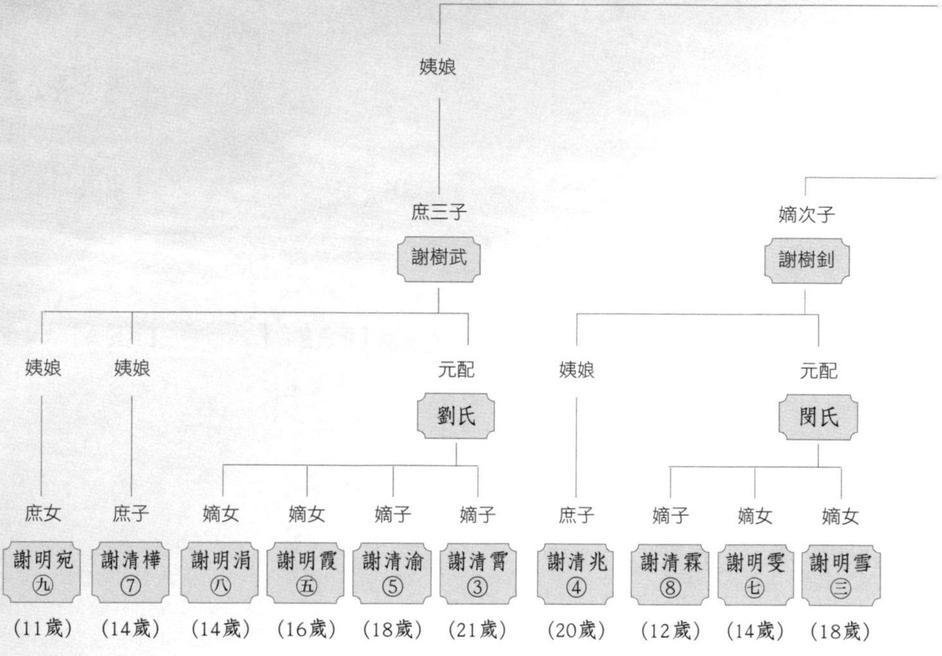
姨娘
庶三子
謝樹武
嫡次子
謝樹釗
姨娘
姨娘
元配
劉氏
姨娘
元配
閔氏
庶女
謝明宛 ㊈
(11歲)
庶子
謝清樺 ⑦
(14歲)
嫡女
謝明涓 ㊇
(14歲)
嫡女
謝明霞 ㊄
(16歲)
嫡子
謝清渝 ⑤
(18歲)
嫡子
謝清霄 ③
(21歲)
庶子
謝清兆 ④
(20歲)
嫡子
謝清霖 ⑧
(12歲)
嫡女
謝明雯 ㊆
(14歲)
嫡女
謝明雪 ㊂
(18歲)

大齊朝皇室人物關係表

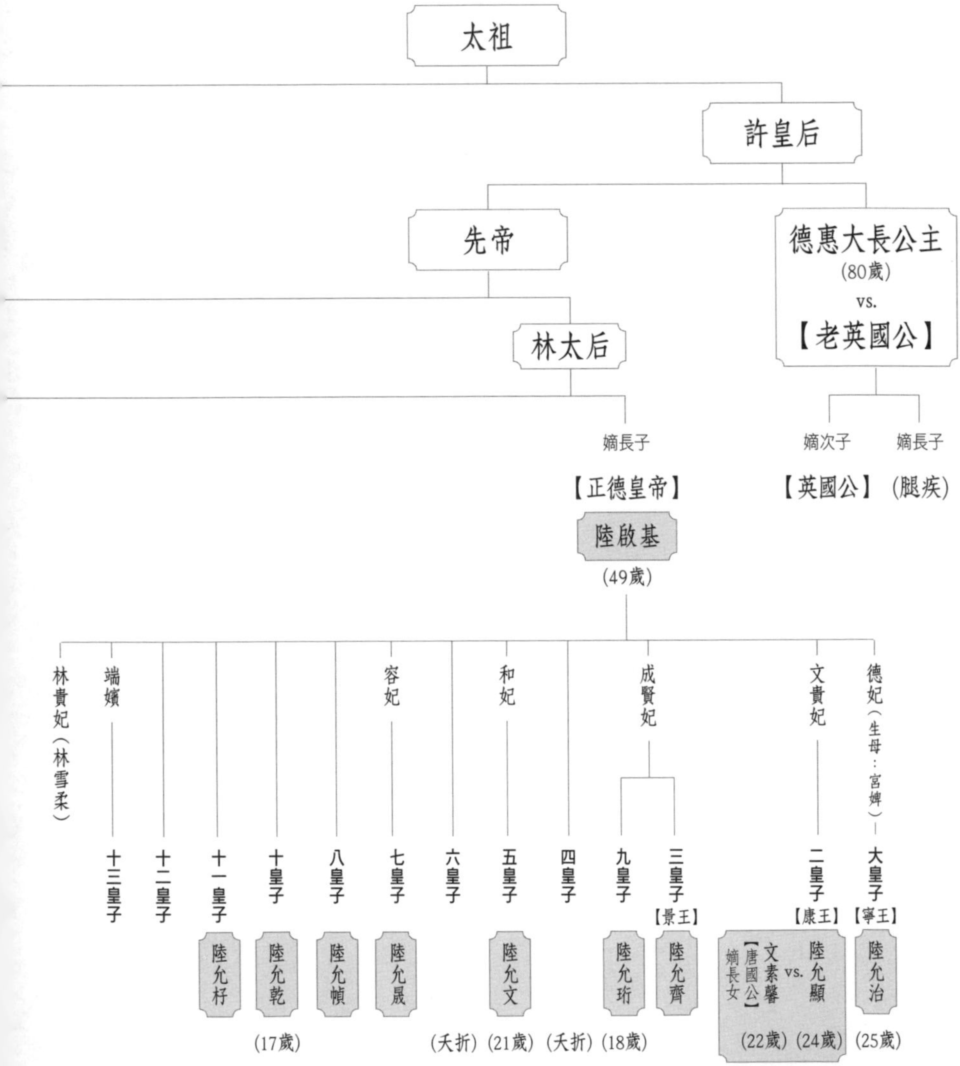

註1：年紀以女主角謝清溪16歲成親那年來計算。

X嬪

汝寧大長公主
vs.
【武寧侯】

郝宸妃

福清長公主

永嘉長公主

庶五子
(宮變，歿)

庶四子
(宮變，歿)

庶三子
【成親王】
vs.
成王妃

端敏郡主
vs.
【威海侯】世子

世子
陸允珉
vs.
楊善秀
閣老嫡幼女

庶二子
(圈禁至死)

嫡六子
【恪親王】
陸庭舟
(26歲)
vs.
謝清溪
恪王妃
(16歲)

蕭家 人物關係表

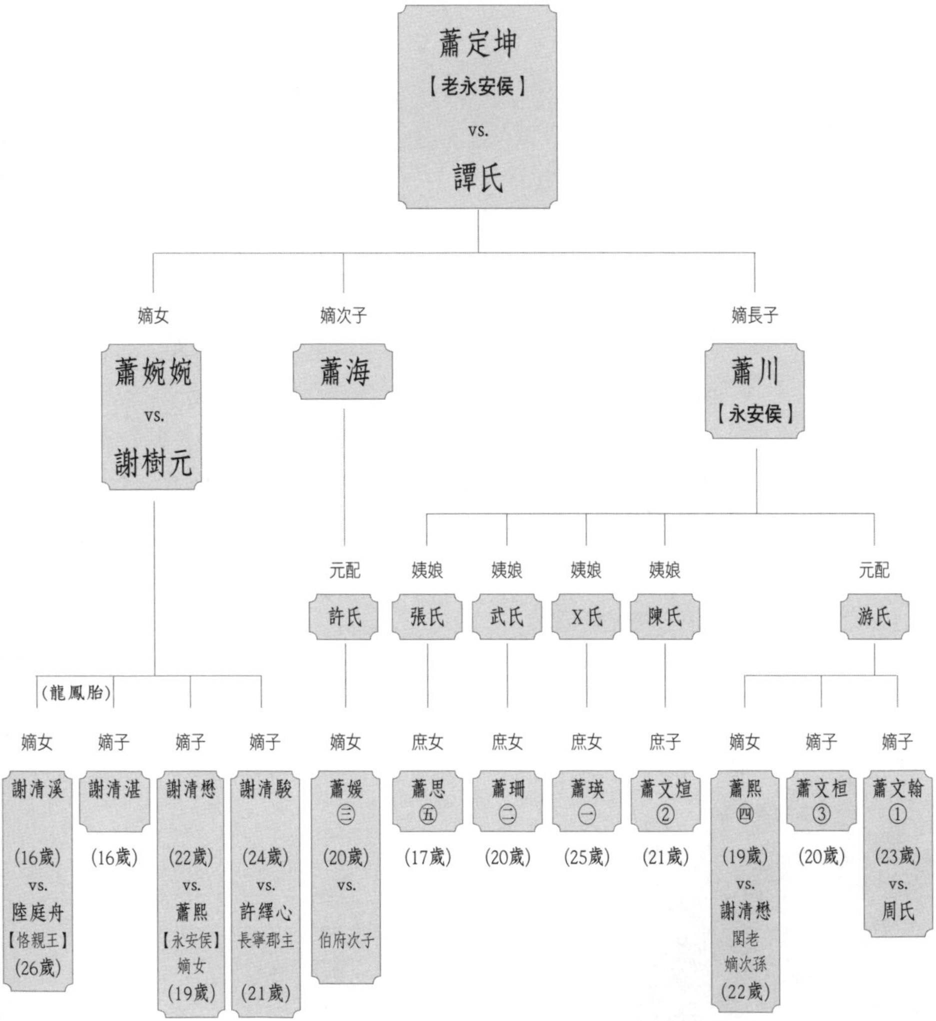

註1：年紀以女主角謝清溪16歲成親那年來計算。
註2：①～③為蕭家男子在同輩間的族中排行。
註3：㊀～㊄為蕭家女子在同輩間的族中排行。

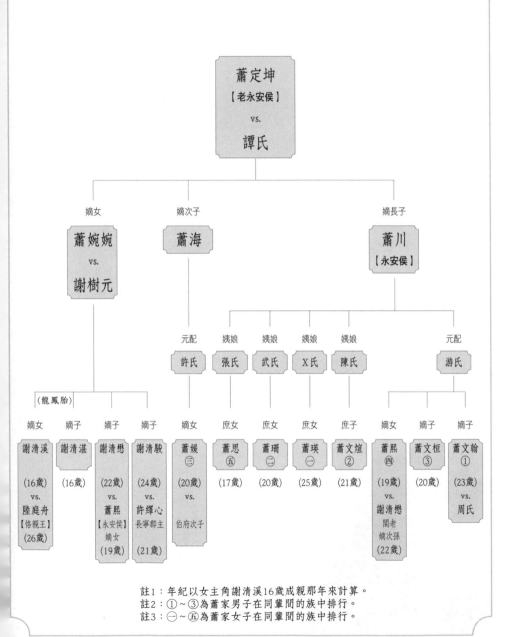

風 文創 376

目錄

第四十一章

欽天監這會兒倒是挺迅速的，很快就算出正德十八年六月十六日乃是吉日，內務府便通知了謝家。蕭氏這幾年早就在準備兒子的婚事，所以聘禮自然也是早早地準備好了。

而晉陽許家那邊，一聽說許繹心被皇上賜婚了，就將嫁妝送往了京城，晉陽公也上了摺子，希望皇上准許他進京送女兒出嫁，皇上自然是答應的。

謝清溪對於謝清駿要成親的事情一直沒有實際的概念，可是等她真的看見試穿大紅喜服的謝清駿站在自己面前時，她的眼淚一下子就掉了下來。

「大哥哥，你不要成親了……」謝清溪抱著謝清駿就嚎啕大哭。

蕭氏氣得恨不能拿家法伺候她！妳說說，妳大哥哥都多大年紀了，妳還拉著大哥哥同妳一塊兒玩不成親，妳這不是禍害他嘛！

所以謝清溪被嚴厲教訓，今年九月十五日謝清懋大婚的時候，不許再說這種話。不過蕭氏又用懷柔政策哄她，說要是二哥哥成親了，蕭熙就能住到他們家裡來陪她玩了。

結果這話說了，謝清溪反倒哭得更厲害了。

其實，謝清溪也不是那麼不懂事，真的不想讓謝清駿成親，她只是太傷心了，覺得大哥哥要是成親的話，就會屬於另外一個人的，以後最喜歡的人就再也不是她了。

謝清溪是真的覺得傷心，從謝清駿出現在她的生命中開始，她就最喜歡大哥哥了，不管謝清駿是說話也好、做事也好，她從來都覺得「我的大哥哥是天底下最好的」啊！

「哎喲喲，妳看看妳哭的！」謝清湛瞧她眼睛哭得跟小核桃似的，忙拿出帕子就給她擦，一邊擦還一邊說：「以後我成親了，妳要是哭得比現在輕，那我可得找妳算帳了。」

「你成什麼親啊？你不是說要養我一輩子的？」謝清溪伸手就奪過他手中的帕子，哭哭啼啼地說道。

「……」謝清湛憋了半天才道：「那我成親了，也可以養妳一輩子啊！」

「我才不要呢！到時候你和你媳婦甜甜蜜蜜的，就剩我一個孤家寡人了，你想得美呢！」謝清溪很是不高興地說道。

旁邊的謝清駿聽著他們倆鬥嘴，只笑著搖頭。謝清溪那眼淚就跟斷了線的珠子一般，一直往下落，他用指腹擦了擦她的眼角，又伸手拿過她手裡的帕子，瞧見上頭已濕了一大片。

「清溪，真的不想大哥哥成親？」謝清駿認真地問道。

謝清湛見他大哥問得這麼認真，立即心底咯噔了一聲，趕緊打岔道：「大哥，你別聽溪溪這麼說，她就是撒撒嬌而已！」

這會兒謝清溪哭得不能自已，其實有時候人就是這麼奇怪。明明只是一件小事，可是卻能勾住心底最傷感的情緒，一下子就能嚎啕大哭出來。

謝清駿見她哭得簡直是停不下來，又問道：「妳是真的不想哥哥成親嗎？」

這會兒別說謝清湛聽出問題了，就連坐在一旁的謝清懋都朝他瞧了兩眼。

謝清湛尷尬地笑了兩聲，趕緊勸道：「大哥，溪溪性子來得快去得也快，你哄哄她就是了。」

「妳要是真不喜歡，大哥哥就不成親了。」

結果謝清駿這話一說出口，嚇得謝清湛差點抱著他的大腿哀嚎一聲：大哥，千萬不要啊！

幸虧這會兒蕭氏早被謝清駿勸走了，只留了他們兄弟三人在這處，否則又得發火了。

「溪溪，妳快別哭了呀！妳看，因為妳哭成這樣，大哥心疼妳，都不要成親了！」謝清湛趕緊拉著她的袖子勸。

結果謝清溪又一邊哭一邊拉著謝清駿的袖子說：「大哥哥，你千萬別這樣，我就是哭哭而已……」

「可妳這麼哭，哥哥怎麼能忍心呢？哥哥不願意讓妳傷心。」謝清駿溫和地說道，連亮若星辰的眸子都浸滿了溫柔。

謝清溪趕緊拿帕子擦了擦眼淚，說道：「大哥哥，我不哭了……」結果話剛說完，她猛地打了一個嗝。她捂著嘴巴，朝面前的三個哥哥看，只見其他兩人都還好，唯謝清湛笑得險些岔過一口氣去。

「我——嗝！」謝清溪再要說話，又是一個響亮的打嗝聲。

「哈哈……」謝清湛指著她就開始笑。

謝清溪這會兒只能捂著嘴，不敢再張口了。

謝清駿讓丫鬟倒了一杯水過來，結果她一連喝了三杯，該打嗝還是打嗝。

待好不容易治好了謝清溪的打嗝後，謝清駿這才帶著兩個弟弟離開。

走到園子裡的時候，謝清湛有些佩服地看了他大哥一眼。「大哥，論咱們家最能治得住清溪的，也就你了，連爹娘都比不上你呢！」

「清溪只是一時轉不過彎罷了，你也別老是逗她。」謝清駿不忘教訓他。

謝清湛呵呵笑了一下，說道：「大哥，我看你別老是這麼慣著她吧？待日後她自個兒也嫁人了，難不成還能把你帶到她婆家去？」

謝清駿突然皺了皺眉。

一旁的謝清懋突然輕笑一聲。「她若是不願去，招個上門女婿就是了。」

謝清湛目瞪口呆地看著他二哥。我的兩位哥哥，咱疼妹妹能有個限度嗎？

這幾天謝府的下人都很是小心，因為六姑娘的心情是真的不好。

這會兒，謝清溪都覺得她很能體會到林黛玉葬花時候的心情了，那個悲春傷秋的。

謝清駿對於她這種「大哥哥成親之後就再也不會疼我」的想法，是真的覺得啼笑皆非，因此他很快就答應謝清溪，等天氣暖和了就帶她去騎馬踏青。

謝清溪自從回京之後，就再沒機會去騎馬了，一聽之下，只覺得心底的陰霾都去了一半。

蕭氏看著她直搖頭，她這個閨女唷……

整個謝府因為這兩門婚事，都開始忙碌了起來。雖謝府每年都有整修，不過如今謝清駿和謝清懋既然要成親了，自然就要分了自己的院子住，因此蕭氏開始讓工匠將謝府花園東邊的一排房子圍了一圈的圍牆，變成一個獨立的小院子。

大房這邊歡天喜地的，二房自然也不甘示弱。謝明雪也開始議親了，只是不知誰嚼舌根，竟是將三姑娘和安陽侯府長房嫡次子在議親的事情傳得到處都是，整個謝府都知道了。

有朱砂這個包打聽在，謝清溪自然也知道了，不過她知道的結果就是又一陣傷感。連一向看她不順眼的三堂姊都要嫁人了，人生真是寂寞如雪啊……

三月上巳節，是一年之中，女子難得能出門的節日。謝清駿之前便已經答應要帶謝清溪出門踏青，所以早早便準備起來了。

這會兒謝清溪把朱砂和丹墨都帶著，原本她還邀請蕭熙一塊兒去的，結果蕭氏卻是不同意，只說如今謝清懋和蕭熙的婚事都已經定下來了，兩人不好在婚前再見面，所以最後只能是謝家三兄弟帶著謝清溪一塊兒出門。

不過他們去的是城外的莊子上，而謝家的其他姑娘，則是去了城中的上水河。

三月春光，草長鶯飛，在城內的時候尚且看不出這不同來，可等馬車往郊外走的時候，一掀開簾子，滿目都是青蔥的草綠色，看著真是讓人心曠神怡。

此時馬車是從官道上走的，兩邊都是稻田，這會兒稻苗已經栽了下去，在莊稼地裡冒出青青的頭。遠處是一片鬱鬱蔥蔥的樹木，打眼看過去，就見樹木都以茂盛的姿態朝著天際生長。

管事領著謝清溪去了一早便準備出來的院子，朱砂和丹墨伺候她換上帶過來的騎馬服。一身紅色鑲銀邊緊身騎馬裝、長及小腿的白色騎馬靴，將她原本就修長的身體襯得越發的修長完美。

女孩發育本來就早，如今謝清溪也有十三歲了，不僅胸開始變得鼓鼓的，就連個子都開始拔高。朱砂和丹墨兩人年歲都比她大，卻沒有她長得高。

不過謝清溪還真怕自個兒長得太高，畢竟這年代可不流行大長腿，別的貴女走出去都是弱柳扶風的美好姿態，她若是長得太高，就只剩下人高馬大的形容了。

待她換了衣裳出來的時候，就見謝清湛正拿著馬鞭，在那裡一下下地揮動。

謝清湛一轉頭，就看見謝清溪站在不遠處，春風拂過，輕輕掀起她衣裳的一角，原本就白嫩如雪的人，在大紅這樣火豔的顏色襯托之下，越發如同玉人一般。丹墨重新給她梳了頭髮，將髮髻都拆散了，如墨的長髮全盤在髮頂，只用一精巧的玉質釵冠束住，釵冠上頭雕刻成鏤空的花紋。

「女孩子動作就是慢。」謝清湛瞧了半天才慢悠悠地開口。

如今他年紀漸漸長大，同窗之間的話題也慢慢開始涉及到姑娘，只不過謝清湛甚少參加罷了，一是謝家的家教嚴，二是他覺得不管他們誰說的姑娘，都沒自個兒的妹妹好看。

謝清溪的容貌是真的融合了父母之間的優點，這也是謝明雪不喜歡她的原因之一。謝明雪雖說也是清秀端麗，不過距離讓人驚豔的程度，著實是差了些。

「大哥哥他們呢？」謝清溪這會兒倒是沒反駁他，只歡快地跑了過去，扶著他的手臂就問道。

謝清湛見她一張嘴只問大哥他們，便沒好氣地說道：「我不知大哥他們去了哪裡，我只知道六哥站在這裡等了妳很久！」

謝清溪聽了他的話，便立即發出一連串輕笑之聲，討好地道：「六哥哥如今說話真是越發有意思了！六哥哥，我這一身好看嗎？」謝清溪高興地問道。

謝清湛假裝不在意地上下打量了一下，隨後才道：「不錯、不錯，勉強過得去吧。」

「你剛剛明明就看呆了！」謝清溪立即指出他的謊言。

謝清湛是真的對這位姑娘服氣了，說話都不帶臉紅的。

謝清駿和謝清懋提前到馬廄裡檢查馬匹，如今京城馬球日益風行，別說很多世家公子會騎馬，就連不少姑娘私底下也都會偷偷地學習。不過學歸學，一定得注意安全，畢竟摔馬可不是一件小事，輕則擦傷，重則可就是斷手斷腿了。

所以在謝清溪他們來之前，謝清駿和謝清懋親自檢查了他們要騎的四匹馬。另外，因謝清駿帶了謝家會騎馬的護院過來，所以這些護院也在旁邊各自檢查他們自己的馬匹。

「沒問題吧？」謝清駿檢查完他和謝清溪的馬後，就問了旁邊的清懋，他是負責檢查他自己的和清湛的。

清懋點頭道：「沒什麼問題。」

謝清湛已經縱馬跑了一圈，而謝清溪則慢悠悠地騎著馬，沿著道上往前頭走。她騎著的馬也很是悠閒，一邊馱著她，一邊還輕輕甩著馬尾。

這處別院的東邊是一望無際的麥田，而西邊隔著一條小河，再過去是一片一眼望過去瞧不見盡頭的杏花林。此時正值杏花盛開之時，遠遠看過去如同一片片懸浮在半空之中的雲團。

「大哥、二哥，你們都別騎得這麼慢啊，要不然多沒意思！」謝清湛在前頭勒住韁繩後，回頭朝這邊高喊一聲。

謝清駿並不搭理他，只轉頭對清溪說道：「如今春日風景正好，咱們在這一處略走走，倒也是好的。」

謝清溪指著前頭不遠處的小溪，問道：「大哥哥，你會捉魚嗎？我一直都好想在河邊捕魚，然後直接在岸上烤著吃呢！」

其實這就像是現代極其流行的農家樂，自個兒抓了魚後，自個兒在湖邊烤了。

謝清駿雖然不知道她怎麼會有這樣稀奇古怪的想法，不過卻還是答應了她。

謝清溪蹲坐在岸邊的草坪上，雙手搭在膝蓋上，有些百無聊賴地看著河裡的人。此時，謝清駿已經將靴子脫了下來，褲子挽在膝蓋上面，袍子下襬也掖了起來。他一手拿著一支魚叉，眼睛一眨也不眨地盯著水面看，就在謝清溪以為他已經要石化的時候，突然，他凶狠地朝水中狠狠一插！

謝清溪看著他這副志在必得的架勢，立即站了起來，興奮地問道：「大哥哥，抓到了嗎？」

結果，謝清駿把魚叉拔起來之後，就只有滿叉子的淤泥。

謝清溪這會兒總算不得不承認，她天神一般的大哥哥居然不會抓魚！這能算是缺點嗎？

「清溪，妳就別為難大哥了吧？」這會兒連謝清湛都看不下去了。謝清駿都在水裡頭站了一刻鐘了，結果別說魚了，就連蝦都沒摸到一隻！要不是謝清湛知道他這個妹妹有多喜歡大哥，都不禁要懷疑她是不是故意整治大哥了？

就在謝清溪剛要過去叫謝清駿上來的時候，對面杏花林裡突然傳來一陣陣馬蹄聲。她好奇地抬頭看了一眼，卻見幾匹馬幾乎是在杏花林中橫衝直撞，若不是這些人的騎術高明，只怕早就撞到樹上去了。

結果，她正這麼想的時候，就看見一個姑娘突然從橫邊走了出來，而此時最前面的馬匹已經衝到了她的跟前！只見騎馬之人趕緊一勒韁繩，馬匹猛地受力，往後仰去，前蹄騰高在半空之中。

「小心！」謝清溪看到這驚險的一幕，忍不住脫口喊道。

此時騎馬之人已勒住韁繩，趕緊下馬查看面前之人，卻見她緊緊閉著眸子，而旁邊的丫鬟早已經嚇得哭了起來。

「成洙，你撞人了？」後面的少年趕上來，說了一句，也不知是幸災樂禍還是別的。

騎馬撞到人的成洙也不管他，打橫抱起女子就要往回走。

受傷那姑娘的丫鬟只得哭哭啼啼地跟了上去。

結果那丫鬟一站起來，對面溪水邊站著的謝清溪臉色就變了，她看著那丫鬟，有些顫聲道：「大哥哥……我怎麼覺得那丫鬟是謝明嵐身邊的寧靜？」

謝清駿沒說話，卻是扔掉手中的魚叉，蹚著水就往對面的杏花林去。

謝清溪一見，又趕緊喊：「大哥哥，你鞋都沒穿呢！」她趕緊拎著他的鞋襪追上去。

謝清懋也是趕緊跟著過去。

原本在不遠處的家丁，一見少爺、小姐們都往對面去，立即也跟了上去。

倒是不知情的謝清湛還在不遠處騎馬呢！

好在離這兒不遠處，就有好幾塊石頭擺在溪水上頭，只要踏著石頭就能往對面去。謝清懋走在前頭，小心翼翼地攙著謝清溪。

待他們過去的時候，就看見一臉鐵青的謝清駿正攔著對面的一行人，而為首的男子手中抱著一名姑娘。

謝清溪打眼一看，可不就是他們家的四姑娘！這會兒謝明嵐眼睛緊閉著，臉色也有些蒼白，而旁邊跟著的則是她的丫鬟寧靜。寧靜臉上皆是懼色，只怕這懼怕是從謝清駿出現的時候才開始有的吧？

「這位公子，在下趕著送這位姑娘前去醫治，還請讓一下道。」抱著謝明嵐的成洙瞧了一眼突然出現的公子，見他一身錦衣玉帶，卻是赤著一雙腳，褲子也挽到了膝蓋之上，不過即便是這樣的裝扮，也絲毫無損他一身的氣度。

謝清駿冷冷地掃了眼這男子和他懷中的謝明嵐。「還望公子把你懷中的姑娘交給我。」

成洙正要問「你是何人？我為何要交給你」的時候，就聽那公子又說——

「我是她親哥哥，在下謝清駿。」

成洙一聽便嚇了一跳。他原先便猜測著，大概是家中兄長帶著妹妹出來踏青，結果人家姑娘卻被他們騎馬給撞著了，只是沒想到撞的竟是謝家的姑娘。謝清駿這個名字，如今要是京城勛貴之中有誰沒聽過，那他絕對會被恥笑。

成洙立即道：「在下安陽侯府成洙，方才騎馬不慎撞上了令妹，一時情急之下冒犯了姑娘。」

此時對面有人朝這邊看過來，謝清懋遂微微移了下身子，將謝清溪擋在了後面。陸允珩本來還覺得晦氣呢，好不容易出來跑馬，結果卻撞到人了。沒想到這個成洙倒是會撞，居然撞到了謝家的姑娘。

就在此時，對面傳來嘰嘰喳喳的聲音，聽著全都是姑娘們，估摸著正朝這邊走呢！謝清駿上前一步便伸手抱過謝明嵐，又冷眼看了旁邊身子不停在發抖的寧靜，嚇得寧靜險些要跪下。

這會兒謝清駿臉色鐵青，就連謝清溪瞧著她大哥哥這副神情，都不敢再說話了。她提著謝清駿的鞋襪，只敢跟在他後頭往回走。

陸允珩在身後瞥見了謝清溪，本想叫她，不過瞧見旁邊這群人窺探的眼神，於是惡狠狠地瞪了一眼，怒道：「看什麼看？你們都看什麼呢！」

謝清駿將謝明嵐抱著，一言不發。

旁邊的謝清溪瞧了一眼後，輕聲問謝清懋。「四姊姊沒事吧？」

「死不了。」謝清懋淡淡地回道。

謝清溪。「……」二哥哥，你未免也太一針見血了吧？

等他們回去原來抓魚的地方時，謝清湛這才回來了，他一瞧見謝清駿懷中的人，立即驚訝地喊道：「四姊這是怎麼了？」

「好像是被馬踢傷了，不過我們站得遠，也沒瞧清。」謝清溪瞧了他一眼。

「那得趕緊叫大夫啊！踢傷可不是小事，要是弄不好，骨頭都得斷了！」謝清湛說道。

謝清溪看著謝明嵐，涼涼地說道：「骨頭斷了算什麼？我聽說以前有個姑娘被馬踢傷了，後來一輩子都沒生養過呢！」

謝清駿立即訓誡道：「清溪，姑娘家怎麼能說這樣的話！」

謝清溪看了一眼依舊閉著眼睛的謝明嵐，有些不好意思地說道：「我這還不是擔心四姊姊嘛！不過四姊姊一向吉人天相，我估摸著她怎麼都不會淪落到那種地步吧？」

謝清懋看了她一眼，只輕笑了一聲便搖了搖頭。

「那咱們現在怎麼辦？」謝清湛瞥了下正在草坡上悠然吃草的馬匹。因著他們都是騎馬出來的，就沒駕馬車，如今這邊有個傷員，自然是要坐馬車的。

「我回去讓人駕馬車過來吧，也好讓四妹在裡面休息，而且她這丫鬟也是不會騎馬的。」謝清懋聞言，立即說道。見謝清駿輕點了下頭，他便立即上馬離去。

一直等到馬車回來的時候，謝清溪不禁有些惋惜地說道：「咱們今兒個的踏青算是沒了。」

「清溪，妳坐馬車。」謝清駿見她要去拉馬，便立即說道。

謝清溪雖不願意，卻還是乖乖聽了他的話上馬車。

謝清駿回府後親自去找蕭氏，將此事說了一遍。

蕭氏一聽，謝明嵐已被送到莊子上去了，都還能折騰得起來，立即便冷笑道：「你爹這回就該知道，他這個好閨女究竟能給他闖多少禍了！能做成這樣，必是裡應外合的。」蕭氏又是一陣冷笑道：「你爹就算送了明嵐去莊子上，也生怕讓他的寶貝女兒遭了罪，只怕這莊子上的人早已經被她上下買通了。」

「我已經捆了人過來，立即便派人去審問他們。」謝清駿說道。

蕭氏點了點頭，又說：「這是後宅的事情，你是個爺們，本不該你管的。如今你既已將人都捆回來了，只管交給我便是了。」

其實這事要問清楚壓根兒也不難，蕭氏都沒親自出面呢，只派了身邊的嬤嬤過去，沒一會兒就問清楚了。原來是這四姑娘身邊那個叫寧靜的丫鬟，跟安陽侯府太太身邊的管事家裡頭掛帶了些親戚。

結果謝家的莊子正巧就跟安陽侯府家的莊子離得不遠，而自從謝明嵐去了莊子上頭後，謝樹元也沒讓人將她看管起來，所以她出入是極為方便，再加上她和江姨娘手頭都有銀子，母女兩人出手又都大方，漸漸就收攏了莊子上的人心。

這回安陽侯府的少爺要到莊子上踏青，也就是這個寧靜打探回來的。

「這個沒臉的東西！」蕭氏聽了之後，險些昏厥過去。如今她忙著兩個兒子成婚的事情，只不過對莊子問得略少了些，竟能生出這麼多事端。

沈嬤嬤這時卻道：「太太，老奴聽著是安陽侯府的少爺，就不知是哪位少爺？」見蕭氏朝她看了一眼，沈嬤嬤便說：「二房的三姑娘不是正在跟安陽侯府的少爺議親嗎？這萬一要是……」

蕭氏這會兒是真的倒抽了一口氣，她方才光顧著想要怎麼和謝樹元說這事，卻是忘記了還有這茬！

她趕緊又派人去問了謝清駿，可知道那抱著明嵐的人是安陽侯府哪房的少爺？

結果謝清駿只說，並不知他是安陽侯府的哪位公子，只知道名字叫成洙。

蕭氏又連忙派人去打探，好在這少爺的名字不比小姐的，略一打探就能知道。

等蕭氏知道，這成洙就是安陽侯府長房嫡次子的時候，二房的閔氏也知道了。

閔氏一聽自個兒的好女婿人選居然和謝明嵐惹出這等事情，立刻就跑到老太太院了裡頭開始哭訴，話裡話外的意思都是「這是蕭氏指使的」。

「娘，這回妳一定要給我們明雪做主啊！如今這府裡頭誰不知道明雪正和安陽侯府長房嫡次子在議親，結果長房卻生出這樣的事情，我們明雪日後可要怎麼做人啊！」閔氏捏著帕子就開始哭了，這回她是真心實意地在哭。

好不容易相看了一個女婿，結果居然出了這樣的事情！她聽說明嵐可是被人家給抱了個滿懷，要不是清駿他們正巧撞上了，只怕這事傳得滿城風雨之後，她才能得了消息，所以這會兒她是真心委屈地哭著。

老太太還不知怎麼回事呢，就見閔氏一頭衝進來後開始哭哭啼啼的。

待謝樹元、蕭氏及謝樹釗三人進來的時候，就聽見老太太正在斥責閔氏。

「什麼長房、二房的？都是一家人，妳若是再說這樣的話，我也是饒不了妳的！」

「母親。」

因著謝樹元沒讓人通稟，所以這會兒他一進來叫了老太太一聲，閔氏的臉色都嚇白了。

其實蕭氏也挺尷尬的，謝明嵐雖不是她生的，但她卻是嫡母，如今不懂事的庶女弄出這等醜事，那就是自己這個做嫡母的不稱職。

「這事想來母親也知道了？」謝樹元朝老太太看了一眼。

老太太點了點頭，卻還是問道：「這究竟是怎麼回事？我先頭只聽你弟妹在這兒哭哭啼啼的，倒也沒聽清楚到底是什麼事情。」

謝樹元也是剛知道而已，所以這會兒蕭氏就將事情原原本本地說了，說完之後，堂上坐著的人都默不作聲。

其實坐在這的也都算是受害者，蕭氏是被庶女擺了一道的嫡母，而閔氏夫妻則是女兒的婚事被截了胡。

可如今事情已經出來了，誰都逃脫不了，倒不如坐在這裡商量著如何將此事解決了。

這會兒老太太先問道：「不是說明嵐被馬踢傷了，如今怎麼樣了？」

「已經醒了，就連老爺都親自去看了一趟。」蕭氏不緊不慢地說道。

「那如今依妳之見，這事要如何了結？」老太太瞧了蕭氏一眼。

蕭氏只轉頭看了謝樹元，半晌才道：「媳婦到底年紀輕，沒經過事情，這等大事還是娘和老爺拿主意便是。」

謝樹元有些尷尬地瞧了蕭氏一眼，又瞧了一下對面的謝樹釗夫婦，略有些不好意思地說道：「若是安陽侯府的人能上門提親，那自然是皆大歡喜，」

蕭氏聽他說了這話，一口氣險些沒提上來。他還真有臉說！她立即冷冷地道：「說來這也是家醜，不過二弟和弟妹都是自家人，我也不怕實話實說了。方才媳婦和老爺去過明嵐院子裡了，她只說今兒個是上巳節，想趁著這機會出門踏青散散心，未料會遇上這等事情。」

閔氏眼皮一翻，當即就露出個白眼。

蕭氏也不瞧她，只又說：「不過，先前清駿已經把莊子上的人綁回來了，早就已經問清楚了。明嵐過年那會兒就見著過這位安陽侯府的公子了，只那時沒個機會下手。後來，她的丫鬟寧靜就藉著親戚關係之便，同安陽侯莊子上的人套近乎，所以這位公子要來踏青的事情，寧靜一早便告訴了明嵐。」

她敘述得雖然平直無波，不過眾人聽了卻都是尷尬不已，特別是老太太，只覺得一張老臉都沒處放了。

而謝樹元更是失態地朝蕭氏看了一眼，眼中帶著不可置信。

蕭氏也冷冷地回看了他一眼，如今她真是看清楚謝樹元了，他就是打算在這裡和稀泥是吧？他大概覺得謝明嵐左右不過是個小庶女罷了，所以一直都是和稀泥的態度。當然了，庶子說不定還能亂家，庶女到了年紀嫁出去就好了，因此謝樹元壓根兒就沒覺得自己家的後院有什麼要收拾的！

如今徒生這種風波，謝樹元也覺得臉上無光。先前他一回來就被告知此事，原想著這般被外男抱住，確實是不合規矩，但當時也是情急，到時候只要兩家通氣，讓安陽侯府上門提親，那這事也算是解決了。可這會兒倒好了，蕭氏早就將這事問得清清楚楚了，原來這壓根兒就不是什麼意外，根本就是謝明嵐自己故意為之的！

謝樹元只覺得當眾被打臉，低聲便道：「妳方才怎麼不跟我說？」

「剛才老爺不是急著要來娘這邊，哪有時間給我同你說這些事情？而且方才我見老爺一片愛女心切，倒是沒好意思說。」蕭氏冷笑一聲。

謝樹元尷尬地瞧了她一眼，卻也不再說話。

倒是對面的閔氏，這會兒又開始哭道：「我不就說了嘛，小小年紀，也不知跟誰學的鬼祟伎倆！自己不要臉面也就罷了，居然還連累了我的明雪，我可憐的女兒啊！」

謝樹釗看著她一邊哭一邊罵，忍不住扯了下她的袖子，低聲道：「好了，別哭了，事到如今，是妳哭就能哭回來的嗎？而且到底是一家人啊！」

「別人都不要臉面地做出這等下作事情來了，還不許我哭兩聲嗎？我的明雪到底是招誰惹誰了，這會兒竟弄出這等事情！還有，我們把她當作一家人，她是怎麼對咱們女兒的？這種家人……」閔氏沒說到底，不過那語氣中的鄙視卻是表露無遺。

蕭氏一輩子沒在閔氏跟前低過頭，可這回坐在這兒，聽她指桑罵槐的，卻是一句話都不能反駁。

「好了，別嚎了，要是哭兩聲就能管用，妳就可勁地哭吧！」老太太冷眼看著她說道。

老太太到底是積威甚重，這會兒閔氏也只敢捂著帕子，低低地抽泣。

老太太又掃視了這兩房家長一眼，嘆了一口氣，說：「事到如今，明雪和安陽侯府這親事是不能再繼續下去的了。」

閔氏嗷地一聲，放開嗓子哭出來了。

謝樹釗這會兒是真尷尬了，可是光拉袖子已經不管用了，閔氏用帕子捂著臉就開始拚命地哭。

「好在這親事原本也就咱們兩家知道，如今就算中斷了，也傳不到外頭去。」老太太也不管閔氏了，只讓她趕緊一邊哭去吧。

「啊——」閔氏又拖長調子哭了一聲

對面剛要說話的蕭氏被嚇得一激靈，瞧了閔氏一眼。她是真想不到，平日也算是端莊的一個人，怎麼到了該撒潑的時候就一點都不掉鏈子呢？要讓蕭氏做這種拉下臉面的事情，說實話，她還真的做不了。

「好了，別嚎了！我說過妳多少次了，還沒個準數的事情就不要拿出來說，妳看看，現在好了吧？妳自個兒到處炫耀，最後丟臉的還不是明雪？」老太太實在是被她嚎煩了，便訓道，而後看了一眼蕭氏，只道：「就像老二說的這樣，事情既然已經發生了，咱們如今也只能處理。清駿和清懋的婚事正在節骨眼上，特別是清駿，他可是皇上賜婚的，咱們這會兒可不能出一丁點兒的差錯。」

蕭氏心頭一窒。

老太太又開口道：「咱們先等等看安陽侯府究竟要如何吧？」

結果，安陽侯府那邊就跟石沈大海一般，再也沒個音信了。

可是京中卻傳出了消息，只說謝家有位姑娘在踏青的時候，被安陽侯府家的少爺抱了個滿懷。因著這傳言也沒說個清楚，所以如今謝家待嫁的三姑娘、四姑娘，甚至連十三歲的五姑娘及六姑娘都牽扯到了其中。

閔氏聽到這事時，恨不能立即去外頭敲鑼打鼓地說，被抱的是謝明嵐，跟她家的明雪一點關係都沒有！不過這事關係到整個謝府姑娘的名聲，她也只敢想想罷了。

可蕭氏卻等不下去了，她的清溪如今都十三歲了，好不容易千寵萬寵養大的姑娘，怎麼能讓人敗壞了她的名聲？所以蕭氏自然是不能再等下去了。現在在她面前的就兩個選擇——

要嘛安陽侯府來提親，要嘛謝家將謝明嵐遠遠地嫁了！

明嵐被帶過來後一臉平靜，她就好像早已經預知到自己的未來一般。蕭氏看著她淡淡一笑，便道：「如今咱們一家也算都來齊了，你們大姊姊是出嫁了的女兒，倒不必叫她了。」

謝樹元訕訕一笑，問道：「夫人這是做什麼？」

「做什麼？」蕭氏嘲諷一笑，看著謝明嵐，冷冷道：「如今京城之中風言風語傳得滿城皆是，她一個人犯錯，卻拉著全府姑娘的名聲墊背，事到如今，我便是不管也得管起來了。」

謝樹元自然知道這幾日在京城的流言，他也知道蕭氏在京城素來有些臉面，所以他是真不好意思和蕭氏提這事。

「我只問一句，明嵐，妳做下這等事情的時候，可有想過謝府，想過妳的這些姊妹？」蕭氏問她。

此時謝明嵐只淡淡抬頭，一臉無所謂地看著上首的兩人，一個是她的親生父親，一個是她的嫡母。人人都說庶女的命運是掌握在嫡母的手上，可她偏偏就不信這個邪。然而她一次又一次地掙扎，卻一次又一次摔得頭破血流。

「想過，我自然想過。」明嵐看著蕭氏，忽然淡淡一笑，她說：「我想過，同樣是爹爹的女兒，六妹有了危險就全家都擔心，我有了危險，不過是慌亂之中抓了大哥的手，就變成了要謀害妹妹。」

「所以呢？這回妳自己想盡一切辦法要賴上安陽侯府的少爺，也是妳妹妹逼迫妳的？」蕭氏不欲和她做口舌之爭，可如今看來，她竟還是一副「全天下人都欠了我」的模樣。

謝明嵐臉色一白，正想開口分辯。

可蕭氏卻冷笑道：「妳也別再扯些謊言來哄人了，那些奴才都是貪生怕死的，即便妳散盡了私房買通他們，幾棍子下去還不是什麼都招了？」

謝明嵐看著面前的蕭氏，又看了眼旁邊的謝樹元，知道她說的話並沒有哄自己。有時候謝明嵐也怨恨，為何蕭氏是這般聰慧能幹之人？若是蕭氏稍微愚蠢那麼點，江姨娘也就不會淪落到如今的地步，自己身為一個大家閨秀，也不必為了自身的婚事這般打算。

「安陽侯府什麼話都沒有，看來妳的算盤是落空了，如今妳作何打算？」蕭氏問她。

謝明嵐淡淡地看了謝樹元一眼，只輕笑道：「不都說父母之命，媒妁之言的？我的婚事自然由爹爹替我打算。」

謝樹元顯然沒想到謝明嵐這會兒還能這麼雲淡風輕地說出這種話，他立即皺眉喝斥道：「明嵐，妳如今犯下這等大錯，還是不知悔改嗎？」

「悔改？我有什麼可悔改的？」謝明嵐突然揚唇發出一聲嘲諷的短笑，看著謝樹元便道：「若是爹爹能公平地對待我和六妹，如今我需要這般為自己謀劃嗎？」

謝清溪這會兒也抬頭了，她沒想到謝明嵐居然喪心病狂到連這個家中唯一疼愛她的謝樹元都怨恨上了。

謝明嵐這會兒似乎是要將心頭所有的怨氣都發出來般，她說：「自小我便處處比她強，爹爹說女孩子要飽讀詩書，要養成清貴之氣，我便認真地讀書，就算大姊和二姊年紀比我大，我都從來不比她們差。可是六妹呢，她自小就不愛讀書，但爹爹你照樣疼她，照樣喜歡她！」

謝清溪有些怔住，不由得又苦笑了一聲。所以說，學渣不管是在古代還是在現代，都會處處受人鄙視。

「你如今說我犯了大錯，可你想過我為什麼要冒著毀了名聲的風險，也要犯下這等錯誤嗎？」謝明嵐看著謝樹元。「我如今都已經十四歲了，卻還因為一點小事被送到莊子上去，太太和大哥都恨不能姨娘和我立刻去死，我若是不為自己謀劃，那日後誰又會為我上心呢？」

原本一個討伐謝明嵐的會議，如今倒是讓她反客為主，變成了對謝家的控訴大會。

「我知道爹爹自然也會把我嫁了，只是我不甘心，我不甘心！我明明也是出身顯貴之家，憑什麼我就要被遠遠地發嫁出去，嫁離這個京城？」謝明嵐怨怒地看著謝樹元。

謝樹元沒想到她心中竟是對自己這般怨恨，他努力地張了張嘴，可到最後卻是一句話都沒說出來。

但是蕭氏對她可沒那麼多複雜情緒，她道：「妳如今的盤算不過是一場空罷了，既然安陽侯府不願娶妳，妳也不願遠遠地嫁了，我倒是可以一杯毒酒送妳上路。」

蕭氏也抬頭看著謝明嵐，她似乎都不知該怎麼和謝明嵐好好說話了，或許更準確地說，她覺得謝明嵐壓根兒就是瘋了。

禮法教條之中，本就是嫡庶有別的，若是庶女都像她這麼想，那還要禮法教條幹什麼？還要嫡室、側室之區別幹什麼？乾脆大家都混成一氣，一家人不分大小、不顧嫡庶，這就算是她所謂的公平公正了？

謝明嵐這會兒大概也是抱著魚死網破的心了，她冷笑一聲。「我不過是一條命罷了，但到時候全京城的人都要知道母親您逼死庶女。大哥和二哥的婚事倒是定下了，只可惜了六妹妹，好好的姑娘家名聲也要跟著我一塊兒葬送了！」

這話已經是赤裸裸的威脅了！

此時，一直沒說話的謝清駿突然站起身來。他走到謝明嵐面前，低頭看了眼她，問道：「四妹，可是覺得爹娘待妳不好？委屈了妳？」

謝明嵐只梗著脖子，不答一言。

謝清駿伸手就拔下她頭上的金簪。

謝明嵐抬頭看了他一眼，似是不知他這般舉動的緣由。

謝清駿卻是將手上的金簪放在手心之中，略掂量了一下，說道：「這支金簪是赤金打造，而且還是實心的，大概在一兩左右。一兩金子兌三十兩白銀，一兩白銀兌一吊錢，至於一吊錢可以讓一個五口之家在京城生活兩個月。妳隨隨便便戴在頭上的一件首飾，就是尋常百姓幾年的嚼用，妳覺得爹娘對妳還不好嗎？」謝清駿退後一步，卻是略彎下腰直視著她。

謝明嵐說的那些疼愛、喜歡都是似是而非的東西，如今謝清駿只一句話，就抹殺掉了她所有的不平。

「妳一個月例銀是五兩，清溪是六兩，每季度有六件衣裳、三套首飾，光是這些衣裳、首飾，每年家裡頭都要出三百兩左右，這還不算妳尋常吃的燕窩、人參這等滋補的東西。」謝清駿深深地看了她一眼，說：「明嵐，做人應該講良心。父親待妳如何，我想不用我說，妳自己心中也知道吧？

「還有，就在妳出事的前幾日，父親才同我商議過，準備給妳和清溪一人一間鋪子，以作妳們及笄時的禮物。清溪及笄禮還沒到，他這般做是為了誰，妳應該知道吧？」謝清駿說到這裡，又朝她看了一眼。

原本還梗著脖子的謝明嵐，被謝清駿這番話連敲帶打，卻是再也支撐不住了。

而此時的謝樹元則依舊是木著臉，他站起來就往門口走，走到謝明嵐的身邊時，說道：「妳覺得我處處不為妳著想，我自也是無話可說。如今這樁事我便如了妳的願，也就算是了斷咱們今生的父女緣分，只盼妳下一世投胎，千萬別再做我的女兒了。」

「爹爹……」謝清溪看謝樹元臉色蒼白，連走路的姿勢都是虛浮的，心裡面也難過得要命。

可謝樹元只擺了擺手，徑直往前走，不料在門口處，他剛要抬腿過門檻時，卻一頭栽了下去！

「爹！」當場便是好幾個聲音同時叫起。

謝清駿是最先衝過去的。

身後的謝明嵐也想過去，卻是被謝清溪一把拽住，一個巴掌就甩了上去！

「現在把他氣死了，妳如願了?!」

謝樹元醒來的時候，正躺在床上，蕭氏就坐在床邊。他苦笑了一聲，道：「年紀大了，不經用了。」

「大夫說了，只是急怒攻心罷了，休養兩日就好了。」蕭氏淡淡地說道。

過了許久，謝樹元才又道：「婉婉，時到今日我才發現，這一切都是我的錯，是我太過縱容她們，這才將她們一個個養得這般心大。」他伸手去拉蕭氏的手，說：「婉婉，我……」

蕭氏彷彿知道他要說什麼一般，只嫣然一笑，說：「我們剛訂親的時候，我娘就對我說過，你心腸軟，日後肯定會疼老婆。可是我娘沒說中一點，你不僅知道疼老婆，你還會疼別的人。」

謝樹元面上一滯。

這時，蕭氏慢慢將自己的手從他的手中抽了出來，又將他的手輕輕地放在被子裡，細細地掖好被角。

然後，她看著他，一臉淡淡的笑意。「樹元，我們這輩子就這樣吧。」

第四十二章

「夫人，紅綢都已經從庫房裡頭拿出來了。還有，這紅毯家裡頭恐怕沒這樣多，得到外頭去再訂做些。」全貴家的站在底下回覆。

蕭氏立即皺眉，略有些生氣地說道：「如今都快到四月了，妳們才發現紅毯不夠？怎麼做事的？大少爺的婚事，妳們就是這麼當差的？」

全貴家的默不作聲，不敢為自己分辯半句。

旁邊的婆子又趕緊上來回話，道：「庫房裡頭的酒器要拿出來清洗，只是奴婢不知夫人要定哪套酒器？」

蕭氏露出些許疲倦的神色，卻還是伸手翻了下名冊，查看庫房裡頭的酒器。

如今家中的氣氛很尷尬，蕭氏雖沒和謝樹元吵架，但是卻恢復了一種相敬如冰的態度。

謝樹元那日摔倒之後，在家中休養了幾日，便開始繼續去衙門了。他也試圖跟安陽侯府家試探了幾回，可人家愣是不回應。

不過對於他的碰壁，謝家人心裡頭大概都有數。畢竟那是安陽侯府的嫡子，成家能和明雪議親，那是因為明雪也是謝家的嫡女，雖說她爹官位不高，但祖父也是正經的閣臣，嫁一個安陽侯府的嫡次子倒也不為過。可現在你要嫁一個庶女，那就兩難了。雖說謝樹元官位比謝樹釗高，但是嫡庶之間不說天壤之別，那也是鴻溝的差距。

如今謝樹元雖對謝明嵐絕望透頂，卻還是應承了替她去和安陽侯府提親。不過謝樹元那是文人性子，本就不大能拉下臉面去求別人，更何況是這等事情？

若是女眷出面的話，自然還能好說話，不過蕭氏如今已經擺出「對不起，這事我不想管」的架勢，更是一副對謝樹元退避三舍的模樣。

皇宮之中，成賢妃正在接見內務府管著胭脂水粉這塊的管事太監，今年這採買的事情又得開始了，不過交給哪家皇商做卻很有說頭。正巧她娘家嫂子安陽侯世子夫人今兒個進宮來給她請安，所以也在這兒聽了一頭。

待那太監走後，安陽侯世子夫人這才說道：「哎喲，這胭脂水粉別看都是小頭的，可是給闔宮的妃子買下來，那也得不少銀子呢！」

「天家就是這般，處處都要體面，要彰顯出貴氣來，可是這樣的體面還不都是銀子堆出來的。」成賢妃微嘆了一口氣。

世子夫人立即又道：「左右天家多的是銀子，還差這點錢嗎？」

成賢妃搖了搖頭，並不欲同她仔細說。如今天下是太平了，不過這國庫卻一直不充盈，畢竟每年各地這處鬧一下旱災、那邊鬧一下雪災，年年都要國庫撥款，北方那邊又一直不安分，兵部年年都要投入大筆的銀兩作為犟禦北方之用。

至於皇上的私庫……成賢妃又是一聲嘆息。自從皇上愛上了求仙問道之後，這國庫裡頭的錢就更加不夠用了，有幾回皇上還惦記上了用國庫的銀子去修道觀，可是被大臣好一通勸誡呢！

成賢妃這會兒總算是想起叫世子夫人進宮來的原因了。她瞧了世子夫人一眼道：「最近我倒是聽說了一件事，就叫妳過來問問。」

世子夫人臉上訕訕一笑，問道：「不知娘娘想問什麼呢？」

「洙兒的婚事，如今究竟是怎麼個說法？」成賢妃朝她看了一眼。

世子夫人一聽她是問這件事，便立即有些委屈地說道：「娘娘，實在不是我不願，只是洙兒也不過是騎馬的時候撞了那姑娘一下，情急之下才抱著她去找大夫的，誰承想就被傳得滿城風雨，如今我也是頭疼得很呢！」

成賢妃見她拿喬，便是冷笑一聲。「怎麼，妳是沒瞧上那姑娘？」

「其實家世倒是般配，只是她這身分實在是不配啊！洙兒日後雖說不能承襲咱們安陽侯府的爵位，可到底也是個侯府的嫡出公子，怎麼能娶一個庶出的呢？」世子夫人到底是心疼自己的兒子，一直覺得那個謝家庶女哪配得上自己的兒子！

成賢妃嗤笑了一聲，道：「我也知道妳的意思，不過是嫌她是個庶女罷了。謝家到如今就嫁出去一個女兒，還是嫁給了一個無權無勢的探花。先前二皇子要納了謝家女做側妃，最後還不是未成功？如今有了機會讓咱們搭上謝家，妳倒是一味地推讓了。」

世子夫人被成賢妃這麼一瞧，立即便低下頭。她就說這個素來瞧不上她的小姑子，怎麼會如此好心地讓自己進宮來，原來是等著罵她呢！

其實這會兒，安陽侯世子爺倒是動心的，畢竟謝家如今確實是炙手可熱，他家兩個兒子都定了婚事，大兒子要娶的是威海侯府的女兒，二兒子將娶的是謝家的嫡女。儘管嫡女成了庶女，但若是成洙真的娶了他家的姑娘，那安陽侯府和這幾家便都是姻親關係了。

而成賢妃心中所謀甚大，如今自然是百般樂意這樁婚事。

此時，京城近郊。一個女子正扶著丫鬟的手往上面爬，丫鬟有些心疼地說：「夫人，咱們該坐馬車上來的。」

此女子頭上戴著尋常的帷帽，只聲音略有些喘息。她瞧著上頭的寺廟，咬著牙道：「既然是求神拜佛，自是要心誠的。」

丫鬟見勸說不動她，便再不說話，只扶著她往上走。

待進了寺廟之中，女子便直奔著求籤之處，搖下一根籤子。

在她對面的大師笑問：「施主，所求為何？」

「信女林雪柔，只一求前程……」

春暖花開，冬去春來。

每個冬天的離開，都代表著新的一年又要開始了，萬物復甦，草長鶯飛，天空是淺淺的藍，偶爾有幾朵浮雲飄過。

這一年，謝清溪即將要十五歲了。

古代的姑娘十五歲，就意味著她將舉行及笄禮，即將成為一名女子，是旁人眼中的成年人了，而這更意味著，她到了要嫁人的年紀。

謝清溪的生日是六月六日，還有三個月她就將舉行及笄禮。

只是，遠方的人依舊沒有歸音。

陸庭舟自從兩年前離開京城，前往邊境馬市後，就一直在遼關未歸。不過謝清溪和他一直都有書信往來，只是從臘月到如今，都快四個月了，卻再也沒有信來了。

朱砂掀了簾子，朝裡面瞧了一眼，看見謝清溪正靠在榻上看書，便笑道：「姑娘怎麼還在這兒呢？大姑娘的馬車都已經到門口了。」

謝清溪一抬頭，便輕笑一聲。「那妳趕緊過來伺候我更衣，我要去看我的小外甥。」

謝明貞兩年前生下長子蔣家賢，謝家所有人都升了一輩，以至於讓十三歲就當了小姨母的謝清溪很是傷感。

不過後來看見白白胖胖的小孩子時，她卻是一點都不覺得傷感了。

等到了正院，眾人都在呢！蕭氏正抱著小豆子在哄，而謝明貞則是在和大嫂說起謝明嵐發的帖子，她房裡的姨娘又生了個女兒，請他們過去參加宴席呢！

待眾人商定之後，蕭氏便淡淡道：「如今清溪也是個大姑娘了，就不要隨便出門了。」

謝清溪衝著蕭熙眨了下眼睛，還真是可惜，看不了明嵐那故作大方的模樣了。

謝明嵐成親不到兩年吧，如今都有一兒一女了，聽著倒是挺幸福的——當然，這孩子要都是她自個兒生的，那才是真幸福。可先頭的兒子是成洙身邊的通房生的，雖然對外說是早產兒，但其實誰都知道這孩子是在謝明嵐進門之前就有的。

謝清溪有時候都在懷疑，這個成洙是不是故意噁心謝明嵐的？不過兩人每次回謝家的時候，都表現出一副恩愛夫妻的模樣。

而謝明貞說這事，也就是想和蕭氏通個氣、表個態，生怕讓蕭氏誤會她是偷偷去赴宴的。如今這事說完了，大家就自然地轉了話題。

結果謝家女眷去參加完安陽侯府的宴席之後，就聽莊子上來人稟告——江姨娘沒了。

自從兩年前謝明嵐買通了莊子上的人，裡應外合地演了那麼一場好戲之後，謝樹元就對她們母女厭惡至極。謝明嵐隔年就嫁去了安陽侯府，江姨娘則一直在莊子上。在那事之後，謝樹元就將整個莊子上的人都換了，對江姨娘更是嚴加看管。

先前莊子上便來稟過，說江姨娘身子不好，要請大夫。蕭氏自然不會在這上面苛待她，但原想不過是她無病呻吟罷了，不料卻是真的油盡燈枯了。

蕭氏聽了莊子上人的回稟後，只沈默了片刻，便讓人去稟了老太太，畢竟江姨娘是她的親姪女，然後便又派人去安陽侯府送了消息。

謝明嵐得了消息的時候，整個人都恍惚了。自從她嫁到安陽侯府之後，就很少有空去莊子上，先前她曾派人回去看姨娘，卻不知為何被婆婆知道了，婆婆不僅勃然大怒，甚至當著家中妯娌的面就將她教訓了一頓，就連那幾個庶子媳婦，瞧著她的眼神都隱隱帶著不屑——她是如何嫁進來的，全京城的人都知道。所以，她不敢再去看姨娘。

先前聽說姨娘病得實在厲害，偷偷地派人過來找她前去探看，偏偏那會兒家中的花姨娘懷孕又生了病，成洙發了好大一通脾氣，她不敢亂走，只能在家中看顧著，誰承想這一念之差，竟是天人永隔了。

謝明嵐這會兒眼淚矇矓，恨不能痛哭一場。

成洙剛好回家來，一進房中瞧見謝明嵐獨坐在桌子旁暗自垂淚，便立即上前。「嵐兒這是怎麼了？」

他那心疼的表情真真是情真意切啊，謝明嵐眼淚模糊，只抬頭看著他，過了好久才道：「我姨娘……我姨娘沒了。」

成洙一聽，原來是為著這事。不過這個江姨娘聽說在謝家是個不安分的，早就被送到莊子上去了，他連人都沒見過。就算見過了，他這會兒也生不出什麼旁的心情來，左右只是個姨娘罷了，難道還讓他堂堂侯府嫡子去披麻帶孝不成？

不過成洙雖心中這麼想，面上卻是一點都沒顯露出來。他輕聲安慰道：「想來姨娘年紀大了，如今去了，也是享福去了，妳若是一味地哭，她老人家在天有靈也不會安心的。」我姨娘年紀不大，才剛過四十而已！謝明嵐看著成洙臉上假裝悲痛，可眼底卻滿不在乎的神情，便什麼話都說不出來了。

就在此時，外頭有人通報，說是花姨娘身邊的丫鬟來了。

謝明嵐一向愛在成洙面前表現得端莊大方，往常定是會讓人進來的，但今日她實在是心中難過，只捂著帕子哀哀地哭，並不喚人入內。

成洙瞧了她一眼，輕笑了聲，就讓人進來了。

結果那丫鬟一進來，就急急地說道：「二少爺，小小姐今兒個也不知怎麼的，哭了一個下午了都沒停歇，還吐了兩回奶，姨娘急得都哭了！」

「這是怎麼了？怎麼沒叫大夫過來看看？」成洙一聽，立即心疼地問道。

謝明嵐霍地轉頭，眼淚雖還蒙在眼眶中，卻將他臉上那實在心疼的表情看得清清楚楚，就連眼底都不似方才那般假，是真的擔心。

丫鬟小心地看了眼謝明嵐後，又道：「是姨娘說，自從小小姐出生之後，給少奶奶添了不少麻煩，不敢再煩擾少奶奶了。」

「糊塗！少奶奶是小小姐的嫡母，什麼煩勞不煩勞的！」成洙一聽便怒了。

謝明嵐這會兒再顧不上哭自己那死去的姨娘了，她知道，這時她若是什麼都不說，只怕會在成洙心中落下一個苛待庶女的印象！她低頭道：「我今早還派人去看過大姑娘的，花姨娘只說一切都好，我還特地囑咐過她，一有什麼事就來告訴我的。既是哭了一下午，就該早來回了我的，這不是平白讓孩子受苦了嗎？」

成洙一聽便是點頭，心中對花姨娘也有些不滿了。

這丫鬟見少奶奶發話了，便再不敢抬頭，最後才囁嚅地道：「姨娘說，尋常只要少爺一抱小小姐，她就不哭了，所以想請少爺過去一趟。」

成洙到底是心疼女兒，朝謝明嵐看了眼，便道：「我去瞧瞧玫兒便回來。」

謝明嵐很是大方地點頭，還問要不要請大夫？

成洙看了一眼外頭，便說：「小孩子哭鬧是正常的，動不動就請大夫也不好。」

結果這一夜，成洙再也沒回來。

謝明嵐坐在窗邊，看著天上殘缺了一半的月亮許久。

這世上最後一個對自己好的人，也走了……

因謝清懋要參加這科會試，謝清駿從衙門回來之後，就同他討論文章。雖說謝清懋的學識一定不差，不過這到底是他第一次參加會試，比不得謝清駿這個狀元。

「娘，要不現在去請相公和二叔過來吃飯吧？這都看了一整日的書了。」許繹心開口道。

蕭氏點了點頭。

結果回來的卻是父子四人，連謝樹元也跟著一塊兒來了。

蕭氏看了他一眼，倒也沒說話，只淡淡地讓人去擺膳。因著都是一家人，也就沒分什麼男席、女席，花廳正中間擺了張八仙桌，一家人按著次序坐下。

謝清溪和謝清湛坐在一塊兒，她看見他袖口沾著髒東西，立即指了指，不過謝清湛趕緊衝她使了個眼色。

待過了一會兒，謝清湛才壓低聲音對她說：「剛才爹還罵我來著，說我一天到晚就知道踢蹴鞠，將來沒出息呢！」

謝清溪立即安慰他。「爹這是愛之深責之切呢，你玩歸玩，別耽誤了功課就行。」

這時，外頭天際突然傳來一聲悶響，沒多久就是接二連三的悶響，再接著，一道又急又長的閃電劃破雲層，將暮色的天空瞬間照亮了。

蕭熙被這突如其來的悶雷嚇了一跳，只覺得肚子驀地一陣疼，她趕緊捂著，只咬牙不敢出聲，結果臉色卻越來越白。

謝清懋一轉頭就看見她一頭虛汗，趕緊伸手摸她的額頭，輕聲問道：「熙兒，妳怎麼了？」

對面的許繹心這會兒也注意到蕭熙的狀況了，立即站起身，過來給她診脈。

蕭氏見蕭熙的臉色一下子白了，也忍不住擔憂地問道：「這是怎麼了？好好的怎麼臉都白成這樣了？」

許繹心站在蕭熙跟前，一手搭在她的手腕上，一手伸出摸著她的肚子，耐心地問她是哪裡疼？

待過了許久後，她瞧著謝清懋，突然露出笑意，道：「恭喜二弟了，弟妹這是懷孕了。」

這話一出，整個正廳都安靜了，就連本來還在想著溪溪怎麼突然變得這麼懂事的謝清湛，都驀地朝這邊看了一眼，嘴巴張開。

待過了許久之後，還是蕭氏先反應過來，連聲道：「這是好事，好事！」

「弟妹這幾日一直說身子不適，就是早孕的反應，方才估計是被驚雷給嚇著了，稍微緩和一會兒再看看。畢竟是藥三分毒，能不吃藥的話就儘量不要吃。」許繹心是大夫，對於蕭熙的情況還是挺瞭解的。

蕭氏點頭，道：「妳懂醫術，我也覺得能不吃就別吃。我懷清駿和清懋的時候，從來沒喝過保胎藥。」

謝清溪這會兒還在傻眼中，她對於蕭熙的印象還停留在「和我一塊兒逛園子」、「偷偷溜出去逛街」，結果人家這都要當娘了！她表姊今年也才十八歲吧？

「清懋，你趕緊帶著蕭熙回去歇息，她如今是雙身子了，你要好生照顧她。也別走回去了，讓人用轎子抬回去。」蕭氏急忙說道。

蕭氏都發話了，丫鬟便急急地去叫轎子了。

謝清溪抬頭朝蕭熙看了好幾眼，就見坐在蕭熙旁邊的謝清懋，這會兒嘴都笑咧開了。好吧，這回她要當小姑母了。

待謝清懋要護送著蕭熙回去時，許繹心又站起來對他道：「弟妹若是肚子一直這麼疼，就派人去我院子裡喊一聲，千萬別忍著，孕婦為大。」

「大嫂，放心，這點事我不會和妳客氣的。」謝清懋笑了笑，又趕緊帶著媳婦走了。

等大家重新坐下後，這飯顯然也是吃不下去了。

最後還是謝樹元道：「派人給老太爺和老太太報個喜信吧，這可是咱們謝家的第一個嫡子嫡孫呢！還有岳丈家中，也該報個喜信的。」

謝清駿點了點頭，卻瞧見謝清溪朝自己看著，便輕笑問道：「清溪兒，朝哥哥看什麼呢？」

「大哥哥，努力！」謝清溪沒頭沒腦地說了一句。

謝清湛立刻就哈哈大笑了起來。

就連蕭氏和謝樹元反應過來後，都忍不住搖頭輕笑。

許繹心這樣疏朗大方的，這會兒都紅了臉蛋。

倒是謝清駿很坦然，衝著她微微一笑。「借妳吉言，大哥哥會努力的。」

試。

三年一度的會試又開始了。謝家不僅謝清懋要下場，就連三房的謝清霄也準備下場考試。

不過謝清霄去年鄉試的時候，考的名次是五十六名，鄉試的排名是各省分的，這會兒是全國統考，所以謝家對於謝清霄能不能中進士倒是不抱什麼希望。

但謝清懋是解元，屬於種子選手級別的，因此這會兒蕭氏依舊是每日三炷香，很是虔誠，就連許繹心都被她帶著抄了幾卷經書。謝清溪當然也抄了幾卷，以前她是最不耐煩做這些事情的，覺得那些經書上的字太小、太繁雜，如今學會靜下心來，倒也很快就能抄完一頁。

蕭熙這幾日身子好多了，不過她也不敢四處閒逛，只來謝清溪的院子和她一塊兒說說話。

因著如今是三月，這會兒正是百花齊放的時候，謝清溪抄完佛經，就張羅著讓丫鬟去花園裡頭採花瓣。

「妳要這樣多的鮮花幹麼啊？」蕭熙有些奇怪地問道。

謝清溪如數家珍地說：「做鮮花餅、桃花釀、杏花酒，這些都得要花瓣。」

蕭熙一聽都是吃的，也很是意動，不過這會兒她過來卻是有正經事情要做的。她拉著謝清溪就往裡屋去，還特地讓自個兒的丫鬟在門口看著。

「妳鬼鬼祟祟的幹麼呢？」謝清溪見她又是拉著自己進了裡間，又是讓丫鬟在門口守著的，便笑著問她。

蕭熙做這事可是冒著風險的，因此她開口第一句就問：「妳知不知道娘最近在給妳相看親事？」

謝清溪一聽是這件事，便有些意興闌珊的。其實世家貴女到了十二、三歲的時候，就開始慢慢相看親事了，只是蕭氏在兒子的婚事上都那般挑剔，在女兒的婚事上自然就更沒有不挑剔的道理了。

「不是早就開始在相看了嗎？」謝清溪有些不在意地說道。

蕭熙推了她一把，只覺得她這態度也未免太敷衍了。「妳如今怎麼這麼不上心啊？這可是關係到妳一輩子的事情呢！」

「不是都說父母之命，媒妁之言的嗎？我要是處處關心，別人該說我不矜持了。」謝清溪理所當然地回道。

蕭熙被她這話一堵，也覺得她說的是有幾分道理，可她還是覺得奇怪啊！這話就算在誰口中說出來，也不該是謝清溪啊！這姑娘以前多跳脫的性子啊，如今這都要給她說親了，她還能這麼坐得住？

「四姊不就是處處為自己的婚事上心，結果呢？若真讓我娘給她安排，以我娘那樣的性子也不會虧待了她，只可惜她心氣太高，又有被害妄想症。」謝清溪不鹹不淡地說道。

蕭熙雖然不知道什麼叫被害妄想症，不過對於謝清溪說的話，她卻是十分的贊同。

「對了，昨兒個我娘不是來看我嗎？她說前幾日安陽侯府的世子夫人生辰宴，她也受邀去做客了，瞧見明嵐的臉色可難看了，看見我娘時都快要哭了的樣子。不過我娘只略和她說了幾句話，就沒搭理過她了。」

「她不是剛得了個女兒，挺高興的嗎？」雖說謝清溪本就對謝明嵐觀感不好，可是自從江姨娘的事情之後她才發現，謝明嵐這個人簡直是自私到了極點。江姨娘也算是給她謀劃了一輩子，結果臨了，她連送江姨娘一程都做不到。

人應該吃一塹長一智的，要是在同一條河裡頭摔下去兩次，她就是真的不長記性了。

「妳不知道，反正如今京城裡對他們家可是議論紛紛呢，都說他們家是嫡庶不分，所以聽說明嵐的婆婆快要氣死了，只說這事都是她惹出來的。」蕭熙這會兒看似很唏噓啊，不過她其實純粹是看看熱鬧罷了。她撇撇嘴，不在意地說：「要我說，他們家嫡庶不分，還不都是這婆婆搞出來的鬼？明嵐沒嫁進去前，這通房的肚子裡頭都揣著一個了，等過了半年，瞧著明嵐沒懷孕，就急吼吼地又給小妾停了避子湯，結果庶子、庶女一個個往外頭蹦，好看來著。」

「表姊，我發現妳現在真的越來越有長舌婦的潛質了。」謝清溪笑她。

蕭熙一轉頭就衝她瞪了一眼，怒道：「我這是讓妳知道謝明嵐如今的悲慘下場呢！」

「她如今還不叫悲慘呢，妳等著吧，後頭還有得她受的。」謝清溪輕嘆了一口氣。

「有一件事，我正思索著要和娘說呢……」許繹心看了蕭氏一眼，有些尷尬地說道。

蕭氏輕笑道：「咱們之間還有什麼不好說的？有什麼話，妳只管回稟給我就是了。」

「宮裡頭只怕又要選秀了，如今連十皇子都有十六歲了，我前兩日進宮時，太后同我說的。」許繹心說道。她進宮給太后請安的時候，太后露的風聲。

許繹心瞧太后打探著自家小姑子的事情，又豈有不明白的道理？不過這會兒又還沒過了明路，她總不能直接告訴蕭氏說「太后看上妳閨女了」吧？

以她嫁到這個家裡兩年的經驗來看，公公和婆婆估計是一萬個不願意讓閨女嫁到皇室的。畢竟謝家本就烜赫，謝清溪這樣的身分，這京城之中就沒她配不上的。

「那可有說什麼年歲的貴女要入選嗎？」蕭氏一問完也失笑了，先前一次選秀是十三歲到十七歲的，如今這回只怕也是如此。

謝清溪現在十五歲，正是剛好的年紀，若是還不定下婚事，只怕就得進宮參選了。

自家姑娘長得這模樣，又是這樣的家世，恐怕是不會落選的。可是如今的這些皇子，蕭氏瞧著哪個都不安分，若是日後真到了那一步，誰知道究竟是鹿死誰手？

「聽說恪王爺這回也會選妃。」許繹心見蕭氏有些出神，便又開口道。

蕭氏有些不甚在意地「喔」了一聲，在她看來，恪親王的年紀實在太大了，同自家閨女不般配，所以這位倒是不擔心。

許繹心沒想到，自己原本想給婆婆提個醒，告訴她一聲「妳閨女被恪親王和太后看上了」，誰承想，她這麼一提醒，反倒讓蕭氏更加快速地給謝清溪相看起親事了……

待會試結束之後，謝清懋是被人攙扶著下了馬車的，一回來就倒頭睡覺。第二日，他才起來將寫的文章默寫出來，交給謝樹元和謝清駿看。

謝清懋的文章寫得不像謝清駿那般花團錦簇，他是樸實無華的那種，但細細推敲起來，卻讓人驚嘆他的造詣和底蘊。

蕭熙倒是挺不在意的，她是出身侯府的，上頭兩個哥哥，誰都不是走科舉一途，到了年紀，家裡頭謀個出身，再靠著家中的扶持和自個兒的努力，也能有個錦繡前程。

等到了會試放榜的時候，謝家一早就派小廝去看了，結果小廝回來的時候，激動得話險些都說不清楚了。

謝清懋中了會元！

全京城都以最快的速度知道這個消息了。

謝家這是要在科舉上逆天了啊！

前頭已經有個開國第一位連中三元的狀元郎，難不成這回還要再出一個？

要是說出了兩位解元，京城的人倒也只覺得這家不錯，可如今這是出了兩位會元啊！若是殿試上頭謝清懋表現出色，只怕那狀元也猶如囊中取物一般了。

其實傳承百年的人家族比比皆是，就如江南那些世族，這百年來家中出過十幾個進士的也有不少家。但謝家倒好，從老太爺開始到謝樹元，再到如今這輩兒小，進士就跟不要錢一樣。特別是這會兒，二公子又中了會元，於是有些人就開始在背後嘀咕了，莫非謝家這是要承包了科舉不成？

謝家這邊，這幾日是熱鬧得很。雖說謝家謙虛，說了還有殿試這一關呢，但是明眼人都能瞧出來，謝清懋這是準準的三甲之內。

這日，謝樹元親自領著謝清懋去謝了這一科的主考官——禮部尚書曾元吉。謝清懋為人穩重，說話也是一板一眼，這樣的人最得曾元吉這種學究喜歡了。

因科舉的慣例，只要參加這一科科舉的學子考中了進士，那麼當年主持會試的主考官就是他們的座師，而學子們相互之間不論年齡，就算是同窗。

三人在曾元吉的書房裡頭談話，待說完之後，曾元吉親自送他們出書房，還讓謝清懋日後常來。

謝清懋如今二十一，在會試之中年紀不算大，中了會元也是青年才俊。謝樹元一向對他抱有很大的期望，因為謝清駿自小在老太爺身邊長大，而謝清懋才是他一手帶出來的孩子。如今謝清懋取得和清駿一樣的成績，他比誰都要高興。

「過些時日殿試的時候，你沈穩應答便是，為父對你很是放心。」父子兩人上了馬車之後，謝樹元說道。

謝清懋點了點頭。

結果兩人回府的時候，在門口正碰上謝清湛一身汗地回來，身上還穿著蹴鞠服呢，大概又是剛踢完蹴鞠回來。

謝樹元今兒個心情好，也不願罵他，只訓道：「如今你二哥也在科舉上出了成績，你年紀也不小了，待下一年鄉試的時候，你也給我下場。」

今年是會試年，所以下一回的鄉試兩年之後就到了，那時候謝清湛也才十七歲而已。

謝清湛一聽就不高興了，他瞧了謝樹元一眼，不緊不慢地說：「爹，咱們家都出了兩個解元了，我要是下場再拿回個解元來，那咱們家在全天下都得出名了。你不是一直教訓我們要低調做人嗎？所以我覺得咱們家就算出個紈袴子弟也沒什麼大不了的。」

謝清懋當即就被謝清湛的歪理邪說給逗笑了。

謝樹元此時看著謝清湛，那眼神就跟刀子一樣，要不是顧忌到這會兒是在府外，他是不介意揍謝清湛一頓的。

謝清湛一看他爹這樣，趕緊便溜之大吉了。

謝樹元沒見他溜還好，一見他跑，就更上火了。

幸虧旁邊有謝清懋，趕緊拉著他爹便道：「爹爹，您也別和清湛一般見識，他就是個小孩脾氣。」

「什麼小孩脾氣？你大哥和他一般大年紀的時候，別提多穩重了！」謝樹元恨恨地說道。

謝清懋莞爾，他大哥那是家中的長子嫡孫，就算不穩重也能生生給逼穩重了。可謝清湛是家中的小兒子啊，性子跳脫那是難免的。

其實謝清懋覺得六弟也還可以，最起碼讀書上是一點都沒落下的。

太后逼著皇上將陸庭舟召回京城來，說這小兒子年紀也大了，老是在外頭晃蕩著，算是個什麼事兒？

皇帝也生怕這個弟弟在外頭真出事，所以趕緊把人招了回來。況且今年又要選秀了，太后的意思，是打算給陸庭舟指一門閨秀做王妃。

其實皇帝對於這事倒是看淡了，以前陸庭舟二十歲的時候，他也和太后一樣著急呢，結果這會兒都二十五歲了。他覺得嘛，這事成不成就得看天了。

他還特別讓身邊的道士李懷欽給恪王爺算了一卦呢，誰知這道士卻說恪王爺的紅鸞星在今年就會動了，皇帝都忍不住嗤笑了一聲。

九皇子在成賢妃宮中，安陽侯夫人正好帶著世子夫人一起來請安，成賢妃便招了九皇子過來，老夫人笑著問了他好些話。

陸允珩因著和舅家幾個表兄玩得不錯，所以對老太太也算是和顏悅色，問了什麼都一一回了。

待過了一會兒，成賢妃便讓九皇子出去了。

等九皇子走後，老夫人才看了成賢妃一眼，問道：「聽說今年六月又要選秀？」

「可不就是？如今連十皇子都十六歲了，這幾個皇子正到了適中的年齡，所以皇上就想著選秀。」成賢妃輕笑道。

三皇子已經大婚過了，如今再將九皇子的婚事定下來，她自然也就了卻一樁心願。

「不知娘娘心中可有人選了？」老夫人一聽賢妃這話，便知道選秀定是要的了。

成賢妃搖了搖頭，只道：「我成日在宮裡頭，也不知道京城裡有哪家姑娘是個好的，所以今兒個才叫母親進宮商議一番，左右最後也要請母親幫我相看相看。」

安陽侯府老夫人一聽這話，那叫一個愜意呀！雖說女兒如今是正二品的宮妃，可對自己這個母親還是恭恭敬敬的。

倒是旁邊的世子夫人一聽這話，立即說道：「都說娶妻娶賢，可不能看走眼了，要不然像我們家洙兒一樣，豈不是可憐啊……」說著，她順勢抹了下眼淚。

成賢妃一瞧便不高興了，原本是歡歡喜喜的一件事，她這個大嫂非要哪壺不開提哪壺！

要說安陽侯府家也算是倒了楣，這位世子夫人也是高門大戶出來的姑娘，還是元配嫡女，當初相看的時候什麼都好，可娶回來才知道那叫一個不通庶物情理。後來才知道，她那個繼母對她是予取予求，可就是不教導她高門大戶裡頭的門門道道！安陽侯府吃了這樣的虧，也只得啞巴吃黃連，有苦說不出。好在經過侯府老夫人這些年的調教，總算是長進了，但有時候還是會掉鏈子。

侯府老夫人朝她瞪了一眼，結果人家正在抹眼淚，壓根兒沒瞧見。

成賢妃沒好氣，這才又開口道：「反正請母親先幫我相看相看，選秀估摸著還是貴妃主持，我以及德妃協理，到時候您給我遞個名單，我仔細瞧瞧。」

老夫人趕緊應了聲。

等兩人走後，陸允珩又摸著回來了。

成賢妃見了他就樂了，問道：「怎麼今兒個沒去找十皇子？你們不是一向形影不離的？」

「不想去。」

成賢妃摸了下他的頭，問道：「這是怎麼了？要是有事只管同母妃說便是。」

一時間，他竟是有些不知如何開口。他長這麼大，可以說是予取予求，想要什麼得不到？偏偏他喜歡謝清溪，她卻似乎對他一點意思都沒有。他也曾想著，她有什麼了不起的？不就是臉比別人好看些、性格比別人大方爽快些、家世比別人好一些嗎？可是想完之後，他還是想著人家，因此越想就越覺得不爽快。他可是堂堂九皇子，日後就是大齊朝的親王，怎麼就得不到一個女人了？

「母妃，這回選秀是不是您主持啊？」

成賢妃睨視了他一眼，似笑非笑地說道：「你問這個做什麼？」

陸允珩立即討好地道：「兒臣這不是關心一下嘛，畢竟這回也要給兒臣選皇子妃了，可得讓兒臣瞧對眼了才好。」

成賢妃也是從少女走過來的，一聽他這話，哪有不明白的道理？立即就問道：「你可是和哪家姑娘有私情了？我可告訴你，如果真是這樣，我是第一個不同意的！」

「母妃，瞧您這話說的，兒臣豈是那等輕狂之人？」陸允珩立即否認，一會兒後他又略有些害羞地說道：「只是，我遇到一個姑娘，覺得她性子好、相貌也好。」

成賢妃瞧了他一眼。

陸允珩隨即又道：「您放心吧，家世絕對配得上兒臣的！」

成賢妃見他這麼興匆匆的模樣，也不逗弄他了，只問道：「你不是和人家姑娘沒私情嗎？」

「那是自然，只是我自己瞧著好而已。左右您也要給我挑皇子妃，就幫我這一回吧！」

陸允珩開始搖著她的手臂。

最後成賢妃被他搖得實在是沒法子了，待陸允珩將名字說出來之後，成賢妃卻是大吃了一驚，輕笑道：「竟是她？」

「可不就是？兒臣的眼光不差吧？」陸允珩得意地說道。

成賢妃朝他看了一眼，笑道：「若是論起這京城的貴女，她無論是家世還是樣貌確實都是數一數二的。」

得到肯定，陸允珩便更加得意了，忙哄著成賢妃把她給自己定下來。

金殿之上，鴻臚寺官將金榜拿在手上，這鴻臚寺官還是上一科發金榜時候的那位鴻臚寺官，他盯著金榜上面的第一個名字瞧了一眼後，那叫一個激動啊，隨即朗聲道——

「第一甲第一名，謝清懋。」

「第一甲第一名，謝清懋。」

「第一甲第一名，謝清懋。」

要說一家出兩個狀元的，也不是沒有，有些有底蘊的百年耕讀大族就能出幾十個進士，其中得狀元甚至是最後入閣的閣臣都有好些個。

可是像謝家這樣連著出了兩個狀元的，就是這上下幾百年來都難找第二個吧？要是他謝家再有幾個兒子，是不是以後這狀元一位他們家就全包攬了？

此時在太和殿站著的文武百官，聽著這有些熟悉的名字，莫不是心緒各異。

站在前頭的謝舫，這會兒叫一個春風滿面啊！

他身後的傅守恆則是抬頭看著他略彎的脊背，心底微微嘆氣。

謝家一個謝清駿便已是驚才絕豔之人，這幾年在翰林院裡，時常都能在皇上跟前露臉。

如今又冒出一個謝清懋，這可讓謝舫在士林學子之中的名望再次攀升啊！

像他們這樣的閣臣，能入閣就表明自個兒的能力是得到錘煉的，如今大家拚的就是各自的名望。謝舫是兩榜進士出身，兒子也是兩榜進士出身，現在兩個孫子直接就是狀元，那就說明了這家的底蘊之深厚，讓人不可小覷。

更何況，謝清駿本人在士林之中極有威信，很多學子慕名而來，無論是制藝還是經書上的問題，他都能知無不言、言無不盡。這一科雖有他親弟弟參加考試，可是他對於上門求問的學子也從不推託，絲毫不怕給自己親弟弟造成競爭。

不過現在看來，人家能這般指點別人，那是因為對自家弟弟有絕對的把握和信心啊！這種自信，還真不是一般人能有的。

待金殿傳臚散了之後，到了宮門口，大家紛紛都向謝舫和謝樹元道賀。看看人家養的兒子，再想想自家那只知道走馬鬥狗的敗家子，那叫一個心酸啊！

等謝清懋回府之後，家裡頭又是炸開了鍋一般。

蕭氏讓人將早準備好的銅錢和銀子抬了進來，銅錢足足有兩大筐子那麼多。最末等的小丫鬟每人兩百個大子，三等的丫鬟每人三百個大子，二等的丫鬟每人五百個大子，等到了一等大丫鬟的時候就是發銀子，每人一兩的銀子。至於管事的婆子，則是每人二兩銀子。

反正人人都有份，誰都不落下。

謝清溪忍不住想著，要是謝樹元和蕭氏兩人活在現代的話，那得有多少電視臺和報紙來採訪他們，並邀請他們講一講如何培養狀元郎啊？而且還是兩個狀元郎呢！

謝清溪瞧著蕭熙，開心地問道：「狀元夫人，如今是個什麼感覺啊？」

「有種作夢的感覺，覺得走路都是飄著的！」蕭熙很是愉快地說道。

她一說完，旁邊的人都笑開了。

許繹心倒是有些遺憾，當初謝清駿得狀元郎的時候，她雖是瞧見了，不過卻是擠在很多百姓之中，看著他騎在高頭大馬上遊街，每個人臉上都掛著愉快的笑意，每個人都將手中的鮮花朝他身上扔，可他就是騎在馬上笑，很謙和溫雅的笑。

既然得了狀元郎，自然是要廣發帖子，邀請親朋好友到家中慶祝一番了。

謝家的熱鬧還沒過，宮裡頭又是一陣熱鬧。

陸允珩一見謝清懋竟得了狀元，只覺得他說服母妃的藉口又多了一個。當然，他也不是因為謝清溪的哥哥是狀元才會喜歡她的，只不過這能成了讓成賢妃同意的理由，他自然樂得用上。

「好了、好了，我知道你的意思。這謝家本就是官宦家庭中頂頂有實權的，不過他家的閨女如今可是香餑餑，你既是瞧上了，難保沒有旁人也喜歡。」成賢妃皺著眉頭說道。

陸允珩立即說：「那您去和父皇提一提，讓他提前給我賜婚。」

「你又胡說！若是單單給你一個人賜婚，那你八哥和十弟呢？到時候還不得鬧翻了！」

成賢妃見他盡說些孩子話，便有些不開心，待過了一會兒，她才說道：「要不這般吧，我想想主意。你呢就別操心這事了，畢竟這也不是你能操心的。」

其實成賢妃想的就是走太后這條路，畢竟她和文貴妃不對盤，若是日後她露出想討謝清溪做兒媳婦的想法，文貴妃給她從中作梗，到時候只怕徒生波折呢！

陸庭舟回京的時候，正好是殿試考完之後，考生正等著金殿的傳臚大典呢！

太后一瞧見他，眼淚都掉下了，過了好半晌才說：「你以後可要好好待著，別再亂跑了。」

陸庭舟輕笑道：「您給我娶個媳婦，管管我不就行了？」

太后瞧著他，愣是有些呆住了。

從前都是她強押著他娶媳婦，結果他還這個不願意、那個不同意的，如今聽見兒子突然說「您給我娶個媳婦」這樣的話，太后有種說不出來的感覺。要說驚喜吧，肯定是有的，可是驚喜之後，就是有些小小的失落了。對於長子，太后早就是不帶期望了，這幾年他這麼折騰下來，她早已是失望透頂。而對於這個優秀的小兒子，她如今唯一的希望，就是他能在自己身邊安安穩穩的，再不要出一點事情了。

「母后，這是怎麼了？」陸庭舟笑看著太后，而後有些神色失落地說道：「莫非母后覺得兒臣不易娶王妃？」他微微垂下眸子，臉上竟是一種可憐的表情。

自從他五歲之後，就再沒從他臉上看到過這種讓人憐惜的表情，因此太后此時一瞧見，心都險些融化了。

想當初，她是個不受寵的皇后，但是後來老蚌懷珠，生了陸庭舟，而這孩子居然得了先皇的眼，一躍超過先皇寵妃生的那個皇子，成為先皇最喜愛的兒子。

有時候人和人之間的緣分就是這般奇妙，就連親父子之間都是這樣。明明皇帝和陸庭舟都是先皇的兒子，而且皇帝還是名正言順的嫡長子，可偏偏先皇對他就是不甚喜歡。

在沒陸庭舟之前，先皇喜歡的是寵妃生的兒子；陸庭舟出生之後，先皇最喜歡的就是他。

太后有時候也會自嘲地想著，大抵先皇看人就是毒辣，一眼便能看出皇帝不適任君王之位，可惜她……

「那兒臣不娶就是了，兒臣一輩子都只陪著母后。」陸庭舟看著太后，語帶笑意地說道。

太后立即道：「胡說！母后這輩子就盼著你和你皇兄能好好的，如今你皇兄是兒女雙全，倒是你還孑然一身。母后知道你的心意，好在今年就有選秀，她無論是年齡還是家世都是夠的，到時候我做主將她許給你便是了。」太后何嘗不知道陸庭舟這招是以退為進？可如今兒子都說喜歡了，她這個做親娘的又能說什麼呢？

待出了壽康宮之後，就見湯圓歡快地在陸庭舟跟前跑來跑去。

這天，成賢妃過來給太后請安，一開始只是聊聊天，到了後頭就將話題扯到了選秀上頭。她也知道太后如今最擔心的就是恪王爺的婚事，所以很是妥貼地問道：「不知母后可有中意哪家姑娘？」

她倒是沒特別中意的，不過她兒子有。太后只輕笑道：「這選兒媳婦最緊要的是賢慧，咱們這樣的，已經不需要考慮兒媳婦的家世了，只要孩子喜歡便是。」

成賢妃抿嘴一笑，乖巧地說道：「可不就是這樣呢！這會兒皇上要給小九他們選皇子妃，兒媳這心裡可是頗為擔憂呢，小九孩子心性，所以可得找個賢慧的媳婦幫襯著他才行。」

太后問道：「妳心裡頭可有合適的人選？」

成賢妃一聽太后主動提這話題，立即便打蛇上棍。「欸，其實兒媳婦心中還真是有這麼個人選呢！」

「不知是哪家的姑娘？」陸允珩算是孫子輩中挺討太后喜歡的，所以這會兒說到他的婚事，太后也同樣上心。

成賢妃抿嘴一笑，道：「想來您也是聽過的，就是謝閣老家的長房嫡孫女。」

太后心底驀地一沈，卻猶不死心地問道：「是哪個嫡孫女？」

「謝家長房總共就一個嫡孫女，排行第六的姑娘，連閨名都好聽呢，叫清溪。」成賢妃柔柔地笑道。

這會兒太后可是笑不出來了。嫡親的叔姪倆竟看上同一個姑娘？這豈不是亂了套！

「不行，這姑娘不行！」太后立即出言反對。

成賢妃有些詫異，還想開口，就聽太后面色冷凝地道——

「妳只管死了這條心吧！」

待陸庭舟收到成賢妃求上太后的消息時，已是傍晚時分。

夕陽西下，將整片天空染成一片赤紅色。

他聽著面前人的稟告，抬頭朝著窗外看去。

過了許久之後，他突然狠狠一揮手，將擺在書桌上的青花瓷筆洗掃落在地，咬著牙怒道：「找死！」

第四十三章

陸庭舟進宮的時候，天正濛濛亮，他站在宮門口，和其他朝臣一起等著上早朝。可誰知等了半晌，最後等來的卻是二總管長遠。

「各位大人，皇上今早起身的時候身子不適，這會兒已經宣了太醫院醫正，今日早朝是開不了了。」長遠有些歉疚地看著等在宮門口的眾多朝臣。

此時站在最前頭的是內閣的幾位閣臣、皇子還有王爺們。

大皇子當即便道：「父皇的身子可有大礙？不行，我要立即進宮看看！」

旁邊的二皇子也不甘示弱，立刻說道：「我也要前去給父皇侍疾！這身邊的人是怎麼伺候的，怎麼到了父皇早起的時候才發現身子不適！」

內閣首輔許寅這會兒也站出來了，問。「長公公，不知皇上這會兒可是醒著的？咱們這些內閣的臣子總該隨身侍奉吧？」

旁邊的傅守恆跟著道：「當即如此。若是皇上有什麼吩咐，咱們也好第一時間聽候差遣。」

如今皇上的身子越來越差，卻還不禁女色，因此這些皇子、臣子們嘴上雖不敢說，可心裡頭卻生怕皇帝突然就這麼去了，到時候這天下留給誰？底下這些成年的、未成年的皇子們，還不得亂成一鍋粥啊？

長遠被他們你一言、我一語地嚇得冷汗都出來了，趕緊道：「各位皇子和閣老們無須擔心，皇上不過是偶感風寒而已，並不需要人隨身侍奉。如今貴妃娘娘、德妃娘娘、賢妃娘娘三位主子已經趕到乾清宮了。」

大皇子和二皇子一聽自個兒的靠山去了，便不再擔心。

閣老們則是借坡下驢，也不再提侍疾這件事。

待眾人依次散去後，就見大皇子和二皇子幾人都還遲遲不願離開。

長遠這時悄聲叫住陸庭舟，道：「王爺，太后娘娘身邊的閻總管方才瞧見我過來，說是我要見著您的話，務必請您去壽康宮走一趟，太后她老人家想您想得緊。」

大皇子等人本來豎著耳朵聽的，不過聽見是太后娘娘召喚陸庭舟，也就不在意了。這京城裡頭，誰不知道太后最是偏愛小兒子。

閻良是陪著太后到乾清宮的，這會兒皇帝已經昏迷不醒了，太醫院不僅是醫正，但凡在值的、沒在值的太醫，全都被叫進宮來了。

太后進了內殿裡頭，可文貴妃等人卻被攔在了外頭。

文貴妃有些氣急敗壞地說道：「本宮是執掌後宮的貴妃娘娘，如今皇上病了，本宮怎麼就不能進去了？」

德妃雖和貴妃一直不和，不過這會兒卻亦是贊同，附和道：「就是！咱們乃是執掌後宮的妃嬪，能和那些閒雜人等相比嗎？你若是再不讓本宮進去，到時候治你一個以下犯上之罪！」

倒是成賢妃一直盯著這個小太監看，並不開口。

這內侍是被懷濟派出來擋著的，是懷濟的乾兒子汪遠。平日裡，這些娘娘瞧著他那也是客客氣氣的，見面就是打賞，可今兒個卻一個、兩個都要給他治罪，他說不害怕是假的，可是乾爹吩咐了，怎麼著都得把人攔在門外，免得闖進去擾了皇上。

太后此時正一臉蒼白地坐在旁邊，太醫則跪在榻邊給皇上診脈。她看著皇帝蠟黃枯槁的臉色，再看著這些太醫擔憂的表情，突然也不知怎麼地，就想起了先皇。

那次她和先皇又因宸妃而爭吵，不知為何，便提起了當時還是大皇子的皇帝和宸妃所生的二皇子。先皇譏諷她，若她真的會教兒子，哪怕大皇子比得上二皇子的一半，他就心滿意足了，所以他要將小六從自己身邊帶走，他怕自己誤了小六。

也正是那一次，太后才發現先皇是真的厭惡大皇子，並不是她一貫認為的愛之深責之切。或許，他從來就沒打算將江山傳給自己的兒子！一想到這裡，她就忍不住打冷顫。

若她貴為中宮皇后都不能讓自己的兒子登上皇位，一旦二皇子繼位了，日後無論是她還是大皇子，甚至是她的小六，都不會有好日子過的，他們會連命都保不住的！

可當皇帝行事越來越荒誕，她才發現，先皇說的竟是對的，她的長子真不是為君之人。

太后木然地看著床上躺著的人，想著這些年來他寵信道士，想著他宣召那些只有十初歲的小姑娘進宮，她就忍不住作嘔。她的兒子為何會變成如今這般模樣？

此時，外間不斷傳來斥責之聲。懷濟守在皇上床邊，目不斜視；而閻良則是站在太后的身後，小心地覷了眼太后。

整個宮殿裡，明明站著那樣多的人，卻給人一種死氣沈沈的感覺。

太后抬頭朝殿門口望了一眼，淡淡地道：「閻良，讓她們都閉嘴。」

閻良低聲應道，便急急地走了出去。

文貴妃這會兒還拿著汪遠撒氣呢，就見閻良從裡面走出來，她面色一喜，忙道：「可是皇上醒了，宣召咱們進去？」

德妃和賢妃也殷切地瞧著他。

閻良壓低聲音道：「太醫正在給皇上診治呢，還請幾位娘娘稍等片刻，可不能大聲喧譁。要是再吵著裡頭，可就不是奴才出來勸諸位娘娘了。」

閻良是誰的內侍，大家都清楚得很，一時間，連文貴妃都老實了。

三人見自己今兒個是進不去的，又不敢隨便離去，只得在外間找了位子坐下，心中仍都是忐忑不安。要是皇上真出了什麼事情，這大齊的江山會交到誰手上去？

不只是皇宮之中瀰漫著不安的氣氛，皇宮之外也頗為混亂。

大皇子的寧王府和二皇子的康王府，各自的幕僚全聚集在一起。

而這邊謝舫剛坐著馬車回家，結果下了馬車，步上門前臺階的時候，一頭就栽了下去，要不是後頭的管事及時扶住，只怕就要摔得頭破血流了！

管事當時就喚了守門的小廝，一起將人抬進了府裡頭，接著謝家又急急忙忙地去京城最大的醫館福善堂請大夫。

沒一會兒的工夫，全京城幾乎都知道，謝閣老在自家門口差點摔死一事了。

另一頭正被家中丫鬟伺候著換衣裳的許寅聽到後，差點跳起來罵這個謝不倒奸詐。就連許寅如今貴為首輔，都曾經有失意的時候，但謝舫自從中了兩榜進士之後，無論是在翰林熬資歷，還是外放、到吏部當尚書，都是一步一個坑，走得極其紮實，所以與謝舫政見不和的人，背地裡便譏諷他就是個不倒翁，左右逢源，後頭有人乾脆給他取了個諢名——謝不倒。

當初謝樹元聽見的時候，險些都要氣死。

可偏偏謝舫很是淡然，還頗為自得地說，這等誇獎之話，還輪不到一般人身上呢！

謝舫倒下去了，謝家上下一片混亂，都忙著給老太爺侍疾呢！

就算有上門拜訪的，這會兒也都被擋了回去。

謝家的孝子賢孫，此時都等在老太爺的院子裡頭，而老太太一見自家老頭子是被抬進來的，當即就嚇得差點昏過去。

所以這邊福善堂的大夫給老太爺治病，許繹心則給老太太治病。

許繹心嫁進來之後，老太太對她是不錯的，畢竟老太太一想到太后那威嚴的模樣，別說是給許繹心下馬威了，就連重話都不敢說她一句。況且許繹心是朝廷欽封的長寧郡主，就算是想教訓她，也得掂量掂量自個兒的身分啊！

許繹心很專心地給老太太診脈，待過了會兒才對蕭氏和閔氏道：「兩位太太不用擔心，祖母不過是受了驚嚇而已，臥床休息幾日就行了。」

這邊的謝樹元臉上還有焦急之色呢，謝清駿則是一片淡定了。

謝清駿瞧著他爹關心則亂的模樣，安慰道：「父親，祖父吉人自有天相，您也不必過於擔心。」

謝樹元輕嘆了一口氣，道：「你祖父若不是為著咱們，也不必這麼大年紀了還在閣臣的位置上苦熬著，是我這個做兒子的不爭氣。」

其實謝樹元這話說得也沒錯，在尋常人家，六十歲的老人那都已經兒孫滿堂，頤養天年去了。謝舫自然也兒孫滿堂，可是他不僅得在閣臣這個位置上站著，還得繼續往前進。

畢竟一個閣臣的家族，和一個右都御史的家族，兩者實在相差太大。

只要謝舫不倒，謝家在帝都那就是頂級的官宦家庭。

可要是謝舫倒下了，以謝樹元如今的官位，謝家便只能退到了二流的位置。

謝舫本意是想培養謝樹元入閣的，可是他觀察了這些年後，發現這個兒子的手段、能力都不差，但有時候卻有些婦人之仁，特別是在處理後宅之事上，拿不出當斷則斷的魄力。而且一旦謝樹元入閣，那謝清駿再入閣的機會就微乎其微了，總不能你家三代都入閣吧？

相較於兒子，謝舫反而是對這個孫子抱有更高的期望。他覺得謝清駿完全可以將謝家帶到一個前所未有的高度，就好比東晉時的王謝之家。

「父親何必這般自責？許寅許首輔比祖父還年長七歲呢，照舊還替皇上分憂解勞。咱們儒學門生之所以讀書，不就是為了治國平天下嗎？祖父這等才能，若是只在家含飴弄孫，反倒是朝廷的損失呢！」謝清駿勸慰道。

謝樹元聽了長子的話，也覺得他說的確實有道理，便點了點頭，再不說別的。

此時老太太那邊的小丫鬟過來稟報。「大少奶奶說，老太太只是受了些驚嚇，臥床幾日便好了，還請各位老爺和少爺不要擔心。」

此時大夫也給謝舫診斷完了，不過說來說去，也就是那麼幾句，無非就是「操勞過度」、「要好生休養」。

等開完藥之後，大夫又問。「貴府的太夫人也不舒服嗎？要在下去瞧瞧嗎？」

謝樹元嘆了一口氣，道：「我母親年紀大了，又見父親是被小廝抬進來的，所以一時受了驚嚇，這才臥床的，好在我家大兒媳婦略通醫術。」

謝清駿卻突然道：「那就請大夫再為我祖母診治一番吧。」

待老太太這邊診治過了，斷定確實只是受驚了。

大夫心裡搖了搖頭，家裡頭一時間倒了兩個老人，這家只怕是不好過了。對謝府關心的人，這會兒就知道，謝家老太爺是真病了。

蕭氏這幾日一直在老太太跟前侍疾，她和弟媳輪流著來，倒也不是很累。只是她心裡頭存著事情，總是有些擔憂。

這日，她見老太太氣色略好些，就將許繹心叫了過來。

「先前清駿中狀元的時候，我就立刻去重元寺還願了，這回我也早在菩薩跟前許了願，要是清懋真中了狀元，就立即還願並捐二千兩的香油錢。可是妳也知道，老太太這邊一直病著，我沒空去，蕭熙又剛懷孕，要不然這事讓她去也成。所以我左思右想，便想讓妳幫我跑一趟。」蕭氏輕聲說道。

謝清駿中狀元的時候，她是請完客之後立即就去還願了。可清懋這回卻拖了這麼久，她怕再不去，萬一菩薩怪罪，日後會影響了清懋的仕途。

蕭氏連著兩回都是去重元寺上香的，結果兩個兒子都中了狀元。雖說他們本就有實力，可是科舉這種事情，實力是一部分，運氣也同樣重要，蕭氏很相信是重元寺裡的菩薩護佑了她的兒子，所以對於還願的事情格外重視。

許繹心一聽是這等小事，便立即點頭，輕聲道：「娘放心吧，我定會將這事辦得妥妥當當。」

「妳帶著清溪一塊兒去，我怕只有妳一個人去，菩薩會覺得咱們家不夠心誠。」蕭氏又囑咐著。

許繹心輕笑。「娘只管放心吧。」

「妳們去就說是給老太爺和老太太祈福的，所以到時候給老太爺和老太太再各捐六百兩的香油錢。」蕭氏又想起來，趕緊說道。

就算許繹心的陪嫁比一般女子都豐厚，但是她從前走慣了江湖，不比那些閨閣之中不知物價的女子，她見婆婆這麼隨口一說，三千二百兩銀子就灑出去了，也微微吃了一驚。

謝清溪也是前一晚才知道，自己要和大嫂去上香，不過她知道蕭氏的目的。上回還願的時候，也是她陪著娘親去的，那過程如今還記得呢。既是為了二哥，她自然義不容辭。

倒是蕭熙去謝過許繹心之後，又過來謝她，說要不是自個兒身子的問題，就自己去了。

謝清溪斜了她一眼，輕笑道：「就咱們倆這關係，妳還和我客氣？」

結果蕭熙偷偷地給她塞了銀票，謝清溪不願要，道：「這香油錢，娘都已經交給大嫂了。」

蕭熙支支吾吾半天，才道：「可上回我也在菩薩跟前許願了，大嫂是替婆婆去還願，妳就當替我去的唄！」

謝清溪這才接過銀子。

第二日，謝清溪早早地就梳妝打扮好，跟著許繹心去上香了。重元寺裡接待她們的，照舊是謝家相熟的知客僧。謝清溪隨著許繹心進去，略吃了午膳之後，就去幫蕭熙還了願，這才將事情都了結了。

不過到了她們要下山的時候，天氣就變了。許繹心瞧著外頭不大好，又想著待會兒還要下山，便催促丫鬟趕緊收拾東西。

誰知她們剛上了馬車，外頭就轟隆隆地響起雷鳴聲，天際早已經是一片暮色，閃電劃過半空，將整個天空都照亮了大半。

謝清溪奇怪地說：「京城一向氣候乾燥，如今竟也同南方一般開始頻繁下雨了。」

「這雨勢來得太快，只怕是雷陣雨，我吩咐馬車夫慢點趕車，最緊要的是安全。」許繹心拉著她的手安慰道。

結果還沒走出去多久呢，就見有一群人騎馬下山，車夫原本將車趕在正中央的，結果這些縱馬的人一擠，他反倒是被迫走到了靠懸崖邊的一處。

馬車夫早就得了命令，不敢將車趕快，可旁邊一個人經過時，也不知道怎的，馬就突然嘶叫起來，然後瘋了一樣地開始往前衝。

許繹心剛想問「怎麼了？」，整個人就被帶著往前衝去。

謝清溪忙去抓她，結果自個兒也被帶著摔倒了。

旁邊的朱砂和許繹心的丫鬟半夏見狀，趕緊過來扶她們兩人。

然而，這會兒馬一路往前衝去，馬車根本就拉不住了！

而方才驚馬的人，見這突發的情況，也嚇了一跳。

後頭騎馬跟上來的人看車廂被帶著都要撞上懸崖邊了，立即罵道：「蠢貨！蠢貨！」

正巧，對面有一輛馬車正要上山，只見馬車四周鑲了一圈飛燕，四個角也都掛著銀質鏤空鈴鐺，在鋪天蓋地的雨幕之下，只剩下模糊的聲音。

「王爺，前頭是謝家的馬車驚了！」坐在外頭的齊心一見，便趕緊對著裡頭說道。

眼看著謝家的馬車要衝過來，恪王府的車夫趕緊勒住韁繩。好在王府的馬都是聾的，只要不傷害牠，牠是不會受這些聲音的驚嚇。

陸庭舟掀開簾子，就看見對面那車夫試圖控制馬，可是他拉韁繩的時候，卻讓馬往旁邊的大樹上撞去，結果整個馬車往一邊翻倒了，那匹馬的蹄還在不停地揮舞，眼看著馬車已經到了懸崖的邊緣了。

許繹心是最先被撞出來的，半夏伸手想拉她，誰知卻被她帶著往下掉，朱砂趕緊拉住半夏，然後謝清溪又抱住朱砂的腰，可馬車車廂已是超出懸崖邊上，許繹心整個人懸在半空中！

這會兒陸庭舟帶著人上來了，先是齊心將手伸給許繹心，將她拉了上來。結果她一上來，馬車竟是又歪了歪。

陸庭舟只帶了一個幕僚和幾個護衛出來，此時幾人抓住車廂，但是這馬車還連著一匹馬，實在是太重了。

陸庭舟當機立斷道：「斬開馬和馬車之間的連結，將馬推到山崖下去！」

一個侍衛當即斬斷，那馬還活著呢，就被兩人齊齊地推了下去。

這會兒沒了馬的阻礙，幾人又合力拉住車輪子，努力控制馬車不向山崖下傾倒。

接著，半夏被接上去了。

輪到朱砂的時候，她轉頭對身後的謝清溪說：「小姐，妳先上去吧。」

「妳比我還在外頭，妳先上去。他們已經控制住了馬車，不礙事的。」謝清溪冷靜地說道。

朱砂帶著哭腔，小聲地道：「小姐……」

「走！」謝清溪冷冷地道。

朱砂不敢再說話，就往外頭爬，依然還是齊心拉著她。

這裡頭就齊心一個是內監，所以他拉著姑娘的手最合適。

等朱砂爬出去後，謝清溪就開始往外頭爬，結果這會兒車廂突然又歪了歪，已經有大半是斜在懸崖邊上的！謝清溪頓時不敢動彈了。

陸庭舟站在崖邊上，衝著車廂道：「清溪，妳慢慢來，別害怕，我肯定能抓住妳的。」

此時正好後頭那群騎馬的人也趕到了，方才被罵之人有心想要表現，便大喝一聲。「我們來幫忙！」

謝清溪已經快爬到車廂門口，抓住陸庭舟的指尖了，結果一個巨力突然衝過來，整個車廂承受不住地晃了下，她瞬間往門口摔出！

陸庭舟往前一伸手，緊緊地握住她的手，可是他此時已經站在崖邊，因此整個人失去了重心。

於是，在眾人的驚呼之下，兩人就這樣往懸崖處摔落下去！

陸庭舟緊緊握著謝清溪的手，兩人急速往下掉。

謝清溪不敢驚叫，只看著陸庭舟。

就算如今這般危急的情況，陸庭舟依舊沈著，他手上劃過一道金光，一瞬間，兩人被掛在了石壁旁。

此時大雨還在下，謝清溪朝著下面看了一眼，只覺得深不見底，不敢再看。

陸庭舟還拉著她的手，在上面喊道：「清溪，妳沒事吧？」

「沒事！」謝清溪也喊道。

「妳能攀著石壁上來，抱著我的腰嗎？」

如今兩人是利用陸庭舟右手臂上的護腕發出的堅韌金線，掛在了懸崖邊的樹上。陸庭舟一手拉著金線，一手拉著懸在半空之中的謝清溪，整個人猶如被扯裂開一般疼。

謝清溪自然也知道這般僵持下去，陸庭舟肯定會受不住的。她先是伸手去搆崖壁，結果摸了兩次，都因石壁太滑而鬆開手。

此時，陸庭舟往下望了一眼，安慰她。「沒關係，慢慢來。」

謝清溪哪裡敢慢慢來啊？她都能感覺到自己的手指一點點地從陸庭舟的手中滑開了，可是他卻拽得越來越緊。她心一橫，又一次伸出了手抓石壁，這一次，她連腳也一起攀附了上去，兩隻腳同時蹬著石壁，整個人往上面躥。

因身子太貼緊峭壁了，她往上躥的時候幾乎是貼著峭壁動的，所以整個前胸到腿都火辣辣的疼。

陸庭舟自然也看到這一幕了，他心疼道：「沒關係，咱們可以慢慢來。」

謝清溪抬頭想衝他笑，可是雨水直直地打在眼睛上，她根本睜不開眼睛。她低頭歇了一口氣，又用同樣的法子往上躥去，終於借著陸庭舟和自己的力道攀附到了他腰身處。

「爬到我的背上，我揹著妳下山。」陸庭舟沈聲道。

謝清溪吃驚地睜開眼睛，看著他大聲喊道：「不行！我太重了，你揹著我根本就攀不到山下的！」

「沒試過，妳怎麼知道？」陸庭舟衝她輕笑，隨後又大喊道：「妳也未免太不相信我了，上來！」

謝清溪看著陸庭舟豪氣萬丈的模樣，眼睛突然紅了。

這個男人從來都是在她最危險的時候出現在她身邊，不管是以前還是現在。

她不再猶豫，迅速地趴在陸庭舟的背上，也顧不得羞恥，雙腿緊緊纏住他的腰。如今他兩隻手都要用在攀著岩壁上，根本騰不出手抱著她，而謝清溪也不想一味地拖累他，自己便如樹蛙般，緊緊地攀在他身上。

準備就緒後，陸庭舟解開了手腕上的護具，將金線連著護具一起留在了樹上，開始往山下爬。「我在遼關的時候，曾一個人跑去牧民聚集的地方，跟著他們一塊兒上山採藥，比這種小山要高得多呢，所以妳別擔心。」他還有力氣說話。

「我不擔心，我一點都不擔心。」謝清溪想搖頭，可又怕自己的動作給他增加負擔，所以一動都不敢動。「小船哥哥，你在遼關的時候是怎麼過來的？」那樣寂寥的地方，觸目所及之處看見的盡是大片的荒原，你是怎麼熬過來的？

陸庭舟剛要說話，又聽她說——

「算了算了，你別說話，我不該現在問你的，等咱們倆都閒下來了，再說說你的事情吧。」

陸庭舟往下面伸腳，待確實踩到一處後，才慢慢地挪過去踩下。

謝清溪覺得奇怪，按理說他們這會兒不是該往上面爬嗎，怎麼往下走啊？這不是更費力？

陸庭舟猶如猜到她心中想了什麼，開口道：「我們現在所在的這個位置，下山的距離是上山的一半，我估計再半個時辰我們就能到山腳下了，再堅持一會兒。」

謝清溪一聽居然還要半個時辰，嚇得再不敢說話了。

此時雨勢絲毫沒有緩和的意思，就在陸庭舟又往下挪了一小會兒後，就見有一個巨大的黑影驀地落了下來，謝清溪探頭一看，發現那好像是恪王府的馬車。

此時陸允珩看著崖邊，嚇得連話都不敢說了，旁邊幾個人也是這般。

「王爺、王爺——」齊心趴在崖邊大聲哭喊著。

許繹心剛撲到崖邊，就被半夏和朱砂拉了回來。

朱砂已經哭成了淚人兒，哭著喊著謝清溪的名字。

半晌後陸允珩回過神來，對著旁邊的人就是狠狠的一個嘴巴子抽上去，他壓低聲音怒道：「要是謝姑娘和我六叔出了什麼事情，就是拿你們全家的命填都不夠！」

這人早已經被嚇傻了，原本他也只是想幫助九皇子而已，未料竟造成意外。

陸允珩原以為不會出差錯的婚事，成賢妃突然間竟是反對到底，而且連什麼原因都不肯說，於是他出宮找這些勛貴子弟陪自己喝酒，席間喝多了，就有人問他為何喝悶酒，也不知怎麼的，他就將事情說了出來，結果其中一個人卻笑說這根本就是手到擒來的小事。

如今全亂了，全亂了……

要是被查出來，謝家的馬車是被人故意驚嚇的，到時候這件事肯定裹不住！這些勛貴子弟，平日在京城各個都是大爺，可如今一牽扯到恪王爺，一個個都慫包了，有些甚至恨不能立即回家稟告長輩，好商量對策。

陸允珩回頭看了他們一眼，冷笑道：「你們一個個都別想走，全給我留在這裡找我六叔，要不然，全都等著抄家滅族吧！」

他這話說得雖然重，可這會兒卻是誰都不敢輕舉妄動的。

此時，陸庭舟唯一帶著的幕僚走上前對齊心道：「齊總管，如今可不是哭的時候，還是趕緊找人要緊。」

「對、對，找人！嚴先生您說的對，找人，得趕緊找人！」這會兒齊心說話已經是有些語無倫次了。

還是這姓嚴的幕僚冷靜地喊道：「魏澤，你迅速去王府點三百親兵，沿著山崖下去，從山腳方圓五里的地方開始找。還有你，拿著齊總管的名帖，去京兆尹一趟，告訴京兆尹的人，恪王爺不慎落崖，讓他趕緊派人過來。」

嚴先生一連串的吩咐，讓許繹心也清醒了過來。

許繹心對著嚴先生行禮，道：「嚴先生，我乃長寧郡主，此次和王爺一起落崖的乃是我婆家小姑，也是謝舫謝閣老的嫡親孫女。如今我們馬車已毀，還請先生派人到我府上通報一聲，請家中迅速派人過來。」

「原來是郡主，嚴某不過是個舉人罷了，哪敢受郡主這般大禮。」嚴先生立即客氣回禮道，又說：「如今天色已晚，又是這樣大的雨，還請郡主先到我的馬車上休息一下，我立即派人送郡主下山，再遲便不好下山了。」

許縡心早已經被雨淋濕了，要不是身上披著披風，只怕連名節都要毀了。而兩個丫鬟就更慘了，身上的衣裳沒那麼厚，若是再淋雨下去，只怕都要病了。因此她索性也不客氣，帶著兩個丫鬟就上了馬車，上車前又再次向嚴先生道謝。

此時嚴先生已經披著蓑衣，沿著山路往下走。他如今唯一慶幸的便是，這重元寺並非建在高山之上，石壁看著也並不陡峭，估計以王爺的身手，應不至於傷及生命。

此時陸庭舟朝下面望了望，喊道：「清溪，下面是一片樹林，如今下雨，樹林底下的泥地肯定是柔軟的，現在我抱著妳跳下去，我們要是幸運就掛在樹枝上，要是不幸運就摔在泥地上。」

謝清溪看著陸庭舟此時顫抖不停的雙臂，堅定道：「我跟你一起跳下去。」

「好，那妳先從我背上下來，攀在旁邊的石壁上，待會兒我抱著妳下去。」陸庭舟說道。

謝清溪沒吭聲，只默默地爬到旁邊的石壁上，也有如壁虎般攀住石壁。

陸庭舟轉頭看她，伸手就要抱她，卻見她搖頭。

「你要是想給我當墊背，那就算了。原本就是我牽累了你，要是你再給我墊背，我日後只怕連正視你都做不到了。咱們就這樣握著手跳下去吧。」謝清溪認真地說道。

「好，那咱們閉著眼睛，一塊兒跳下去。」陸庭舟溫柔地說道。

滿天雨聲中，他的聲音溫柔又堅定，猶如溫熱的水流包裹著她的心，讓她不再害怕，不再迷惘。謝清溪鄭重地點頭。

「我喊一二三，咱們就一塊兒跳。」

謝清溪又點頭。

「一、二……」

結果還沒聽到「三」的聲音，謝清溪就被拉扯了過去，接著整個人就落在了一個堅實有力的懷抱之中。

「陸庭舟！」謝清溪震驚又氣極地喊道。

陸庭舟輕聲一笑，低頭吻了她的唇。「乖，別說話。」

就在兩人的身體下墜到接觸樹幹的時候，陸庭舟立即伸手去抓樹枝，但是因為衝勁太大，懷中又抱著一個人，他光憑一隻手根本抓不住，於是兩人穿過枝幹，落在了地上，結果剛一落地，陸庭舟就悶哼一聲。

「小船哥哥！你怎麼樣？」謝清溪聽見他痛呼的聲音，趕緊問道。

陸庭舟先前和謝清溪說，他們幸運的話就掛在樹枝上，不幸的話就是落在泥地上。可是他怎麼都沒想到，明明是泥地，落下時他的腳踝處卻有一塊石頭，他的腳正是摔在石塊上。依這劇痛來判斷，他的腳便是沒骨折，這會兒只怕也裂了。

謝清溪趕緊爬起來，問了他好幾聲。

陸庭舟這才輕喊道：「腳……」

謝清溪趕緊去看他的腳，就見腳踝正好磕在石頭上，只怕是骨裂了。「小船哥哥，你別怕，我現在就救你！」她說著就要去搬動陸庭舟。

誰知陸庭舟卻說道：「我如今是一點力氣都沒有了，妳根本就搬不動我。這裡已是山腳下，估計不遠處就有人家，妳去找人來救我。」

謝清溪看了看他，又抬頭望著這片幽深的林子，沒一會兒就立即點頭。如今哭哭啼啼已是沒用，她得救陸庭舟，得找人救他！

「小船哥哥，你先在這裡等我一下。」謝清溪說著就將他扶著坐起來。她不敢讓陸庭舟坐在樹下，生怕待會兒若打雷會劈到這裡，於是她往前面跑了幾步，到了山壁旁邊，看見山腳下正好有個凹陷處，雖不至於擋住整個人，但是最起碼能保證他少淋些雨。

「小船哥哥，你再堅持一下，我們別坐在樹下，我扶你去前面的山壁處坐著。」謝清溪跑回來對他說道。

陸庭舟點了點頭。可就是這麼短短的幾步，他都感覺自個兒走了許久。方才在崖壁上，揹著謝清溪，因顧慮著她的安全，他不敢有絲毫鬆懈，如今沒了顧慮，整個身子瞬間猶如灌了鉛般，動一下都覺得有千斤重。

謝清溪將他安頓好後便道：「我現在立刻就去找人來救你，你在這裡等我。」

「嗯，我等妳。」陸庭舟輕笑。

謝清溪便開始朝林子的另一邊跑去。林子的這頭是山腳，那另一邊的話應該是農田，只要有農田就有莊戶，他們就能得救！

結果她跑到樹林盡頭的時候，就看見面前是一大片空地，因如今天色太暗，她根本看不出這些空地是什麼，直到天際又劃過一道閃電時，她才看見滿片被雨水打得幾乎要趴在地上的青苗。

「莊稼，是莊稼！」謝清溪激動得無以復加，開始沿著田埂往前面奔跑。她不知道自己有沒有踩到這些青苗，可是她顧不了這許多，只能一直跑、一直跑……

此時陸庭舟靠坐在石壁的凹陷處內，因兩條腿是平直放著的，所以一直在淋雨。他抬頭看了一眼天際，雷電交加，悶雷聲打得讓人心顫。

他忍不住輕笑一聲，果真是人算不如天算啊！他一向覺得自己是算無遺策的，可怎麼都算不到，他落地的地方竟會有塊石塊，讓他的腳不能動彈。

不過陸庭舟也不是怨天尤人之輩，只安靜地等著。

謝清溪跌跌撞撞地往前跑，在不知第幾次摔倒後，她突然聽見前面有狗叫聲。因為此時周圍一片漆黑，她根本看不見狗在哪裡，所以只能朝著那隱隱的叫聲方向繼續跑。

直到聽見越來越清晰的狗叫聲後，她的心都在歡呼、都在雀躍。他們得救了，得救了！

當一個農家小院的黑影出現在她眼前時，她明確地聽見了裡面的狗叫聲。她撲過去，拚命地敲門，大喊道：「有沒有人？有沒有人？救命啊，救命——」

此時莊戶裡的人還沒歇下，農婦正在給丈夫打洗腳水時，聽見外頭的狗越叫越大聲，便抱怨道：「這死狗不會要叫一個晚上吧？」

「這打雷下雨的，牠也害怕，待會兒我出去把牠牽到柴房裡拴著，免得牠害怕。」老漢說道。

農婦一聽便說：「我瞧你還是現在就把牠牽進來吧，省得待會兒洗完腳後又是一腳泥的。」

老漢聽了便要穿鞋。

農婦又罵他。「這鞋子可是兒媳婦剛給你做的，外頭那麼大的雨，到處都是泥，你穿著幹啥？就這麼赤腳出去牽狗吧！」

老漢被這麼一罵，只得赤腳出去牽狗。誰知剛到拴狗的地方時，就聽見外頭有人在敲門，還有女人的聲音。他走了幾步，到門口時朝外頭喊道：「誰呀？」

謝清溪都要絕望了，她敲了這麼久的門，都不見有人來應答。她根本看不見裡頭有沒有亮光，所以也不知道裡面究竟有沒有人？

突然，她聽見一道蒼老的聲音響起，她的眼淚幾乎都要掉下來了。

她立即喊道：「求您開開門！救命、救命啊——」

雨聲太大，老漢就只聽見「救命」兩字，還以為是村上的誰家出事了呢，趕緊就開了門。結果一打開門，卻見是個年輕的姑娘，只見她連件蓑衣都沒披，身上好像裹著什麼，整個人被雨淋的，那叫一個濕答答。

「老先生，請您救救我們！」謝清溪一見有人開門，便立即哀求道。

老漢一聽她叫「老先生」，便急急道：「姑娘，我就是個莊稼漢，不是什麼老先生！妳遇著什麼難處了？」

此時，裡頭的農婦也出門來，就看見老頭子開了門，正同人說話呢，便大喊了一聲。

「老頭子，誰啊？」

老漢還沒說話呢，謝清溪又急急說道：「我去重元寺上香時，我家馬車在山道上遇險了，我和……和哥哥從山上摔了下來。我哥哥摔斷了腿，我只能過來找人救他。老人家，我求求您，我求求您救救他！」謝清溪實在太著急了，她好不容易才找到了人，他們如果不救他怎麼辦？思及此，她霍地就跪在地上，膝蓋撞在門口的石板上，尖銳不平的石面刺得她腿都痛麻了，她卻只顧著道：「求求您，救救他，求求您了……」

「喲，姑娘，這可使不得啊！」老漢是個木訥的人，還沒反應過來呢，誰知姑娘就已經跪下了。

農婦也走過來了，一瞧見門口竟跪著人，趕緊問道：「這……這是怎麼了？」

「大娘，我哥哥摔斷了腿，求您們去救救他吧！」謝清溪又說，然後像是想起什麼般，趕緊從頭上拔下金釵，遞到農婦手中。「這支金釵當是我給您們的酬金，求求您們去救救我哥哥吧！」

「喲，姑娘，妳趕緊站起來說話，這外頭這麼大的雨！」農婦忙把她拉了起來，又拽到屋子裡頭。

屋子裡只點了一盞煤油燈，又黃又暗的，但農婦和老漢這會兒總算是看清這姑娘的模樣了。

這不瞧不知道，一瞧真是嚇一跳。農婦活了這樣大的年紀，都沒瞧過長得這樣好看的姑娘，這眼睛、這鼻子，就算此時她渾身濕透了，頭髮也糾纏到亂糟糟的，可是這臉蛋還是好看！

農婦看她渾身都在抖，便道：「我給妳找件衣裳換了吧？」

「不用！大娘，我求求您們先去救救我哥哥！」謝清溪趕緊搖頭，只求這兩人去救陸庭舟。

農婦這會兒推了一把顯然是看呆了的老頭子，道：「你趕緊去大郎、二郎還有三郎家中，把他們還有他們家那幾個小的都叫過來幫把手！」

謝清溪一聽他們願意幫忙，終於鬆了一口氣。

老漢拿了門口的蓑衣，就出門去了。

此時農婦將金釵放在桌上，即使在煤油燈下，這金釵依舊光燦燦的，上頭還鑲著個鴿子蛋那般大小的珠子，看著滾圓光滑，農婦一輩子都沒見過這樣好看的珠子。還有這金釵，她方才握在手裡頭就覺得沈，估摸著應是實心的吧！

她略一笑，便將金釵又推到謝清溪跟前，道：「不過是點小事，可用不著姑娘這樣貴重的金飾。」

謝清溪雖看見了農婦眼中的不捨，卻還是對她心生好感，可見這世上心底淳厚之人還是良多。

「大娘，這既是給你們了，我自然不會要回來的，只求你們能救救我哥哥。」謝清溪又將金釵推到她跟前。

這會兒，外頭又響起了腳步聲，只見原先的老漢又領著五、六個莊稼漢回來。

謝清溪環視了他們一眼，便道：「各位，我姓謝，乃是京城官宦子弟，此次是因為去重元寺進香才會遇此大難，我家的家丁肯定已經開始找我和我哥哥了。諸位放心，只要你們能順利救了我哥哥，到時候我定請家父重重酬謝諸位。」謝清溪會這麼說，也只是為了震懾這些人。她希望這些男丁和這個農婦一般，都有一顆樸實、善良的心。

「姑娘客氣了，鄉里鄉間的，互相幫助本是應該的！」誰知別人沒說話，卻是一個

十五、六歲的少年說話了。

謝清溪看了他一眼。

那老漢忙說：「這是我大兒家的孫子，在學堂裡讀了兩年書，算是咱們家識字的人。」

「很好，你既識字，那想必朝堂之事也略有耳聞。我爺爺是當今閣臣謝舫，只要你們救了我，到時候我可以讓我爺爺親自給你們每戶五十畝水田。」謝清溪一聽這家居然有讀書人，登時高興了。只要有讀書的，那就是明事理的人，就可以用身分壓制。

這還是她這輩子頭一回搬出自家爺爺的名號。都說財不露白，如今謝清溪既已露了財，那她就務必要用權勢壓住人。

少年突然激動地問道：「那今科狀元便是妳的親哥哥了？」

謝清溪沒想到這少年居然知道這般多，便點了點頭。

少年立即興奮地對自己的祖父、父親還有叔父們說道：「我們書院裡的先生，這回也去京城參加考試了，不過他名落孫山。他回來後和我們說，這回取得狀元的就是這位謝閣老的孫子，同上一科取得狀元的人是親兄弟呢！」

他說得興奮，但其他人卻是聽得懵懵懂懂的，不過他們都知道，狀元是頂頂厲害的人物。

少年立即問道：「妳哥哥在何處？咱們現在就去救他！」

這少年郎大概以為自己這次要救的是狀元吧？謝清溪都不忍心打破他的美好心願了……

這樣的雨夜，火把根本點不著，他們只能摸黑往前面走。謝清溪穿著蓑衣，深一腳、淺一腳地帶著他們往前走，好在她的方向感還不錯，很快就找到了她來時的田埂。只要沿著這個田埂一直往前面走，就能找到陸庭舟了！

「姑娘，這田裡可都是莊稼啊……」老漢見謝清溪要領著他們從稻田走，立即心疼地說道。

謝清溪忙轉頭對他說：「大叔，你放心，這莊稼地裡的損失，我也會賠償的！」

老漢忙道：「這不是賠不賠的事兒，只是莊稼是我們的命根子，捨不得糟蹋啊！」

少年立即說道：「爺，這會兒不是心疼莊稼的時候，謝姑娘說她哥哥摔斷了腿，如今這樣大的雨，要是再不趕緊找到他，只怕人都要凍壞了，還是人命重要啊！」少年郎說著便走到謝清溪的身前。「謝姑娘，我在前頭帶路。」

謝清溪連忙說道：「謝謝、謝謝！」

「沒事！」

少年郎在前頭帶路，謝清溪跟在後面，老漢和幾個兒子則是尾隨著他們，還有兩人正一前一後地抬著一塊門板。

陸庭舟腿摔傷了，只怕不好走路，所以謝清溪特別請他們帶一塊木板過去抬著，結果家裡頭實在找不到板子，最後只好把門板給拆了。

「謝姑娘，就是這片林子吧？」少年指了指前面的樹林喊道。

此時大雨依舊滂沱，雨幕交織，將整個天地都裹在裡面，雨聲淹沒了一切聲音，讓萬物都寂靜了下來。

謝清溪喘著粗氣，顧不得歇息，忙喊道：「是的，只要穿過這片樹林，到山腳下面就可以找到我哥哥了！」她來回跑了這麼遠，又是在這般雨夜裡，幾乎力竭，但她努力不讓自己摔倒，她不想再成為別人的拖累。

「好，咱們沿著這裡直走就行了。」少年也高興地點頭。

他如今雖還在縣裡的書院讀書，可是束脩費和筆墨紙硯花的錢實在太多了，要不是他爹是莊子裡的一把好手，又學了門木匠手藝，根本不可能送他去讀書的。

但家裡頭的哥哥要成親了，只怕等到夏天結束的時候，他就再不能上學堂裡去了。不過他沒想到，自個兒居然有緣能見到狀元！先生說過，這可是頂頂厲害的人物啊！他如今才是個童生而已，考秀才對他來說都是極難的，更別說舉人和進士了，那簡直是作夢都不敢想的事情。少年越想，心裡頭就愈加火熱，腳底生風一般地往前走。

待走到山腳處時，因天色太暗，且這裡還有樹木遮蔽，真真是伸手不見五指。

「麻煩各位叫一叫，想來我哥哥便能聽見了！」謝清溪求道。

於是，老漢和他的三個兒子們都開始大喊，不過他們也不知道這少爺的名諱，只能恭敬地喊道：「少爺？少爺，您在哪兒？」

「小船哥哥？小船哥哥——」謝清溪聲音小，這會兒又渾身沒力氣，但她怕陸庭舟沒聽見自己的聲音不會應答，因此只得一遍又一遍地沿著山腳喊。

片刻之後，一個虛弱的聲音終於從她的前方傳來——

「清溪，我在這裡。」

「小船哥哥！」謝清溪忙跑過去，結果突然被山腳下的一塊石頭絆住，整個人朝前撲倒，半晌都沒能起來。

陸庭舟自然也注意到她的影子在黑暗之中霍地一下摔倒，許久都沒能起來。他知道謝清溪肯定是摔得太重了，因此他掙扎著要起身，邊喊道：「清溪，妳還好吧？別著急，我過去扶妳。」

謝清溪這會兒是真的摔得重了，只覺得整個人都失了意識一般。她實在是太累了，從摔下山崖開始，接著又是來回地奔跑。這裡實在是太泥濘了，她每走一步都好艱難，她拔不起自己的腳，繡鞋實在是太礙事了。可是，小船哥哥還在等她呢！

「沒事，我沒事！」謝清溪先是跪了起來，然後又慢慢地站起身。她過去扶著陸庭舟，在他耳邊小聲地叮囑道：「我找了一家莊戶人家來救你，不過我告訴他們，你是我哥哥。」

陸庭舟知道，她這是怕暴露了他的身分，徒惹出事端。

「這邊！我找到人了，這邊！」謝清溪扯著嗓子喊，沒一會兒，幾個人就被招到了跟前來。

老漢和他的三個兒子齊力將陸庭舟抬到門板上，謝清溪就要脫下自己的蓑衣給他披上，結果旁邊的少年動作比她還快。

少年嘴裡唸叨著。「可不能凍壞了謝少爺啊！」

謝清溪聞言，更不好意思了，不過心中也暗暗決定，要是這會兒脫險了，日後一定要讓這少年見見她二哥……不行，連大哥也一塊兒見見了！

第四十四章

這些人都是種了一輩子莊稼的，身上是一把子力氣，抬著陸庭舟就往前跑。

謝清溪不敢喊累，又是淺一腳、深一腳地跟了上去。她的繡鞋剛剛跑丟了一隻，結果這會兒走到一半的時候，又掉了一隻，她只得穿著襪子跟上去。好在她以前嫌棄襪子太鬆，所以她的襪子都是用帶子綁在小腿上的。

等這些人抬著陸庭舟回去時，農婦已燒好了熱水，連農婦的幾個兒媳婦都一塊兒過來幫忙了。

待人進屋之後，幾個兒媳婦就瞧見剛才婆婆說的，跟仙女一樣的小姑娘。

這姑娘穿著一件蓑衣，連腳上的鞋都丟了，就穿著襪子，這會兒襪子上全是泥土。可就算是這樣狼狽，那臉蛋還是漂亮。

「喲，這可是凍壞了吧？得趕緊進屋洗洗！幸虧我從家裡頭帶了衣裳過來。」農婦的大兒媳婦一瞧見她便關心地問道。

謝清溪指了指躺在門板上的陸庭舟，對少年道：「還麻煩你給他洗一洗，再換件乾淨的衣裳。」

「讓我家志遠來伺候少爺便是了，姑娘妳也趕緊進去洗洗吧，瞧瞧這嘴巴都凍紫了！」

說話的是這家的大兒媳婦。

謝清溪進到屋子的時候，就見裡頭有個木桶，這位大嫂又出去提了熱水進來，待兌好了水之後，謝清溪客氣地說了聲謝謝。

「還不知你們家裡頭貴姓呢？」謝清溪這會兒脫了腳上的襪子，只見原本細膩白皙的腳上都沾滿了污泥，兩隻腳都疼得難受。

「什麼貴姓不貴姓的？咱們家裡頭就是莊稼人罷了！我婆家姓趙，這房子是我公公、婆婆住著的，我是趙家的大兒媳婦，咱們家就住在後頭不遠，姑娘妳叫我趙大媳婦便是。」這趙大家的是個口齒伶俐的，這也是為什麼她會被趙大娘派來伺候謝清溪的原因。

「娘，妳這是要殺雞啊？」此時趙二媳婦在廚房裡頭燒熱水，因為外面下雨，柴火都受潮了，不大好燒火。

此時趙大娘將渾身濕透的蘆花雞抓住，一臉喜色地在找刀呢！

「老三媳婦，妳弄些水來，幫我一起把這雞給宰了。」趙大娘吩咐著三兒媳婦。

三兒媳婦應了聲，出去找盆了。

在鍋灶後頭的二兒媳婦一見真要殺雞，便著急地說道：「娘，這雞是來下蛋的，您這會兒殺了，可不是每個月要少了一百大錢。」農家養雞那都是為了下蛋換錢的，不到過年或者家裡頭紅白事這樣的大日子，是根本不捨得殺雞的。

「一百大錢算個什麼？妳沒瞧見方才那姑娘和公子的模樣，長得那樣俊，一瞧就是高門大戶出來的。咱們只要好生伺候著，還怕沒了這一百個大錢？」

二兒媳婦平日便是愛在背後說人是非的，這會兒她見屋裡頭就趙大娘和自己，便悄悄問道：「娘，我怎麼瞧著這事不對啊？這要真是大戶人家的公子和姑娘，怎麼會平白無故地從山崖上掉下來？不會是私奔的吧？」

趙大娘一聽這話，就道：「呸呸呸！妳瞎說這些話做什麼？那姑娘都說了，這是她哥哥，而且她還說了，自個兒是姓謝的，老大家的志遠一聽就明白了，說那可是狀元的妹妹！狀元妳知道是什麼嗎？」

「哎喲，狀元可是大官呢！娘，妳知道我娘家村上的張舉人嗎？他是個舉人，見著縣太爺都不用下跪的，家裡都是使奴喚婢，還有好幾百畝水田呢！他沒考上舉人老爺那會兒，就是個窮秀才，他媳婦一天到晚去給人洗衣裳，就連過年都沒扯過一件好衣裳穿，這會兒穿金戴銀的，可風光了！」趙二媳婦羨慕地說道。

都說窮秀才、富舉人，秀才和舉人之間差的可不是一星半點。一旦成了舉人，朝廷不僅會免了你的各種稅賦，就連見著縣太爺都不用行跪拜之禮的。

趙大娘還是沒弄懂狀元究竟是個什麼樣的官，於是問道：「狀元比咱們縣令還風光嗎？」

趙二媳婦雖然也不懂，不過還是很肯定地點頭。「那是自然的了！」

這會兒趙三媳婦端了盆進來，掀開鍋蓋就舀了熱水到盆裡。

趙大娘見兩個媳婦都在，又突然想起來謝清溪之前應承她的事情，便小心翼翼地開口。「妳們對這兩位貴人可是要仔細些，我和妳們說，那姑娘可是說了，等她家裡的人找著他們，她就讓她爺爺賞給咱們家每戶五十畝水田！」趙大娘豎起了五個手指頭，又鄭重地說了聲。

「五十畝水田?!」

這會兒別說趙二媳婦一下子從後頭灶膛站起來，就連沈默寡言的趙三媳婦都顫著聲音問道：「娘，可是真的？」

水田是最好的田了，就連趙家這等在莊子上還算不錯的家族，整個家族加起來也就只有十畝水田而已，其他的都是旱田。

「那肯定是真的，這姑娘那模樣打扮，也不是個騙人的呀！」趙大娘存了個心眼，沒將謝清溪給她的金釵拿出來。那金釵光是金子就好幾兩呢，更別說上頭還有那樣大的珠子，要是真賣了，沒個五十兩誰都別想買。

這會兒連趙二媳婦都激動了，恨不能立刻就去伺候謝清溪。她忍不住嗔怪道：「娘，妳未免也太偏心了，只讓大嫂伺候人家姑娘！」

「妳大嫂知道從家裡帶衣裳過來，妳就空著個手來，我不讓妳大嫂去，難道還讓妳去啊？」趙大娘頂了她一句後，又讓老三媳婦過來和她一塊兒殺雞。

謝清溪不好意思讓外人看見自己脫了衣服的樣子，就請趙大媳婦到門口等一會兒，又將木桶搬到門後面，這樣就算有人從窗戶偷看，肯定也看不出什麼。

她先是用白布擦了擦自己身子，將雨水和汗跡都擦乾淨，結果她一低頭就看見全身上下不是磨破了皮，就是在流血，膝蓋上更是又青又腫的。

方才一心想救陸庭舟，不覺得疼，這會兒反應過來，只覺得渾身跟散了架一般，各處傷口都開始疼，要是這會兒蕭氏或者是謝清駿在跟前，她定能抱著他們哭上兩個小時不停歇的。可一想到還有一個斷了腿的小船哥哥在等著自己呢，她連眼淚都不敢流。

她知道條件不允許，只得迅速地擦乾自己，又穿上衣裳。待她打開門之後，有些不好意思地問趙大媳婦，能不能再給自己端點熱水來，她想洗個頭。雖然淋雨的話最好是洗個熱水澡，可這會兒沒有洗熱水澡的條件，她只得將頭髮洗乾淨了，要不然若生病了，豈不是拖累陸庭舟？

趙大媳婦將水端過來後，問她要不要幫忙，謝清溪想了想自己那一頭長可及腰的烏髮，還是點了點頭。

等謝清溪拾掇好自己後，就趕緊去看陸庭舟了。

鎮上的大夫已經被請來了，謝清溪帶人去找陸庭舟之前，給了趙大娘一個金錁子，讓她務必請了大夫過來，如今大夫已經到了，只是陸庭舟還在洗漱。

沒一會兒，那叫趙志遠的少年出來了，就見謝清溪等在外面。此時她已經換上了一身乾淨的衣裳，看著應該是他娘的，藍布衫和粉白裙子，整個人是又乾淨、又漂亮，看得少年一下子便羞紅了臉頰。他指了指裡頭，說：「少爺不讓我給他洗頭。」

謝清溪進去，看見陸庭舟已經換上了乾淨的衣服，但他身材高大，那褲子太短了，只到腳踝處。

他們都相互看過對方錦衣華服的模樣，如今這樣素淡樸實的裝扮還是頭一回見，可越是素淡的衣裳，就襯得原本耀眼的面容越發奪目。

她剛坐到床邊，陸庭舟就捉住她的手，輕笑著問道：「這位小農女叫什麼名字啊？」小農女？謝清溪霍地笑開，原本慘澹的心情也變得豁然開朗，至少他和她都還活著不是？

「你是不是不想讓他給你洗頭？」謝清溪輕聲問。

陸庭舟點了點頭，讓那少年幫他擦了身子、換了衣裳已是極限，他不願再讓少年幫自己洗頭。

「那我幫你洗好不好？」謝清溪哄他。「要不然你淋了這麼久的雨，肯定會生病的。你看，我不是也洗頭髮了？」此時謝清溪的頭髮已經用乾布擦過，只用一條紅繩繫著。

陸庭舟突然唇角飛揚，輕快地說：「好呀！」

待她出去端熱水的時候，躺在床上的陸庭舟依舊保持著清淺的笑容，想著：能讓她幫我洗頭，其實發生摔斷腳這樣的意外，好像也不是很難接受呢！

陸庭舟安靜地躺在床上，面容虛弱而蒼白。

謝清溪端著水盆進來，就看見他還睜著眼睛，屋子中間的桌子上擺著一根白蠟燭，這是趙家唯一的蠟燭，平日都捨不得用。

搖曳的燭火散發著熒熒光亮，外面的雨聲似乎沒有了方才的凌厲之勢，看來下了這般久，雨也慢慢地緩了下來。

農家的床與其說是床，倒不如說是幾塊木板搭著的。謝清溪將枕頭從他的頭下拿出來，又讓他往後移了下，便開始動手解他的髮簪，可是男子的髮簪她是頭一回解，她有些無從下手，最後還是陸庭舟開口教導她。

好在接下來一切順利，她將陸庭舟的長髮散開後，才發現這一頭烏黑的頭髮竟是不輸自己的。古人講究身體髮膚，受之父母，越是尊貴的人家，對自己頭髮的保養就越是完美。

陸庭舟平日都是束髮，謝清溪自然沒瞧見過他披散著的樣子。

「這樣可以嗎？」她用雙手給他抓洗頭髮，輕聲問道。

「不錯，平日是給誰給妳洗頭髮的？」陸庭舟閒聊地問道。

謝清溪顯然也沒想到他人居然會問這樣的問題，愣了下才說道：「有時候是朱砂，有時候是丹墨。」

「我都是齊心給我洗的。」陸庭舟也說道，但他隨後又抱怨。「不過齊心太嘮叨了！我小的時候，洗完頭髮還沒乾，便坐不住想出去玩，齊心就會一直唸叨。後來我跟父皇告狀，讓他把齊心換掉，可父皇雖把他叫過去罵了一通，卻一回都沒提過換掉他的事情。」

謝清溪知道，齊心是從陸庭舟幼年時便跟在他身邊的宮人。

「可見皇上也知道，齊心是真心待你的。」謝清溪說道。

待她給陸庭舟洗完頭髮後，才請了大夫進來。

此時陸庭舟已經移了個方向，坐在了另一邊靠牆的位置。

「老夫估摸著這位公子的腿沒有骨折。」這大夫摸著他的腿，半晌後才說道。

謝清溪險些被氣死，什麼叫「估摸著」？聽了這話，她就更不敢將陸庭舟交給這老頭醫治了。她壓著性子，輕聲問道：「大夫，那依你看來，該如何醫治呢？」

結果這老頭便說出一通臥床好生休養的空話，謝清溪還是耐著性子才將這些話聽完的。她很客氣地聽著這老頭說完，又在他開了方子之後，才讓趙家人送他出門。

謝清溪捏著紙看著上面的藥方時，才發現這些年來，她的涵養倒是長進了不少。若是擱在從前，這樣治病誤人的庸醫，早被她一通罵了，哪還會這般客氣地對待他？

「你能看懂藥方嗎？我估摸著這老頭就是給你開了健骨的方子罷了。」謝清溪將藥方遞給陸庭舟看。

他看完後，便沈沈地笑著，果真是健骨的方子。

「吃了也沒問題嗎？」謝清溪又追問了一句。她不想耽誤陸庭舟的傷勢，可又對這大夫的醫術實在是不能相信。此時她不禁想，如果許繹心在就好了，可是一想完之後，她就開始搖頭。其實她以前雖不算是個幹練的人，但起碼也是個獨立自主的人，可是來到這裡之後，大概是因為有太多人能讓她依靠，所以她一點點地失去了原先的獨立，變得懦弱不堪。

好在這會兒她並非一無是處，她不是已經找人救了陸庭舟嗎？沒有哭哭啼啼，也沒有自以為是。既然我自己救不了你，我就找人來救你，是跪也好、是威脅也好、是利誘也好，只要能救你，我都不在意！

「沒問題，就是藥苦了些。」陸庭舟將藥方遞回給她。

謝清溪毫不猶豫地說道：「我請趙家人去抓藥，要是今晚你的侍衛能找到我們的話，我們就可以回城召太醫了。」

陸庭舟的身子微微往後靠，臉上依舊是雲淡風輕的微笑。

「如果沒人能找到我們呢？」陸庭舟問她。

謝清溪略想了想，便道：「那咱們就在這裡歇一晚唄，明日讓趙家的人去我家中送信。」隨後她又嘆息了一聲。「只是苦了你，只能讓這麼一個人夫給你看病。」

陸庭舟這樣的天潢貴胄，但凡有個咳嗽、發燒，都是太醫院的一干太醫在旁邊守著的，就算在遼關時沒有這樣的條件，又何曾落魄到需要在這樣簡陋的地方棲息？

「我發現，自從咱們倆相遇之後，我總是給你帶來麻煩。」謝清溪自嘲地說道。

陸庭舟沒想到她會這般想，可她不知的是，有些麻煩不過是一種手段罷了。

「妳害怕嗎？」陸庭舟伸手朝她招了招，讓她坐得更近些。

謝清溪不明白他這話的意思，難道不應該是由自己問這句話嗎？可她還是習慣性地回答陸庭舟的問題，搖頭道：「不怕。」

「我也不害怕。」陸庭舟微微一笑，俊雅的面容顯得無害而溫柔，讓人如沐春風。

謝清溪開心地笑了。「真希望哥哥能找到我們。」

雖說如今她和陸庭舟都無事了，可是他們到底是孤男寡女，要是就這麼一塊兒在農家住上一晚……

「我會讓妳風風光光地嫁給我的。」

陸庭舟專注地凝視著她，那眼眸中帶著一種讓人沈醉其中的魔力，謝清溪啞然，許久都說不出話來。

直到最後她才不禁想，為何陸庭舟總知道自己想什麼呢？

趙大娘端了雞湯來，謝清溪餵陸庭舟喝了半碗，便讓他躺下休息。她自己則搬了個小杌，坐在外頭的廊簷下頭。這會兒雨已經沒有先前那麼大了，不過依舊持續地下著。

趙家的幾個兒子都離開了，只有叫趙志遠的少年被她叫住，請他在陸庭舟屋內住上一晚，以防止他半夜有需求。

「姑娘，妳怎麼還沒睡啊？」趙大娘一出來，就見她坐在廊簷下頭。

謝清溪淡淡地道：「我在等趙大叔抓藥回來。」

趙大娘猜道：「妳是想要自個兒煎藥嗎？我來就行了，妳快去歇息吧。」

謝清溪搖搖頭。「還是我來吧，已經太麻煩你們了。」

一直到很晚，趙大叔才將藥抓了回來。

謝清溪親自熬了藥，又請趙志遠餵陸庭舟喝下。

待她回屋子裡躺下後，就再也沒動靜了。

一直到第二天，謝家人和恪王府的人同時找到他們的時候，才發現兩人都是高燒不退……

恪王爺的馬車在西郊山上驚馬，連累著謝家的六姑娘一塊兒落崖，結果兩人被附近的莊戶所救，此時都高燒不退！不過一夜之間，整個京城都傳遍了這事。

當然，議論紛紛的也有，說謝清溪和恪王爺同住一室，這閨譽算是毀了！

結果正在嘮嗑的婆子立即「呸」了一聲，輕聲道：「妳們懂些什麼？我娘家嫂子的姊姊的女兒，就在謝家當差呢，她男人家是謝家的家生子，這回去找六姑娘，他也一塊兒去了。聽說恪王爺的腿都摔斷了，要不是六姑娘拚了命地找人救他，只怕王爺早在雨地裡頭凍……壞了！」她本想說「凍死了」，結果一想到那可是王爺，才趕緊換了個稍微好聽點的說法。

這些丫鬟、婆子沒事湊在一起，就愛討論東家長、西家短的，特別是這些人也是盤根錯節的。

其他人一聽她這消息好像更準確些，便七嘴八舌地開始問這個婆子，這婆子趕緊便將她聽的第十八手消息說出來。

沒多久，太醫全集中到了恪王府上，於是王爺的腿摔斷的消息就得到證實了。

而謝家的人這會兒正忙著救自家的姑娘呢，自然沒工夫搭理這些謠言。

至於當初在場的那些個縱馬少年，如今聽到這樣的傳聞，全都沈默了下來。他們都知道謠言同事實不符，可卻是誰都不敢跳出來反駁，要不然謝家馬車驚馬的原因就會被查出來，到時候他們這些人便是有一個算一個了。九皇子定是不會有事的，可是謝家肯定會找他們這些勛貴子弟的麻煩，所以他們不敢說，甚至連昨日曾去過重元寺附近的事情都不敢說出來。好在當時一片混亂，謝家的人和恪王府的人都忙著救人，根本沒人注意他們，於是這些人都不約而同地沈默了，絕口不提這事。

陸允珩則是憂慮不已，他既擔心謝清溪和陸庭舟的安危，又怕別人將此事和他聯繫起來，所以當他們那夥人都沈寂不語的時候，他反而是慶幸。

皇上已經甦醒一陣子了，且身子恢復得不錯，一聽說陸庭舟居然墜崖了，趕緊便讓長遠過去看看他。

而太后則是極為激動，在她看來，大兒子才剛死裡逃生，結果小兒子又發生這等事情，因此她執意要出宮看兒子去。但，這皇太后聖駕豈是隨便能出宮的？好在身邊的嬤嬤勸住了她，說恪王爺剛回去，王府裡肯定都要忙著照顧王爺，她要是再去的話，豈不是讓王爺不能好好養傷了？

於是，太后便不正大光明地出宮了，而是到了晚上的時候，她悄悄私訪出宮去了！

說來，這還是太后頭一回來陸庭舟的宅邸。

本朝規定，只要兒子在外開府了，老太妃就可以跟著兒子在外頭過。可她是太后，大兒子是皇帝，她就是再偏心，也不能跟著小兒子過啊！

她來看陸庭舟的時候，他正好剛睡醒，昨兒個發了一整天的高熱，聽說人都燒得沒了意識，太醫在這兒守了一天一夜，這會兒才稍微退了點熱。

太醫也排班了，此時已經有幾人回去更衣了。

「怎麼樣？還燒得難受嗎？」太后坐在他床邊，看見兒子面容蒼白，可臉頰卻帶著不正常的緋紅。

陸庭舟勉強扯起唇，想衝太后笑一笑。「倒是沒事了，只是渾身沒勁而已。」

「病來如山倒，你好生將養著便是。」太后心疼地說道，眼眶裡頭早已經泛起水花了。

待太后讓人扶著他躺下時，陸庭舟突然抓著她的手，眼中滿是欲言又止的神情。「母后，兒臣這回能死裡逃生，只託了一人之福。」

自從陸庭舟回來開始，太后就讓人出去打探消息了，自然知道他所說何人。

陸庭舟不再說話，只安靜地躺著，看著太后。

待許久之後，太后才輕聲說：「你長這麼大，從來不曾和哀家求過些什麼……」

她想到成賢妃和自己說的話，那時分明就是說小九想要求娶謝清溪，可當時她卻異常氣憤，只覺得是那謝清溪周旋在自己的兒子和孫子之間。

太后出去之後，就將齊心叫過來說話。

「奴才該死，沒護住王爺，這才讓主子受如此重的傷……」

齊心一來就一把鼻涕、一把眼淚的，看得太后就是想罵他都覺得無從下口。

太后仔細地問了齊心後，才知道原來陸庭舟是被一個莊戶收留了一晚。

一想到兒子的眼神，又想到這些年來他都是孤身一人，讓他死心的話太后真是如何都說不出口。

一日後，太后在壽康宮中接見了趙大娘婆媳四人。

昨日，謝家已經上門拜謝，聽她孫子趙志遠說，那人可是正二品的大官。最讓全家驚喜的便是，謝家真的讓家中管事給了他們家兩百畝水田！那大人說了，他們趙家救了自家姑娘的命，那就是救命恩人。

一夕之間，趙家成了富戶，讓全村的人都欣羨不已。

可是誰都沒想到，今兒個一大早，竟又有馬車到他家，一個聲音尖細的男子說，太后要召見她們婆媳！
趙家人這才知道，原來他們救的女子確實是謝家姑娘，可那男子卻是個王爺！
王爺，那可是天底下頂頂尊貴的人啊！趙家人只覺得跟作夢一般。
直到趙大娘和三個兒媳跪在太后跟前請安，看著地上鋪著的毯子還有那光可鑑人的金磚時，她們都還渾身顫抖，猶如在夢中的感覺。
太后給她們賜座了，雖說這些人只是普通的農婦，可也算是兒子的救命恩人。
接著，太后便開始詢問那天晚上的事情。
「那姑娘一身濕透地跑到我家門口，敲了好久的門，幸虧我家老頭子出去牽狗聽見了，這才開了門呢！」趙大娘一開始還顫抖不已，可看見太后雖衣著華貴，卻兩鬢斑白、面目慈和，那恐懼之心就慢慢減少了。再加上太后還讓人給她們上點心，這點心可真真是好吃，她一輩子都沒吃過呢！
趙二媳婦見她娘說了半天都沒說著重點，恨不能自己代替她說！
「……姑娘見我家老頭子傻站著，撲通就跪下了，說是求求我們救救她哥哥……」
那趙大娘說得飛快，可太后聽到這句話時卻還是眉眼一挑。她知謝清溪也是大家閨秀出身，那可是父母嬌滴滴養出來的女兒，沒想到居然為了救自己的兒子，去給這樣貧賤的人下跪……太后此時心頭是百味雜陳。
「……然後我一瞧，便趕緊將人拉起來，我家那老頭子就是憨。接著我就讓他去叫我家老大、老二、老三了，然後姑娘又領著他們去救人了，回來的時候連腳上的鞋都沒了呢，就穿著一雙襪子！」趙大娘說的時候，也語帶心疼。

「那晚上呢？」其實太后是想問問兩人有沒有什麼越軌的舉動？

結果趙大娘就說：「這姑娘性子是真的好，我家老頭子去抓藥，我說了我會煎藥的，她跑了一晚上也累了，本想讓她去歇息，結果她卻搬了個小凳子坐在外頭廊下，一直等到我家老頭子將藥拿回來，她自個兒親自熬了藥，讓我家小孫子端進去給少爺喝。」

閻良幾次想提醒這農婦，在太后娘娘跟前別「我我我」的，但見太后聽得津津有味，他也就不敢打斷了。

「妳家小孫子？」太后略問了一句。

趙大娘一見太后居然問到自己孫子了，便趕緊說道：「少爺在屋裡頭睡了一夜，我家小孫子就在旁邊熬了一晚上陪著的，連眼睛都沒敢合上呢！」

「是妳孫子在裡面陪著的？」太后又問。

「可不就是？」趙大娘這會兒見太后是一點都不可怕了，越說越起勁。「我家孫子熬了一夜，也是他發現少爺發熱的，不過那會兒就有人找過來了。倒是我這個老婆子做得不好，那姑娘半夜燒了我都沒發現。」

太后這才不再問話。陸庭舟腿斷了，再加上有人守著，他們之間肯定是清清白白的。

最後，太后賞賜了趙家人金一百兩、銀六百兩，而且皇帝那邊也來了賞賜。

待人走後，太后就召了皇帝過來說了，皇帝一聽，只誇了謝清溪一句「果真是忠義之後」。

宮中的賞賜到謝家的時候，全京城勛貴圈都沸騰了。大家都在不斷地打聽，因此後來趙家也被人挖了出來，謝家六姑娘救了恪王爺的事情，那就是板上釘釘的了。

待半月之後，謝清溪大病初癒時，宮中的賜婚聖旨便下來了——

謝家女賜婚於恪王爺！

謝清溪跪下接旨時，嘴角不禁上揚。他說了要風風光光地娶她，他果真是說到做到了。

閣老嫡孫女、先皇嫡次子，一個嬌嬌貴女，一個天潢貴冑。

若有人掰著手指算算兩人差幾歲，都會被人嗤笑，左右恪王爺這樣的人，別說是頭婚，就算是二婚、三婚、四婚，都有的是人嫁啊！況且這位王爺還有「玉面王爺」的稱號，何為玉面？那就是長得頂頂好看的人才能有的稱呼啊！

雖說謝樹元在皇上和太后接連給了賞賜的時候就隱隱有了預感，可是當真的接到聖旨時，他卻沒有一種皇恩浩蕩的恩寵感，反而升起一種失落，一種悵然若失的感覺。所以他站起來的時候，腿一軟，險些一頭栽倒在地上。

謝舫看了一眼沒用的兒子，此時自己正雙手恭敬地捧著聖旨，和前來宣旨的懷濟公公說話。懷濟可是皇上身邊的太監總管，一般宣旨那都是內務府的事情，可是這會兒皇上卻讓懷濟親自過來宣旨，也是彰顯對謝家的恩寵了。

謝樹元只垂著頭，那表情真是說不上高興。

此時懷濟過來，恭敬地對他道：「謝大人，恭喜恭喜了！」

「多謝懷公公。」謝樹元也回禮。

旁邊是一眾謝家的少爺們，大少爺此時臉上沒了尋常掛著的笑意，二少爺略皺著眉頭，旁邊的六少爺則是苦著一張臉。

而後頭的女眷中，蕭氏一張臉平靜得有些可怕。

待懷濟放下太后和皇上給的賞賜之後，這才領著人走了。

結果大家還沒表示，都等著老太爺發話呢，就聽人群中傳出一聲哀嚎——

「我的清溪兒啊……」

謝樹元一轉頭就看見小兒子捶胸頓足的模樣，氣得指著他就怒道：「清懋，把他的嘴給我堵上！這大喜的日子——」結果，謝樹元自個兒都說不下去了。

謝舫這會兒是真看不下去了，趕緊讓人都散了。這長房一個、兩個的，就沒一個人臉上是笑著的！管他們是要哭也好、要幹什麼也好，都趕緊回自己房裡去吧！

謝清湛被拖回大房處，嘴剛被放開，就立即嚎道：「我的清溪兒怎麼就嫁人了？她不是說好了，要在家裡當老姑娘，讓我養一輩子的！」

其實就連謝清駿這樣知情的人士，在聽到這賜婚聖旨的時候，都不禁從心底升出一絲憤怒，那就像是自家田裡好不容易長大的嫩白菜，就這麼被豬給拱了，關鍵是，那陸庭舟還不是豬，畢竟別人一聽都說「你家姑娘和他多般配」！那種滋味……真是說都說不上來。可這複雜的情緒剛醞釀出來，就被不著調的謝清湛給弄得散了。

就連蕭氏都一臉無語地看著小兒子。

謝樹元更是氣得險些要衝上前教訓，指著他的鼻子就罵道：「說什麼混帳話呢！讓你妹妹在家當一輩子的老姑娘？你怎麼不說你自個兒一輩子不娶媳婦？」

「要是沒配得上我的，那我就不娶！」謝清湛說得那叫一個理所當然。

謝樹元聞言就要衝過去！

蕭熙趕緊給謝清懋使眼色。

謝清懋連忙把他爹給攔住了，讓他消消氣。

謝清湛一見他爹被攔住了，立即得意起來，迅速跑到門口說：「我可憐的清溪兒，我得去看看她！」

見謝清湛一溜煙地跑了，謝清懋這才放開謝樹元。

謝清溪接完聖旨之後，就被扶著回院子了。雖然她極力表示自己目前已經完全休養好了，可是蕭氏如今猶如驚弓之鳥，說什麼都要讓她回院子裡歇著。

月白正站在門口吩咐二等丫鬟去提壺熱水過來，就見六少爺風一樣地闖了進來，她剛想說待自己進去通報一聲，他又逕自闖了進去！

謝清溪這會兒坐在榻上，朱砂正在同她說話，就見門口的珠簾被霍地一下掀起，接著便是一陣珠玉脆響。

「清溪兒！」

謝清湛一下子就坐到了謝清溪跟前，險些把她嚇一跳。她還沒說話呢，旁邊的朱砂就跳了起來。

朱砂有些抱怨地說道：「六少爺，您要嚇死我們家小姐了！夫人說了，小姐需要靜養，可您這麼嚇唬她，她哪裡能靜養嘛！」

「這……」謝清湛愣了，眨巴眨巴著眼睛。

他如今也算是半大的少年了，可這麼眨眼睛，還是直把朱砂的一顆心都融化了。

唉，真討厭，六少爺幹麼拿這種眼神看自己？不過朱砂想到，謝家這幾位少爺當中，六少爺那可是當之無愧最受丫鬟、婆子擁護的，就連大少爺那樣溫文爾雅又穩重的都趕不上呢！

謝清湛是真的嘴甜，而且是那種不輕浮、真誠的嘴甜，他說話時真讓妳有一種如沐春風的感覺。

不過謝清溪卻是沒享受過謝清湛這種如沐春風的待遇，她六哥哥好像把一輩子的毒舌功力都用在了她身上。這會兒見謝清湛有些眼淚汪汪地看著她，眼角閃爍著水光，謝清溪瞬間從心裡頭升起一股「我們倆果真是龍鳳胎」的感動。結果謝清湛一張口就是——

「清溪兒，妳不是說在家當老姑娘的，怎麼又要嫁人了呢？」

「……」合著你就是惋惜我沒辦法在家當一輩子老姑娘陪你玩啊？謝清溪輕輕揚起一抹微笑，道：「你也可以陪著我一塊兒嫁到恪王府去啊！」

「還可以這樣的？」謝清湛有些不相信地反問。

「那自然可以，恪王爺貼身伺候的，不都是從宮裡出來的嗎？」她溫柔地說道。

謝清湛衝她看了好幾眼，半晌才回過神來謝清溪指的是從宮裡出來的內侍！他的親妹妹居然要把他變成……謝清湛立即往後跳離了幾米遠，離她能有多遠就有多遠！

他指著謝清溪，悲憤地說：「清溪兒，妳、妳……」妳好狠的心啊！

賜婚聖旨一出，陸庭舟自然也得了消息。

齊心悄無聲息地進來，看王爺手上正拿著一本書呢，不過好久都沒翻頁。

「王爺，這賜婚可是大喜事，府上的奴才都想過來給您磕個頭，您瞧瞧這……」齊心輕聲問道。

陸庭舟霍地一下站起來，臉上是說不出的舒展，那笑容恍若帶著一種驕陽撥開霧靄後灑向大地的暖意。「磕頭便不用了，你按著過年的分例給他們賞賜。準備車馬，我現在就要入宮向皇兄和母后謝恩。」

齊心知道，自家主子是真的開心，畢竟都這麼大年紀了。

沒一會兒，齊力便領著一個人進來。

陸庭舟一見他，便輕笑地指著對面的椅子道：「你來了？坐吧。」

那人也沒說話，朝齊心和齊力看了一眼，兩人便趕緊退下。

「我方從定州回來，便聽說王爺跌下山崖之事，王爺如今身子可大好了？」裴方面無表情地問道，他是長庚衛的首領，長相普通，在人群中是那種讓人看了一眼不會注視第二眼的人。

「倒是無礙了。」陸庭舟依舊是不甚在意的表情。

饒是裴方這種泰山崩於前而色不改的人，這會兒臉色都變了。他看著陸庭舟，有些語重心長地道：「王爺乃是萬金之軀，豈可隨意涉險。」

「看來衛戌還是將此事告訴你了。」陸庭舟面色一冷，方才如春風般溫暖和煦的笑容瞬間不見了。「擅自將本王的事情外洩，裴統領，你覺得他該得到什麼懲罰？」陸庭舟問他。

裴方嚴肅地回道：「在我來之前，已責令人打了衛戌五十大板。」

「五十大板？什麼時候長庚衛的賞罰這般輕了？」

「若是王爺覺得屬下對衛戌的責罰太輕，請王爺下令懲處。」裴方認真地說道。

陸庭舟久久未說話。

「王爺，衛戍此番雖有錯，可到底也是擔心王爺的安危。」裴方忍不住說道。此番他不在京中，沒想到就遇上這樣的事情。陸庭舟在朝中一向不顯山露水，所以外人對他並不瞭解，若不是這次將遼關馬市一事辦得如此漂亮，只怕根本都不會引起旁人的注意。

在遼關的時候，與韃靼、瓦剌等族談判的時候，陸庭舟不僅能輕易猜透他們的心理，更能利用對方部落之中的分歧，讓他們退步。

陸庭舟算無遺策的本事，算是讓裴方大開眼界了。

不料，陸庭舟一回京城就攪起這樣的風浪，讓裴方忍不住心驚。

「不過數百丈之高而已，裴統領莫非以為這座小山頭便能困住本王不成？」陸庭舟面色一冷。

自從他得知成賢妃向太后提出想將謝清溪賜婚給陸允珩的時候，他就知道母后定然不會將清溪賜婚給他了，畢竟兩人瞧上同一個姑娘，不管賜婚給誰，日後都會造成他們叔侄倆的嫌隙。

但他等了這麼多年，期待了這麼多年，難道還怕了一個陸允珩不成？於是他開始部署一切。

蕭氏身邊的沈嬤嬤年紀大了，蕭氏心疼她，便讓她回去榮養了，她也只是偶爾進府請安而已。她的小孫子最喜歡吃稻花香的糕點了，所以每隔五日她就會親自帶著孫子去買一回。

那一回，她站在那裡買糕點，就聽見旁邊一個婦人在和另一個婦人說，她家鄰居的兒子考上了秀才，可是這鄰居因事耽擱，未能及時給菩薩還願，後來這兒子考了六年都沒考上舉人，直到聽了大師指點，這才知道是得罪了神佛，趕緊備了豬頭和各種祭品同菩薩謝罪，結果去年鄉試的時候，還真的考上舉人了。

沈嬤嬤素來對神佛之事就信得真切，當即便想到蕭氏先前去重元寺為二少爺請願，如今正趕上老太爺生病，應該還沒去還願，結果她回去問了在蕭氏身邊當差的兒媳婦，還真是沒去。當即她便進了謝府，同蕭氏說了此事。

這也是為什麼當初蕭氏寧願讓許繹心幫自己去還願，都非要趕著去的原因。

至於陸允珩這邊就更簡單了，陸庭舟對他的性子甚是瞭解，這樣半大的少年一旦不能達成心願，便要自暴自棄，再經人一挑唆，就能做出自己承擔不了的事情。

一切都在他的籌謀之中，驚馬的地點、驚馬後會發生的事情，甚至就連他們跌落山崖之後去求救的路線及莊戶，他都縝密計算過，畢竟他怎麼可能真將兩人的命交給一個陌生人？趙家的人品他早派人打探過了，在他們村上趙大叔是個憨厚老實的莊稼人，因家中出了個讀書的孫子，在村上的名聲很是不錯。

只是，他計算到了一切，甚至連他們跌落山崖後何時會遇到那棵長在崖邊的歪脖子樹都計算到了，就是沒能算出他從山腳跳下去，穿過樹林之後，會有一塊石塊等在那裡。

陸庭舟每每想到這裡，都忍不住啞然失笑。可偏偏就因為他腳斷了，反倒讓謝清溪救他的事情更加的板上釘釘，就連母后都心甘情願地為他們賜婚。

他這樣縝密從容地謀算著一切，掌控著全局，就只為了娶自己喜歡的人。

陸庭舟想到這時，忍不住想起了父皇。

父皇的音容越來越模糊了，每每當他要忘記父皇的時候，他就會前往奉先殿，看著父皇的畫像，想著那短短的快樂時光。

如果父皇還在的話，他還需要為了自己的婚事而這樣百般算計、處處謀劃嗎？

「本王要前往宮中給皇上和太后謝恩了。」陸庭舟眸中劃過片刻的溫和後，就陡然變得冰冷。

進宮之後，陸庭舟自然是先前往皇帝的乾清宮中。湯圓依舊在他腳邊走著，剛才在馬車上，他將牠抱在腿上，輕聲問牠，清溪馬上就要嫁進王府了，牠高不高興？結果，這會兒牠連走路都趾高氣揚的了。

皇上之前身子略有不適，如今已是大安，一見他來便讓他坐下，感慨頗深地說：「咱們小六也要大婚了，這一晃眼可真是快啊……」

待從乾清宮出來之後，陸庭舟便前往太后的壽康宮，誰知半路上居然遇見了陸允珩。

陸允珩很是失魂落魄，他貼身的內侍正跟在身後，輕聲地喊道：「九爺，您要是再不去上書房上課，只怕皇上就要知道了。」

「知道就知道，左右不過是一頓板子罷了。」陸允珩一想到那道賜婚聖旨，只覺得心頭跟挖空了一般。明明是他先讓母妃去提的，明明喜歡她的是自己，為什麼偏偏是賜婚給了六叔呢？為什麼是六叔？陸允珩只覺得不甘心，卻是一種無力的不甘心。

結果一抬頭，就看見陸庭舟正從對面緩步走來。

「允珩，此時應該是在上書房上課的時間，你怎麼又出來閒逛了？」陸庭舟一副春風和煦的表情，儼然是長輩對晚輩的關心。

一想到自己日後便是她的子姪輩，陸允珩這一聲「六叔」就怎麼都叫不出口。

偏偏陸庭舟還猶不自知般，溫和地看著他規勸道：「即便你不喜歡夫子們所講的，也該好生學習，要不然你父皇又該責罵你了。」

陸允珩越發低著頭不語，就在他以為六叔要走了的時候，卻聽他的聲音再次響起——

「你父皇今兒個給六叔賜婚了，怎麼，你不恭喜恭喜六叔？」

陸允珩抬頭盯著他看，只覺得一口血湧到了喉頭！他終究還只是個半大的少年而已，眼中的不甘一點點地洩漏了出來。

陸庭舟將他的神情都看在眼裡，不過卻一點都不在意，無非是失敗者最後的不甘而已。不得不說，皇兄實在是不大會教兒子。

陸庭舟無意享受勝利者的愉悅，只輕笑著囑咐道：「趕緊回上書房去，要是被你父皇發現了，少不得又是一陣教訓。」

陸允珩霍地低頭，越過他，漸漸離去。

「九爺，咱們還是趕緊回去吧，要不然真被發現就完——」結果旁邊的小內侍還沒說完呢，就被陸允珩一腳踹在膝蓋上，整個人都跪了下來。

「狗東西，就憑你也敢教訓小爺！」陸允珩憤恨地罵出聲。

身後傳來的動靜，陸庭舟自然聽見了，只是他腳步未緩地往前走。

倒是湯圓轉頭往後看了一眼。

陸庭舟輕聲喚牠。「湯圓，跟上。」

待到了太后宮中時，閻良正站著回話，他一進去，太后便揮揮手，讓閻良下去。

「怎麼突然這會兒進宮來了？」太后沒想到他這時候會過來，有些高興地拉著他的手，上下打量了一番，問道：「不是說你要臥床兩個月的嗎？如今才一個月，怎麼你就出來走動了？」

其實陸庭舟的腳傷並無大礙，只是太醫素來喜歡把這些主子的病往誇張裡說，如此一來，要是治不好那實在是傷病太重；要是治好了，那就是他們醫術精湛了。

再加上那會兒實在是傳得滿城風雨的，連「恪王爺腿斷了，只怕就要瘸了」的話都傳了出來。太后聽聞此事時異常生氣，要求皇帝徹查散播謠言的人，聽說大理寺和京兆尹還真的抓了不少人，謠言才慢慢地散了。這會兒陸庭舟自個兒出門走動了，謠言自然能不攻自破。

「那幫太醫為求無過，當然是希望我躺得越久才好，不過我對自己的身體很瞭解，如今已無大礙了，便想著進宮來給母后請安。」陸庭舟輕聲說道。

此時他對太后的感情真的很複雜，她是自己的母后，然她也很可能是加害父皇的兇手。每每看到她對自己的關愛，他就忍不住想起父皇。明明母后陪著自己的時間更久，可他還是會禁不住地想起父皇，想起那個經天緯地的男人。

太后好笑地看了他一眼，說道：「母后看你啊，是因為你皇兄給你下了賜婚的聖旨，這才進宮來的吧？」說到這裡，太后忍不住嘆了一口氣，輕聲說：「好在母后也算是了卻一樁心事，要不然你一直不成婚，母后如何都不安心。」

陸庭舟只垂頭聽著她的話。

「最緊要的是趕緊大婚，大皇子比你還小一歲呢，卻已是三個孩子的父親了，咱們皇家開枝散葉是頂頂重要的。」太后又說。

陸庭舟這會兒才緩緩抬起頭，他的唇色是淺淺的緋紅，極是瀲灩豐澤，與他整個人寡淡的形象略有些對比，此時他慢慢地開口道：「母后若是喜歡孩子，便宣了寧王和康王的孩子進宮陪陪您便是了，我想他二人定是與有榮焉的。」太后若是真的露出這樣的口風，只怕誰都想將自己的孩子送來和太后作伴吧？

這些成婚的皇子早已經封王，大皇子是寧王，二皇子是康王，兩人如今都有孩子了。只是大皇子只有庶出的兒子，而二皇子則有了嫡長子。

「母后無非就是說說罷了。這些孩子都太鬧騰了，母后年歲也大了，禁不住他們鬧。」

太后推拒。

「可我時常聽寧王和康王說，自家的孩子如何守規矩、知禮儀，想來皇室的孩子終究是與別家不同的。」陸庭舟又是輕笑。

太后略沈默了下才說：「還是算了，母后也只是說說而已。」

大概太后也感覺到了陸庭舟對她這開枝散葉說法的抗拒，索性自己將話題岔開了。

待過了會兒，陸庭舟便起身。

太后見他要走，挽留道：「你便在此吃了午膳再走也不遲。」

「兒臣想去奉先殿給父皇上香，告訴他，兒臣要大婚了。」陸庭舟說此話的時候，眼睛盯著太后面上的表情。果然，太后臉上的惋惜變成了一絲尷尬。

過了會兒太后才說：「應該的，你父皇知道了，想必也會開心的。」

陸庭舟沈默不語。

待到了奉先殿時，守在殿門口的太監一見恪王爺來了，趕緊便迎上前去，討好地說了聲「恭喜王爺要大婚了」。

身後的齊心掏出銀子打賞兩人。

小太監趕緊開了門請王爺進去。

齊心則是留在外面，因奉先殿除了姓陸的人能進去之外，誰都不能進的。

不料，湯圓卻跳過門檻，尾隨著陸庭舟進去了！

小太監一見，「哎呀」了一聲，指著湯圓便著急地對齊心說：「齊總管，這……」

「宮裡的規定，是除了宗親之外的人都不能進，可沒說過連狐狸都不讓進的。你們好生伺候著便是了，別管那麼多。」齊心板著臉教訓他。

兩個小太監頓時都安靜了，好在奉先殿尋常也不會有人來，所以就算是進去一隻狐狸，也不會有人知道的。

「父皇，兒臣要大婚了，待兒臣下次再來，就將兒媳婦帶來給您瞧。」陸庭舟抬頭看著牆上掛著的畫像。

湯圓則站在他的腳邊，也抬頭朝牆壁上望。

第四十五章

宗室被賜婚之後，女方家族都是要入宮謝恩的。本朝無皇后，因此這會兒是進宮給太后娘娘謝恩，況且陸庭舟是太后親子，謝家女眷給她謝恩反倒是正頭事，畢竟這可是謝清溪以後嫡親的婆婆啊！

蕭氏一想到明兒個要去給太后請安，這心裡頭總是有些不安。當初接到聖旨時，她心中那叫一個複雜的。原先她還信誓旦旦地想著，便是恪王爺要大婚，那王妃也不會是自家閨女，畢竟這中間可差著歲數呢！

如今蕭氏都不想知道陸庭舟究竟多大了，反正比她家清駿年歲還大呢！

蕭氏又叫了許繹心過來，婆媳兩人屏退了別人，只兩人在屋裡頭說話。

「妳在太后宮中住過一段時日，可見過這位恪王爺？」說實話，蕭氏就只是在陸庭舟還年少的時候見過他一次。那一回，謝清溪被綁失蹤，他不但救了自家閨女，後背還因此被砍了一刀。

蕭氏立即捏住手心，難不成這是老天爺一早就定下的緣分？

其實蕭氏還挺信命的，要不然也不可能沈嬤嬤一說這還願之事，她就著急上火，生怕對菩薩一個不敬就會拖累到兒子。

如今一想到這事，她又覺得吧，陸庭舟那會兒就能那般救自家閨女，想來真的成親之後，肯定會對謝清溪好的吧？

可是這位王爺在京中實在是太低調了，尋常人家的宴會根本請不著他，蕭氏也從沒機會再見他，所以只得將許繹心找來，想問問這位王爺的性子如何？

「見倒是見過一、兩次，王爺隔些時日就會入宮向太后請安。」許繹心抬眼瞧了蕭氏一眼，見一向沈穩冷靜的婆婆，此時臉上都有隱隱的焦慮。

許繹心嫁到謝家來，見慣了謝清駿的冷靜自持、蕭氏的優雅從容，結果這賜婚聖旨一下來，誰都變得不大像自個兒了。

不過她倒也能理解，她娘親來京城送她出嫁的時候，雖不認識人，可還是讓家中的下人四處打探，後來見著新姑爺的時候，那滿臉笑意的。

「恪王爺性子如何？可還好相處？」蕭氏雖知道這般打探王爺是不合規矩的，可她還是忍不住打探了。

這嫁閨女可不比娶媳婦，娶的媳婦若是不好，左右兒子也不會受罪，就是婆婆受累些，好生調教就是了。可是這嫁閨女，那是把閨女送到別人家裡頭，就算是受了折磨、遭了罪，妳除了哭兩場外，什麼都做不了。

況且這可是皇家，要是別的家裡頭，說句不好聽的，謝清溪若真受罪了，蕭氏拚著讓她和離也無所謂。可誰聽說過皇家有和離的事情？最後一杯毒酒、一條白綾就送妳上路了！

許繹心看她臉色越來越白，立即安慰道：「娘，妳別擔心，王爺雖說性子稍冷一些，不過人卻是極溫雅的。況且王爺比咱們清溪大這樣多的年歲，肯定會對清溪寵愛有加的。」

蕭氏聽了她說的話，心中才稍稍安定。

其實恪王爺確實是不錯，這般大年紀了別說沒大婚，就連個通房都沒有……她一轉念就想著，不會是陸庭舟有什麼問題吧？畢竟這皇室可不比一般人家，就算是一般人家，誰能看著兒子到了二十五歲還不成婚的？反正她這心裡就是忐忑不安啊！

正主兒謝清溪還挺自在的，她正吩咐丫鬟將自個兒的首飾盒子打開。明兒個就要入宮給太后請安了，這回和以往哪回見太后可都不一樣，她如今可是有明確身分的，是陸庭舟的未婚妻！謝清溪這會兒得瑟了，她可是正大光明的了。

朱砂拿了件正紅色遍地金百蝶穿花紋長褙子，謝清溪搖頭，不好、不好，她穿正紅色進宮，別人還覺得她多想嫁呢，不夠矜持！

丹墨拿了件玫瑰紫織金纏枝紋褙子，謝清溪又搖頭，不好、不好，這紫色太老氣了，和她這樣青春年少的姑娘不搭！

月白拿了件淡黃滾邊白底印花對襟褙子，謝清溪還是搖頭，不好、不好，這件淡黃色好像不夠莊重，畢竟她也是要嫁人的人了，穿這樣的顏色，太后只怕不喜。

雪青手裡拿的衣裳，她見了也搖頭，就是說不出哪裡不好。

最後還是朱砂有些哀求地說道：「小姐啊，咱們把櫃子裡頭的衣裳都拿了出來，妳就挑一件吧！」

謝清溪苦著臉看她們，好久都下不了決心。

這次因老太太身子不好，就只有蕭氏帶著謝清溪還有許繹心進宮。待到了壽康宮後，謝清溪隨著蕭氏等人恭敬地給太后請安，這回太后待她的態度，倒是比前兩回都要和藹多了。

況且有許繹心在一旁，太后與她們倒也說得頗為愉悅。待她們走時，太后又讓人賞賜了她們好些東西。因蕭氏身邊沒帶丫鬟，太后還讓閻良派了宮人拿著東西，送她們離開。

誰知在回去的路上，居然遇見陸庭舟了。他懷中抱著一個又白、又圓滾滾的東西，謝清溪離得遠沒瞧清楚，走近後才發現是湯圓。

蕭氏還是經身邊的許繹心提醒，這才知道對面迎面走來的青年便是恪王爺。只見這青年一張如清風朗月般的面容，面帶恰到好處的微微笑意，一身天潢貴胄的氣度，讓人看了便過目難忘。即便他此時懷中抱著團不知名的東西，也絲毫無損他的儀態風華。

「見過恪王爺。」既然迎面撞見了，自然得請安的，蕭氏停下腳步給他行禮。

「謝夫人實在是多禮了，趕緊請起吧。」陸庭舟立即含笑道。「夫人這是要出宮？」

陸庭舟開口詢問，只是那語氣中帶著敬重，讓蕭氏身後那些壽康宮的宮人都不由得心中一凜。

「回王爺，正是如此。」蕭氏恭敬道。她沒想到他的態度會如此和藹，雖說這是自個兒的未來女婿，可到底是皇室宗親，比不得尋常人家。

謝清溪突然開口問道：「湯圓怎麼了？」

「牠腳崴傷了，只得抱著牠。」陸庭舟柔和地說道。

蕭氏衝她瞪了一眼。

好在陸庭舟及時說道：「那便不打擾夫人了，夫人慢走。」

蕭氏又客氣了一番，這才跟著壽康宮的宮人往宮門口走。

等上了馬車之後，蕭氏看著謝清溪便道：「方才妳為何要開口問話？實在是沒規矩！」

謝清溪知道，她娘這是氣壞了，所以她立即開口道：「娘，妳不是一直擔心恪王爺的性子嗎？妳看他，連自己的寵物受傷了都親自抱著，可見是個心地良善的人，那性子肯定是極好的。」

方才蕭氏一見陸庭舟，就覺得他氣質高華，是個光風霽月之人，心中早已變得滾燙，如今聽謝清溪這麼一說，心下對陸庭舟的滿意更是蹭蹭、蹭蹭地升高。

這邊，待蕭氏等人的身影徹底消失在眼前後，陸庭舟就將湯圓放在地上，略嫌惡地說道：「你如今也長得太胖了！」

湯圓含淚看著他的背影：難道我就只是個道具嗎？

欽天監將恪王爺成婚的大日子算出了，明年五月八日，正是春暖花開的好日子。

蕭氏稍微鬆了一口氣，雖說這幾年她也一直給謝清溪準備嫁妝，可若是真在今年成婚，她總覺得太過迅速了，顯得有些匆忙。

待今年及笄之後，她便可好生為她準備起來了。

謝清溪和謝清湛的生辰是在六月六日，極喜慶的日子，況且今年還是謝清溪的及笄禮，謝家自然也要辦得體面又風光。

謝清湛倒是一點都沒在意，生辰嘛，就是大家給他包紅封、給賞賜的日子，那叫一個接得手軟。因男子是二十加冠，而女子是十五歲及笄，因此同樣的年歲，謝清湛還是個孩子，謝清溪卻已成年了。

謝家素來低調，即便幫謝清溪辦及笄禮，本來都是想著如何辦得低調又風光，可如今謝清溪是板上釘釘的王妃人選，多少人家上杆子巴結都來不及呢，所以她辦及笄禮，這正賓和贊者的人選卻是難了。

正賓自然是要德才兼備的女子，而贊者則是及笄女子的至親好友。很遺憾的是，謝清溪混了這麼久，除了她表姊還有宣平侯家的王淑慧之外，其他基本上都是泛泛之交。

蕭熙早就嫁給她二哥當媳婦了，根本不能給她當贊者。至於王淑慧也早早嫁人了，如今都跟著丈夫去了揚州。

此時謝清溪才發現，她的人脈實在是少得稀薄。至於她舅家的表姊，庶出的自然不能請，而嫡出的就蕭熙還有二房的蕭媛。蕭媛比蕭熙還早半個月出嫁，嫁的是伯府的次子，嫁進去兩年，光是哭著回娘家的次數兩隻手的指頭都不夠數。她沒有兄弟，每回都是大房的蕭文翰替她出頭的。

蕭熙每次回娘家，都能見著她二嬸在她娘跟前哭，說什麼遇人不淑。呵呵，當初還不是蕭媛自個兒要死要活地要嫁過去的，如今婚後不幸，只能怪自己當初腦子進了水。

說到這點，蕭熙和謝清溪兩人還是挺佩服謝明嵐的，比起蕭媛來，誰都覺得她的生活才叫千瘡百孔、一團亂麻，可偏偏每次謝明嵐回來的時候，臉上總是一片幸福甜蜜，真真是讓人佩服得緊。

「這個蕭媛啊，從前在家的時候對我是一點不落下風，結果如今在婆家都要被欺負死了，我嬸嬸那樣性子的人都天天在家以淚洗面呢！」蕭熙很是無奈地說道。

昨兒個嬸嬸來看望她時，言語間露了些話，蕭熙這才知道，蕭媛又回娘家了。不過這回事情有些嚴重，她嫁人都兩年多了，結果一直沒懷孕，如今婆婆要將自個兒身邊的丫鬟賞給兒子當通房。蕭媛這樣的性子如何能忍受？她可是看多了在天願作比翼鳥，在地願為連理枝的詩，一心要和丈夫白頭偕老、永結同心的，怎麼可能忍受一個女子插在他們中間？

所以她哭著鬧著要回家，老太太自然也心疼孫女，覺得這不過才兩年而已。況且他家的大兒子早就生了孫子，他家又不是著急要傳宗接代的，竟就做出塞丫鬟的事情來，這不是打永安侯府的臉嗎？聽說就連她父親蕭川都驚動了。

「媛表姊過幾日會來參加我的及笄禮嗎？」謝清溪問道。

蕭熙想了想，不確定地答。「這樣重要的事情，她總該會來吧？」

女子及笄禮是一生之中最重要的禮儀之一，家裡頭早早就已經準備起來。當初蕭熙及笄的時候，無論是簪、笄、冠，都是名貴無比的。

因這幾樣是蕭氏準備的，謝清溪到現在都還沒看到呢，心裡頭早已經按捺不住。

就在蕭熙和謝清溪說話的時候，秋晴突然過來了，她一見著兩人就行禮道：「二少奶奶、六小姐，家裡頭來了客人，夫人請您們過去呢！」

謝清溪一聽，就扶著蕭熙過去。

結果到了蕭氏的院子，到了門口就瞧見正廳裡面影影綽綽地坐了好幾個人呢！

見她們進來了，蕭氏便笑著說道：「清溪妳是早就見過的，旁邊的便是我的二兒媳婦蕭熙。」蕭氏是和坐在她左下首的貴婦說的。

那貴婦抿嘴輕笑便誇道：「清溪小時候那會兒就長得玉雪可愛，如今成了大姑娘，更是姿容妍麗呢！」

蕭氏笑著說道：「清溪、熙兒，這位是如今的工部左侍郎顧夫人，旁邊是她的女兒，閨名蕊兒。清溪，妳先前在蘇州的時候，不是和妳蕊姊姊關係最要好？」

謝清溪一轉頭就見一個穿著淡粉色繡紅色菊花交領褙子的姑娘，結果她剛看過去，那姑娘就衝她眨了眨眼睛，謝清溪一見，登時便笑開了。

顧夫人將早就準備好的禮物遞給了她們倆，謝清溪拿著的是一個繡著纏枝百合的荷包，繡工精緻，用色極其出彩，一瞧便是江南那邊的刺繡。

「你們來京中都一個月了，早該送信給我的！」蕭氏此時有些責怪地說道，可是相較於蕭氏那樣客氣疏淡的性子，這樣的口吻已是極親昵了。

顧夫人趕緊道：「我剛來這裡便忙著收拾院子，這不，一妥當了就上門打擾姊姊來了！」

和蕭氏家中本就在京城不一樣，顧家無論是顧夫人還是顧大人的家都不是在京城，所以這會兒顧大人升遷至京城，還是讓家中管事提前到京中置辦的宅子。因此顧夫人來了京城後，得自個兒收拾院子，又要採買下人，很是整治了一陣子。

「好歹我也是京城本地人，妳該早些找我，這樣有些事情我也可以幫妳搭把手呀！」蕭氏又是搖頭，只說顧夫人太客氣了。

在蘇州的時候，蕭氏便和顧夫人關係甚好，加上謝清溪和顧蕊也玩得好，而顧軻則和謝清湛是同窗。

「那倒是，所以我這會兒便來煩擾姊姊了。」顧夫人聽完後，便立即笑道。「我家那小子妳也是知道的，在蘇州的時候就跟六少爺是書院的同窗，這回來了京城，非鬧著要和六少爺一塊兒讀書。」顧夫人有些無奈地說道。

蕭氏一聽便笑了，立刻說道：「這有什麼難的？清湛如今在東川書院讀書。妳來京城這般久，也該知道京城四大書院的名頭，這四家書院倒是各有千秋，所以進哪家都是不差的。」

顧夫人立即笑道：「妳既是這般說，我自然是信的。妳有所不知，在江南的時候，大少爺和二少爺的名頭那可是震天響，江南士林學子裡頭如今一提起謝家來，那都是豎起大拇指的。所以我也想著，讓我家顧軻跟著六少爺好生學習學習啊！」

謝清溪一聽，簡直是一把辛酸淚啊！

果然從古代到現代，中國家長對於子女的教育那都是嘔心瀝血，使出渾身解數的。

謝清溪知道顧軻，比謝清湛小一歲，這兩人在一塊兒就是一對活寶。如今活寶二人組再次重現江湖，她怎麼就覺得有點……

不過蕭氏倒是對此沒想法，反正謝清湛如今也成日和書院裡的同窗玩蹴鞠，就算多個顧軻，也無非就是蹴鞠隊又多了個輪換的人罷了。

沒一會兒，蕭氏就讓謝清溪帶著顧蕊去她院子裡頭玩。

剛出了院子門，顧蕊就挽著她的手臂，感慨道：「清溪兒，妳現在漂亮得都讓我不敢認了。妳剛一進門的時候，我看一眼就傻了，還以為這是從天上掉下來的仙女呢！」

「蕊姊姊，我覺得妳如今說話真是越來越不實誠了。」謝清溪嘆了一口氣。

顧蕊想要笑，又想起來這還在外頭，便忍住了，不過挽著她的手臂卻是越發緊了，這才吐了一口氣說道：「我娘說了，這裡是京城，要莊重，而且妳是要當王妃的人了，讓我和妳說話別沒大沒小的。」

「我是那種見利忘義的人嗎？咱們倆什麼交情！」謝清溪立即否認道。

等兩人進了院子，顧蕊才很是鄭重地拍了拍她的肩膀，讚道：「果真還是我的小清溪，一點兒都沒變！」

謝清溪看著顧蕊，怎麼覺得這姊姊越來越爺們了呢？

「聽說再過些日子，就是妳及笄禮了？」顧蕊問她。

謝清溪點頭。

顧蕊很淡然地說：「我沒什麼好東西送妳，在此便先祝賀妳一聲了。」

謝清溪險些被噎住，要不是知道這位姊姊的性子，只怕她要以為顧蕊是專門過來搗亂的了。其實她有時候也覺得挺好玩的，蕭氏和顧夫人都是那種典型的貴夫人，裡外一把好手，能拿捏得住老公，也能管得住兒子，然而在養女兒這件事上，謝清溪覺得，蕭氏真的該和顧夫人好生談論一番，看看她們倆這樣精緻精細的女子，怎麼就能養出她和顧蕊行事這樣糙的女兒？

「到時候妳別忘了給我下帖子啊！我及笄的時候，妳在京城我在蘇州，不好讓妳千里迢迢地跑，但妳及笄的時候可得請我。」顧蕊很是大方地說道。

要是一般姑娘，那都是等著別人給自己下帖子的，誰會這麼主動開口？顯得多不矜持啊！可是人家顧姑娘就是這樣豪邁。

結果一出門的時候，顧蕊就變成了端莊窈窕的淑女，那蓮步輕移的，走得真是仙仙嫋嫋。

女人啊，妳的名字叫謊言！

謝清湛回來的時候，一聽說顧家居然來京城了，興奮得恨不能立即就去找顧軻，要不是謝樹元的淫威壓制，只怕他真的半夜就去爬人家顧家的院子了。

謝清溪很快就找到了贊者的合適人選，蕭氏一聽她要請顧蕊當贊者，只是想了想就答應了。

其實這些日子，來謝家旁敲側擊或者是直接開口，想讓自家女兒給謝清溪當贊者的不在少數。蕭氏自然知道這些人的用意，無非是看著謝清溪如今被賜婚恪王爺，身價水漲船高的，想讓自家女兒當了她及笄禮上的贊者，到時候說親也是一份資歷。

不過蕭氏不喜歡這樣急功近利之人，所以她反而願意讓顧蕊來擔任。加上顧家初來京城，這次及笄也算是引他們入京城的交際圈吧。

顧大人是工部左侍郎，以他的年齡和資歷，尚書之位也無非是熬資歷罷了。況且顧家本就和謝家交好，蕭氏不介意替顧夫人引薦幾位貴夫人。

這天晚上，謝清溪正在屋子裡頭，她叫了一聲朱砂，沒人應答，於是她又叫了第二聲，這才聽見一陣珠簾被掀起的叮咚悅耳聲。

「朱砂，妳去幫我拿——」她略頓了一下，只覺得很奇怪，為何朱砂一直不說話？結果一轉頭，就看見陸庭舟站在門口，言笑晏晏地看著自己！

「你……你怎麼來了？」謝清溪問這句話的時候，不禁朝外頭看了一眼，接著又緊張地問道：「你是不是翻牆進來的？要是讓我爹爹和我哥哥看見你的話，就不好了！」

「我方才已去拜訪過岳父大人了。」陸庭舟頗為怡然自得，岳父對於他剛剛所送的懷素真跡很是喜歡呢！

岳父……謝清溪被他這麼坦然的話弄得瞬間羞紅了臉。唉，陸庭舟，你這樣真的好嗎？

「你怎麼這會兒來了？」謝清溪努力想讓自個兒說話正常點，可是這裡是她的閨房，面前的人是她未來的丈夫啊！以前她和陸庭舟在一起的時候並不會這般害羞，可是自從定下名分之後，再看見他時，她總有一種抬不起頭的羞澀，只覺得臉頰紅通通的，忍不住想用手去摸。

「妳臉紅什麼？」陸庭舟沒回答她的問題，反而問了這句話。

原本情緒緊張的謝清溪在聽到他這句話之後，猶如吹來一陣涼颼颼的風，瞬間把臉頰的滾燙和內心的羞澀不安全都吹散了。他還真是「善解人意」啊……

「你要喝什麼？我讓丫鬟給你倒。」既然他是剛從謝樹元那邊過來的，只怕來自己院子也是經過同意的。只能說，她爹轉變得也太快了些。

此時謝樹元卻是在書房裡頭一陣懊悔，方才門房上的人突然來稟報，說是有人上門拜訪，結果他接過名帖一看，居然是恪王爺，當即大驚失色，連忙親自去門口迎接。

可是去的路上吧，他自個兒又覺得彆扭。在門口那人，是自己未來的女婿，偏偏身分又這般尊貴，讓他不得不去迎接，所以謝樹元在陸庭舟面前壓根兒沒辦法擺老丈人的譜，他不禁憂煩這要是清溪日後受了欺負，他找誰說理去啊？

但謝樹元還是把人好好地領到書房裡頭了，好在陸庭舟很是上道，絲毫不擺親王的譜，於是謝樹元也就不好意思擺老丈人的譜了。

結果呢，兩人閒聊的時候，陸庭舟一提起書法，謝樹元的話匣子就打開了，接著他就收到了一幅唐朝草書大家懷素的真跡，而且還是從未在市面上流通過的！

接著，陸庭舟很貼心地提到「清溪就要及笄了，我想將自己準備的及笄禮親手交給她」的時候，謝樹元簡直都要覺得陸庭舟是好女婿的絕佳代表了！

直到謝清駿進來時，才看見他對著那幅字帖捶胸頓足。

朱砂端茶進來的時候，小心地朝陸庭舟看了一眼，這就是自家小姐未來的夫婿啊！

「你怎麼來了？」謝清溪還是接著之前的話問。

陸庭舟輕笑道：「過幾日便是妳的及笄禮了，我自然想要給妳送些東西。」

謝清溪看了他一眼。

陸庭舟又問她。「妳的簪、笄、冠都準備妥當了嗎？」

「都是娘在替我準備的，到現在我都還沒看到過呢！」謝清溪如實回答。

陸庭舟看著她這有些迷糊的樣子，尋常誰家貴女及笄不是巴巴地想看這三樣東西，生怕自個兒的東西不夠精貴、不夠華麗，在外人面前失了風頭。她倒是好了，都快及笄了，竟還沒瞧見東西呢！

「衣裳呢？也是夫人幫妳準備的？」陸庭舟突然覺得自己的未來挺有意思的，估摸著就是跟在她身後幫她收拾這個、收拾那個吧？

謝清溪大概也覺得這點繁瑣的小事還讓陸庭舟擔心不大好，因此立即說道：「你放心吧，我娘肯定會給我準備妥當的！我這幾日在練習到時的行禮過程。」她突然有些不好意思了，過了半晌才問。「小船哥哥，你那天會來觀禮嗎？」

「妳想讓我來嗎？」陸庭舟反問她。

謝清溪毫不猶豫地點頭，這可是她的人生大事，她自然希望陸庭舟能來觀禮。不過那日多是女眷在場，他來的話，估計也不能正大光明地出現，謝清溪只覺得這心都要操碎了。

這會兒，她突然想起一件事，說了聲「等我一下」，就把陸庭舟晾在這裡乾坐著，她自個兒往裡頭去了，好像是在找什麼東西。

陸庭舟也不催她，兀自喝著據說是她親自製的花茶。說實話，確實挺香的，他心裡剛想著讓謝清溪多做些，日後帶到恪王府去喝時，就見外頭闖進來一人，珠簾被他霍地掀開。

謝清湛張嘴就喊。「清溪兒，我跟妳說——」謝清湛一瞧榻上坐著人，立刻就往外頭退。「喲，有客人在啊，那我待會兒再過來！」

等等……他怎麼瞧著這客人是個男的呀？謝清湛又回頭掀簾子，就見對方正一臉笑意地看著他，那面孔猶如最上等的白釉，眼若星辰，鼻如懸膽。

其實謝清湛一直覺得自個兒長得挺好看的，反正最起碼在謝家長房這樣好看的人如此多的家裡頭，他絕對是排前頭的，除了輸給清溪兒和大嫂之外，他還真覺得自己就是第三。但看到此人的相貌，他卻是沒那麼自信了。

謝清溪要是知道謝清湛心裡居然和自己比美，恐怕活活嘲笑死他的心都有了。

「清湛來了？進來坐吧，清溪去屋裡頭找東西呢！」陸庭舟說話的口氣特別溫和，帶著一種如沐春風的柔和。

可是這說話的語氣和說出來的話，謝清湛聽得那叫一個彆扭的，半晌之後，他才反應過來。喲，王爺，您也忒把自己當自家人了吧？

這院子是謝清溪的，可偏偏這會兒陸庭舟反倒是擺出一副主人的架勢，讓謝清湛成了客人。再怎麼說，這也是他自己家呀！謝清湛內心那叫一個感慨呀！

結果最後，他還真坐過去了！他一坐下，轉了轉眼珠便問。「清溪去哪兒了？怎麼能把客人一個人留在這裡呢？真是太不懂事了！」

陸庭舟喝了一口花茶，又看了他一眼，這才不緊不慢地說道：「我和她之間不需要這般客氣。」

謝清湛被他這麼坦然的話氣得都不知要回什麼了。現在清溪兒還是我家的人好吧？你、你……你別太囂張啊！可是他瞧著陸庭舟那如溫玉般的面容，這話就不敢說出口了。

「要喝茶嗎？這花茶不錯，我叫人進來給你倒一杯？」陸庭舟又問他。

謝清湛這會兒真的是服了，除了他大哥之外，他還真的沒見過臉皮這麼厚實的人，這簡直就是不拿自個兒當外人啊！謝家六少爺素來就是個霸道的性子，如今這會兒頻頻受挫，登時生出一種「不是小爺壓倒你，就是你折服了小爺」的豪氣來！

他呵呵地笑了一聲，便說：「那倒是不用了，這花茶清溪剛做好時就送了我兩罐，我天天都喝呢，倒是不比王爺，頭一回嚐鮮！」

陸庭舟看了眼手中的杯子，突然笑了一下，原以為這最小的小舅子是頂好對付的，現在看來，他還真是任重而道遠了。

在裡頭也不知找什麼的謝清溪，這會兒總算是抱著東西出來了，結果一出來就看見謝清湛正坐在榻上和陸庭舟說話呢！

陸庭舟來她院子是一回事，可這被人撞破了，卻又是另外一回事，她瞬間有些不好意思。

謝清湛看見她，便對她招手道：「清溪兒，趕緊到六哥哥這裡來。」

謝清湛還特別把「六哥哥」這三個字咬得很重，陸庭舟知道，這小舅子是在提醒他呢！

謝清溪一看他的神情，還以為陸庭舟招惹他了，便抬眼看他。

陸庭舟很是無辜地表示：我什麼都沒做，就是幫妳招呼他而已。

謝清溪無奈地看他：我六哥很小氣的，你就不能哄哄他？

陸庭舟突然輕笑一聲，惹得謝清溪又瞪他。

謝清湛瞧見她手上拿著的東西，便立即關切地問道：「六妹妹，妳這是拿的什麼呢？讓六哥哥看看。」

謝清溪扶著額頭，恨不能讓謝清湛把舌頭捋直了說話！什麼六哥哥、六妹妹的？謝清湛很少叫她六妹妹，要嘛就是「妹妹」，要嘛就是「清溪兒」，結果這會兒當著陸庭舟的面，他真是可勁地得瑟了一番，但謝清溪也不好直說。

謝清湛拉著她在身旁坐下了，接了她手裡的東西看，但看了半晌都沒看出這是個什麼東西。

倒是陸庭舟眼尖，略瞧了幾眼就認出這是什麼了。

謝清湛開口問道：「清溪兒，妳弄的這是什麼呀？」

謝清溪無奈，最後才說：「這是我給湯圓做的小衣裳。」

「湯圓是誰啊？妳幹麼給他做衣裳？妳怎麼不給我做？」謝清湛瞥了她一眼，略有些不滿地說道。

其實謝清湛和謝清溪是真的好，只要謝清溪給謝清駿或者謝清懋兩人做了任何一樣東西，他都要一份，不管是荷包也好，書袋也好，就連一雙襪子他都不放過。所以這會兒他見謝清溪居然給別人做衣裳，立即就不樂意了。要知道，她給他們做的也就是荷包、書袋這些小件，何曾做過大件了？

眼看著陸庭舟又要笑了，謝清溪趕緊解釋。「湯圓是隻狐狸，你看這衣裳這樣小，哪裡是人穿的？」

謝清湛哀怨地看著她。「妳居然寧願給一隻狐狸做衣裳，都不願意給妳的親哥哥做?!」

謝清溪：「……」

蕭氏看著面前的人，輕聲道：「王爺居然來府上了，倒是我招待不周。」

陸庭舟趕緊客氣道：「是我突然到訪，打擾了夫人。」

對於謝樹元，陸庭舟還能使點小計謀，可是對上蕭氏的時候，他完全就是一副「我虛心受教」的模樣。

「不知王爺突然來訪，有何指教？」此時雖已是晚上了，可蕭氏依舊是一身華麗端莊的打扮，從髮鬢到妝容，沒有一絲的錯亂。

陸庭舟道：「因著過兩日便是清溪的及笄禮，我與她既已讓皇上賜婚了，她的及笄禮我也該出一分力。」

蕭氏瞧了他一眼，不語。

陸庭舟立即讓齊心將錦盒拿了過來。

蕭氏讓身邊的丫鬟接了下來，結果一打開她就大吃了一驚。

這是一頂赤金蓮花花冠，也不知這金子是如何打磨的，每片花瓣都是薄薄的金片磨成的，上頭鑲嵌著鴿子血紅寶石，每個都有小拇指那麼大，中間的花蕊是黃晶鑲嵌的，在燈光之下，整頂花冠流光溢彩、熠熠生輝，讓人挪不開眼睛。

「這……」蕭氏也知道這頂花冠實在是太貴重了。若是一般人送的，她自然不能替謝清溪收下來，可陸庭舟不是一般人，他是清溪未來的丈夫，是清溪要執手一生的人。

看著他這般精心準備的東西，蕭氏反而說不出推託的話。

「王爺有心了。」良久後，蕭氏才輕聲說道。

六月六日，謝家門口陸陸續續地來了不少馬車，有受邀來觀禮的，也有的是來送禮的。蕭家人一大清早便到了，這回的正賓是永安侯夫人游氏，也是謝清溪的舅母；而贊者則是顧蕊，只是顧家人這會兒才剛到門口。

因前頭的馬車沒挪開位置，顧家的馬車只得停在這裡，這時外頭驀地一陣喧譁，顧蕊就聽車外有人喊道——

「是宮裡來人了！是太后娘娘賞賜東西給謝家小姐了！」

「哎喲，這可真是太體面了！」旁邊的大概也是來送禮的，只不過這會兒因堵在門口的車馬比較多，便下了車，瞧見這一幕後直咋舌地道。

結果這邊剛說完，就聽那頭又有人喊道——

「是恪王府的馬車！讓一讓，趕緊讓一下！」

謝家門房的人也趕緊出來了，這恪王爺誰不知道？那可是自家小姐未來的夫婿啊，如今也來送東西了。

旁邊的人此時議論紛紛地道：「居然有好幾大車的東西呢，看來恪王爺對這位謝小姐很是重視啊！」

「那是自然！又是閣老的嫡孫女，又是自己的救命恩人，能不重視嗎？」眾人小聲地議論著。

這會兒謝府裡頭出來一個管事，他一瞧見從車上下來的人，立即便感到詫異，這居然是王爺身邊貼身伺候的齊心齊總管！他趕緊迎了上去，兩人寒暄了幾句後，管事就讓人將車上的東西搬了下來。

那些大大小小的錦盒，就連盒子看起來都格外的精貴呢！

顧蕊進去的時候，就跟謝清溪好一陣感慨，最後總結道：「妳及笄禮真是風光。」

待到了吉時，謝清溪被人扶著出去，她張望了一眼，沒瞧見陸庭舟，不過這是意料之中的。

謝家循的乃是古禮，三加，可當一加之後，謝清溪朝著正首的父母叩拜之時，謝樹元突然眼睛一紅。

當初在蘇州，得知生了龍鳳胎時，自己是那樣歡喜。當他抱著謝清溪的時候，只覺得這孩子是他見過最好看的嬰兒。但今天她跪拜在自己的面前時，卻已經長成了大姑娘。

一直到三加，當花冠被捧出來的時候，在場之人莫不盯著那花冠看，這可實在是太精緻了。

三加之後，謝清溪又被扶進了內室裡，而外面的賓客則被領到了酒席上坐下。

顧蕊被蕭氏派人叫去了，朱砂等人守在外頭。

謝清溪看著鏡子中的自己，竟是不覺看呆了，直到身後傳來了開門聲。

陸庭舟站在門口，看著那個坐在鏡子前的姑娘，那樣的雍容華貴、光彩照人，美得讓人驚豔，好在她終於是他的了。

謝清溪猶如知道是誰來了一般，只問。「你有看嗎？」

「從頭看到尾。」陸庭舟答道。

「那便好，我在找你呢！」謝清溪慢慢轉頭，唇上早已忍不住地揚起微笑，語帶撒嬌地說：「我還以為你不在──」結果，她話還沒說完，陸庭舟就突然跨步過來，單膝跪在地上，一下子吻住了她的唇，這一次不再是蜻蜓點水的親，不再是含糊不清的吻。

這一次，如狂風驟雨般，讓她迷失其中……

當第一場雪降臨整個京城的時候，謝清溪接到了來自宮中的懿旨，她尊貴的婆婆大人覺得有必要在婚前給她來一場「皇家兒媳婦培訓課程」，於是，謝清溪得收拾收拾包袱，滾進宮去住。雖然來年便要大婚，可是如今讓宮中的嬤嬤教導她禮儀，倒也不算是晚。

蕭氏雖覺得這是太后娘娘看重她，卻還是擔心不已，畢竟這回還不知要入宮多久呢。她從沒離開過蕭氏身邊，就算偶爾去永安侯府小住，那也是自己的親外祖家，誰敢給她氣受啊？於是在她進宮之前，蕭氏可是好一番叮囑，讓她在宮裡頭多做多看，少說少聽，更不要牽扯到宮裡頭的是非之中。

結果被蕭氏這麼叮囑一通後，反倒是讓謝清溪緊張起來了。她可是看過「甄嬛傳」的，那電視劇裡頭把後宮演得就跟吃人的地方一樣，她能不害怕嗎？

謝清溪覺得，要真是玩心機、耍手段的話，她這種級別的都不夠別人一個回合呢，就是去充當炮灰的。可未來婆婆有令，她不敢不從啊！

在收拾行李的前一晚，陸庭舟一身便服地進門了。

如今朱砂等人再見這位王爺時，已是很坦然了。更何況明兒個小姐就要進宮了，她們反倒覺得，要是王爺今日不來的話，那才叫一個奇怪呢！

「你會經常進宮看我嗎？」謝清溪眼巴巴地看著他，說實話，她是真的怵了。皇宮那是個什麼地方？吃人不吐骨頭的啊！那紅牆黃瓦之下埋葬了多少白骨啊！

陸庭舟看出了她的害怕，微微搖頭，伸手就彈了下她的臉蛋，說道：「妳這次進宮只是為了學禮儀罷了，況且妳又是在母后宮中，不會有人敢傷害妳的。」

謝清溪倒不是怕人傷害她，她主要是覺得，那地方實在是有點詭異。而且要是有誰看自個兒不爽，就要對付她呢？

陸庭舟見她還是害怕，立即就保證道：「我會進宮看妳的，妳放心，絕對不會有人欺負妳。」

謝清溪又看他，眼巴巴地問。「能每天都來嗎？」

陸庭舟實在是被她這可憐的小表情弄得沒法子，只得點頭同意了。

第二日，宮裡頭就派馬車來接謝清溪了。馬車外頭瞧著低調，裡頭卻很是奢華，隔成了兩個空間，後頭是主子休息的地方，而前面則是丫鬟坐著的地方。

這回她沒帶朱砂進宮，反而是帶了月白。雖說月白跟著她的時間沒朱砂長，不過月白性子穩重，又有些急智，所以謝清溪這才帶著月白去的。

趕車的也是個小內侍，她在榻上坐下之後，沒多久馬車就緩緩起動了。因此時是冬天，馬車圍得嚴實，一絲冷風都沒從窗戶外頭灌進來，就連車軲轆那吱吱的聲音傳到車裡頭都挺小的。

謝清溪生怕自己的髮髻會亂了，不敢睡覺。結果馬車裡面不通風，又生了火盆，實在是太暖和，她進去沒多久，眼皮就開始打架了。

因為今天要進宮，昨晚翻來覆去睡不著，所以現在就開始犯睏了，她是真的睏呀！

等月白叫了裡面兩聲都沒動靜，又趕緊隔著車門問趕車的太監，離宮裡頭還有多久後，就趕緊推門進了謝清溪在的裡間。

「小姐、小姐，別睡了。」月白輕輕地推了她兩下，輕聲叫喚道。

謝清溪一個激靈地睜開眼睛，忙問道：「可是到了宮裡頭？」

月白見她慌張的表情，趕緊安慰道：「還沒到呢，還沒。」

謝清溪鬆了一口氣，這提心吊膽的。

結果，她到太后跟前的時候，才知道什麼叫真正的提心吊膽。太后將她打量了好久，這才讓她坐下。

這還是謝清溪頭一次單獨跟太后相處，只得安坐在位子上，眼睛不敢亂瞟，生怕給太后留下一個不莊重的印象。

「妳年紀雖小，但是日後嫁人了，就要好生伺候王爺才是。」太后一張口就教導她。

謝清溪立即垂頭，輕聲說道：「太后娘娘吩咐的是，臣女銘記在心。」

「好了，容嬤嬤，妳帶著她去安置一下吧。」太后又說道。

謝清溪驀地盯著旁邊的嬤嬤，臉上那叫一個錯愕的。容嬤嬤？她沒聽錯吧？

顯然她的失態太后也注意到了，轉頭看了一眼身邊溫和的容嬤嬤。

宮裡的嬤嬤都是宮女一輩子沒出宮熬成的老嬤嬤，所以性格多有些古怪，有些長年壓抑的，還以虐待手裡頭的小宮女為樂。

此時容嬤嬤走過來，朝謝清溪一福身，便道：「還請姑娘隨老奴一處來吧。」

謝清溪趕緊收斂起表情，跟著容嬤嬤就出去。

皇上怕人吵著太后，這壽康宮裡只住著太后一個人，所以左右的配殿都沒人住，這會兒倒是便宜了謝清溪。

容嬤嬤領著謝清溪到了東配殿，又指著隨身帶來的兩個宮女道：「姑娘，因著妳這回進宮只帶了一個貼身丫鬟，所以這兩人是太后娘娘賞賜給姑娘的，尋常若有什麼事，姑娘只管吩咐便是了。」

「謝嬤嬤。月白。」謝清溪輕聲叫了句。

月白趕緊從袖裡拿了一個荷包出來，恭敬地遞給容嬤嬤。

容嬤嬤道了聲謝，就接了下來。

待容嬤嬤走後，謝清溪長吐了一口氣。幸虧此容嬤嬤不是彼容嬤嬤……等等，她突然想起一個很重要的問題，忙對旁邊站著的兩個宮女恭敬地問道：「二位姊姊，敢問明日教我規矩禮儀的，是宮裡的哪位嬤嬤？」

兩人對視了一眼，片刻後，個子稍高的宮女便說：「回姑娘，容嬤嬤以前專門管教化的，禮儀規矩就連太后娘娘都誇讚過。」

「……」真是怕什麼來什麼。

結果，謝清溪在其後的幾天才知道，什麼叫地獄一般的人生。其實容嬤嬤本人並不壞，只是她教導自己的方式頗像電視裡頭管教小燕子的那位容嬤嬤。容嬤嬤會客客氣氣地指出她蹲下的姿勢哪兒不對了，喝茶的手怎麼端的不對了，然後讓她再來一遍。

這些事還不算，最讓謝清溪崩潰的就是——她餓啊！

她並不同太后一塊兒吃飯，但是宮裡頭講究太多，她只能細嚼慢嚥。一碟菜不過伸了兩筷子，旁邊的嬤嬤就開始咳嗽了。而且就那麼一小碗飯，她還得留下一半！

陸庭舟倒是每天都來，可是太后不叫她過去見安，陸庭舟來了也沒用。

直到月白有一天在門口遇見齊心，陸庭舟這才知道，謝清溪這幾天沒少挨餓。

謝清溪摸著癟癟的肚子，正等著晚膳呢，結果就見門口進來一人，高個窄肩，腰束玉帶，頭戴高冠，穿著寶藍色五蝠捧壽團花紵絲直裰，更顯得他的清雋風姿。

「怎麼，幾日不見我，竟是不認得了？」陸庭舟走到她旁邊的椅子就徑直坐下，伸手捏住她的小臉，突然輕笑道：「確實是清減了，更添了弱柳扶風之韻味。」

謝清溪見他這會兒還有心情調笑自己，她這幾天又餓又委屈的，揮手就去拍他的手，嗔怪道：「你高興了吧？」

「我有什麼可高興的？原本白白胖胖的媳婦兒，如今餓成這樣，我心疼還來不及呢！」陸庭舟笑道。

謝清溪聽他叫自己「媳婦兒」，又嗔怪道：「你說話小心些，可別讓人聽見了，要不然我是真沒臉見人了！」

「瞧瞧，這是什麼？」陸庭舟從袖口掏出一包東西。

謝清溪一瞧這油紙包的模樣，眼睛一下子就亮了。她一把接過，打開油紙包，就瞧見裡頭的杏脯。她感動地瞧著陸庭舟，立即說道：「小船哥哥，你真是對我太好了，以後咱們成親了，我會好好對你的！」謝清溪說完這話，就開始吃她的杏脯去了。

可陸庭舟卻一下子呆住了，他剛才聽到什麼來著？她說以後成親了會對自己好？這話向來是男子用來安哄女子的，沒想到今兒個他卻能聽到別人對自己說。

他早就知道謝清溪的性子素來就有趣，可沒想到竟會有趣成這般模樣。他瞧著她低頭吃杏脯，這時候她正用蔥白修長的指尖捏著黏膩的杏脯往嘴裡送，他輕喊了一聲。「清溪。」

謝清溪正用牙齒咬住杏脯，聽他叫自己，便將頭抬了起來，半邊的杏脯還留在嘴裡呢！

突然，陸庭舟傾身過去，一手搭在她的脖頸，微微一用力，就帶著她整個人往自己倒來。他一下子含住還留在外頭的半顆杏脯，兩人唇瓣輕觸。

謝清溪的眼睛還睜著呢，結果陸庭舟咬住半顆杏脯還不滿足，又用舌撬開她的唇瓣。他的嘴裡是甜甜的味道，帶著杏子的清香，舌頭長驅直入，直到他靈敏地纏住她的舌尖時，謝清溪才反應過來，臉不禁微微脹紅，整個身體都止不住地顫抖。

他是那樣強勢又靠近，讓她無處可躲，她雙手無助地放在旁邊的桌上，直到碰到冰冷的瓷器。這樣獨屬於他的氣息，猶如瀰漫在空氣的每一處，讓她無處躲藏，也無法抗拒。

待過了一會兒，陸庭舟才將她放開，等清溪一臉迷茫地看著他時，就見他在嚼那顆杏脯。

片刻後，他眼神清亮地說道：「這杏脯真甜。」

謝清溪的一顆心早被他撩撥得亂七八糟，一直等他走了，她都沒法平靜下來。她和陸庭舟之間一直都是甜甜純純的，可是賜婚聖旨下來之後，一切都變得那麼的不同。

陸庭舟好像變了一個人一般，他不再是從前那個溫文爾雅的小船哥哥，而是成為一個更強勢、更有男子氣息的男人。

他的一舉一動都在告訴謝清溪，他真的和自己的哥哥不一樣。

因為，他將是她的丈夫。

謝清溪是在臘月中旬的時候被放回家的，畢竟太后也不好留她在宮裡頭過年吧？結果到了家，蕭氏瞧見她的臉色後，很是放心了一番。

其實中途的時候，許繹心也曾進宮去給太后請安，順便瞧過她。那會兒謝清溪已經能得到各種各樣的小零食了，她不僅自己吃，還給月白吃，後來又分給兩個宮女吃，大家都成了同夥後，她也不怕這兩個小宮女去告狀。所以她不僅沒瘦下來，氣色反而是越發紅潤，大概就是傳說中的人逢喜事精神爽吧。

這年自然是過得極順暢的——除了謝清湛在院子裡頭放煙花，差點燒了府裡一棵上百年的香樟樹，氣得謝樹元大過年的就要請出家法伺候外。

蕭熙越來越顯懷了，就連過年跪拜父母的時候，蕭氏都特准她免了。

到了正月的時候，一年一度最熱鬧的節日又來臨了。因著前幾年發生了踩踏事件，當時皇上極為震怒，一開始還要關閉元宵節燈市，後來因這是一年一度難得熱鬧的節日而作罷。因為這幾年元宵節，不僅京兆尹衙門的人要值班，就連五城兵馬司和城外西郊大營的人都要一塊兒值班，維持秩序的人多了，人流也就不再像從前那般混亂、擁擠了。

前一天的時候，陸庭舟就讓齊心過來一趟，給她送了副狐狸面具，還叮囑說明兒個等他。

謝清溪約好了許繹心一塊兒逛街的，蕭熙不能去看花燈，謝清懋乾脆也不去了，留在家裡頭陪她。至於謝清湛，因為他差點燒了香樟樹的事情，謝樹元讓他也別出去禍害人間了。

不過謝清溪估計著，爹的話對謝清湛根本就不起任何震懾作用。

結果到了正月十五的時候，謝清溪剛上了馬車不久，許繹心就覺得肚子不舒服，謝清駿趕緊讓人回頭。雖然恪王府的馬車在前頭，但謝清溪不好意思和他坐一輛馬車，因此還是和許繹心坐，結果就出了這樣的事情。

於是一干人等又是回家、又是請了大夫，折騰了好久。

結果大夫一來，診脈之後，摸著鬍鬚半晌才說：「貴府少奶奶這是滑脈。」

許繹心自個兒就是大夫，自然知道滑脈是什麼；謝清駿博覽群書，也知道這滑脈是什麼。可是，這滑脈卻不一定便是……

於是，謝清駿著急地問道：「可能確診？」

「大少奶奶日子尚淺，所以老夫尚不能確定。」大夫緩緩道。

謝清駿又問。「那大概再過幾日才能確診？」

「老夫估摸著再過十來日就可。」大夫又說道。

謝清溪在旁邊聽得一頭霧水，可謝清駿這會兒已經是喜形於色，連聲向大夫道謝了。一直到謝清駿送大夫出門，謝清溪才奇怪地問蕭氏。「娘，大哥哥這是怎麼了？」

「傻姑娘，妳大嫂這是懷孕了！」蕭氏那叫一個眉開眼笑啊！她這樣內斂矜持的人能笑得這般開懷，可見是真的高興。

「娘，如今尚不能確定呢！」許繹心趕緊說道。雖說她自己也有替自己摸脈，心中有些許把握，可到底不敢將話說死。

蕭氏立即點頭，道：「倒是娘歡喜過頭了，確實，等確認了，再和大家說這個好消息也不遲。」

結果沒到十來日後，在第七日的時候，大夫再次過來給許繹心診脈時，就確定地說，許繹心是真的懷孕了。

這消息別說在謝家掀起一陣浪，就連宮裡頭都立即賞賜了好些東西來呢！

就在這樣一個接一個的好消息中，謝清溪的婚期終於要來了！

第四十六章

陸庭舟是親王銜，他成親可不是自個兒的事情，內務府和禮部都得伺候著。這過程那叫一個繁瑣又複雜，再加上太后事必躬親、處處過問，內務府的人是一點都不敢怠慢。

恪王府的聘禮送到謝家的時候，真的應了那句話——前頭的都看不見了，後頭的還沒動呢。這路上圍觀的人，那是裡三層、外三層，誰都知道，這是恪王府下聘要娶謝閣老的孫女呢！

恪王爺是個什麼人物啊？皇室裡頭最體面的人！光是這玉面王爺的名號就傳遍上京城，更別提他可是一直拖到二十六才成婚。

所以外頭如今都是議論紛紛的，都說這謝家六小姐是上輩子燒了什麼高香，居然能嫁給恪王爺。

很快地，五月八日就到了。

前一日，謝家已經派人去恪王府布置新房，而謝清溪身邊的大丫鬟朱砂和丹墨自然得去了。結果兩人回來之後，那叫一個感慨，都說王府的景致極為別致好看，而且那院子又大又敞亮。

謝清溪的拔步床已經被安置在新房裡頭了，還有她平日慣用的東西也都被拿了過去。如今她這閨房裡頭，反而空落落的。

到了大婚這日，一大清早謝清溪就被叫了起來。待她穿上大紅的嫁衣後，一身緋紅越發襯得她美豔無雙。

全福太太被領了進來，是要給她開臉的。

此時蕭氏並不在喜房裡，等謝清溪梳妝打扮妥當之後，是要去辭別父母的。

結果她打扮妥當，被人領著去見父母的時候，大家還沒說話呢，謝清溪的眼淚就掉了下來。

這會兒蕭氏也忍不住哭了，就連謝樹元的眼眶都紅了。

這女子嫁人就是別人家的媳婦了，日後再不能像以前那般，日日陪伴著父母了。

前頭已經在催妝了，聽說是謝清懋領頭的，有蔣蘇杭還有一干人等，反正各個都是博學廣知的。

至於男方的人聽說也不簡單，光是皇子就來了一大半，多半陸庭舟也怕這些大舅子、小舅子太厲害，畢竟謝家光是狀元就有兩個，還有個探花女婿，所以他乾脆又在翰林院找了好幾個人一塊兒上門，聽說為首的就是和謝清懋同科的探花，也是個年少有為之人。

外頭正熱鬧著，這邊謝清溪卻哭得連臉上的粉都掉了，因粉擦得特別白，還留了好幾道淚痕。

此時謝清湛從外頭一路小跑進來，看見她這臉，被嚇了一跳，當即喊道：「清溪兒，誰把妳畫成這妖怪樣了?!」

眾人的傷感被他這一打岔，就再也哭不下去了。

要不是看在這是大好的日子，謝樹元恨不能立即請了家法出來！

最後是謝清駿揹著謝清溪上花轎的。

「我們清溪兒也要嫁人了。」謝清駿沒說別的，只說了這句話後就蹲在她前面，讓她趴在自己身上。

謝清溪本來都止住眼淚了，結果聽了他這句話，就立即又想哭了。

謝清駿揹著她一步一步地往正門走，此時謝家的正門大開，門口催妝的熱鬧場景近在咫尺。

謝清駿突然腳步一頓。

旁邊的送親太太立即問道：「大少爺這是怎麼了？」

謝清溪緊緊地摟著謝清駿的肩膀，聽著他突然加重的呼吸聲。

半晌後謝清駿才說：「日後要是受了欺負，只管告訴哥哥。」

謝清駿的話還言猶在耳，謝清溪卻已經被人扶上了轎子，她覺得這會兒自己上轎子的腿都是軟的，腳就像是踩在棉花團上頭，軟綿綿的，沒有一點實感。

大概是這樣的日子幻想得太久了，等真的來臨的時候，卻有一種上頭的感覺，暈乎乎的就像是喝了一整壺酒。

等到了恪王府，落轎之後，外頭許久都無有人掀簾子的動靜。接著，凌厲的箭矢挾帶著勁風聲傳來，箭矢插在轎門之上，箭尾的翎花顫了幾顫，周圍立即響起一陣叫好聲。

謝清溪是被兩人攙扶著進去的，不過她自己也有低頭看腳走路。待到了吉時，新人行了三拜之禮後，她就被送入了洞房。

原本冷清淡雅的恪王府，早就是張燈結綵、喜氣洋洋的了。就在昨兒個的時候，王爺特命人抬了兩筐銅錢來，都是串好的一吊，聽說這是王爺特別賞賜給府裡下人的，為的就是討個吉祥如意。

就連灑掃的丫鬟都能得一吊錢，更別說那些管事的總管、婆子，還有像齊心這等級別的總管了。反正府裡的人悄悄說，這回王爺大婚，光是撒的喜錢都得好幾千兩呢！

作為喜房的是王府正東面的一水堂，是按著王府規制建的，就連覆蓋的瓦片都是嚴格按照要求而來。喜房裡頭更是早已經被大紅覆蓋，謝清溪被人扶著到了床邊坐下。

此時陸庭舟便站在離她不遠的地方，房裡頭雖沒人大聲喧譁，可是謝清溪卻感覺有很多人在。

恪王爺是上京城裡頭的傳奇，長得那叫一個謫仙模樣，結果還能守身如玉到現在。要是別人像他這樣做，只怕眾人肯定要議論這人定是有什麼隱疾，可偏偏到了恪王爺這裡，那就成了他寧缺毋濫。

雖說雙重標準太過明顯，可是不管什麼時候，顏值就是一切，更何況人家不僅有顏值，還有身分呢！

一般人到了這洞房裡頭，就是來看新娘子的，可這會兒大部分人的眼睛卻是盯著新郎直勾勾地看著。

陸庭舟本就身高腿長，如今穿著這大紅繡蟠龍的喜服，頭戴赤金珠冠，將一張清冷俊俏的臉都染上了一抹紅塵喜氣。他氣質本就偏於清冷溫和，平日裡看人都是淡淡的，可今日就連眼角都染上了一抹喜色，雖面上依舊沒有太大的表情，可就是讓人覺得，他整個人都是歡喜愉悅的。

他上前兩步，結果眾人的眼睛都是一眨也不眨地盯著他瞧。這裡頭有喜娘也有全福太太，還有陸庭舟子姪輩的媳婦，左右都是自家人。可是這位恪王爺，尋常上京貴族家請客，禮雖是會備上，但他一般是不會露面的，所以就算是他的這些子姪媳婦，都是極少能瞧見這位六叔。

以前都只聽說過玉面王爺的美名，今日一見，這才覺得這名字實在是取錯了。人家哪裡是冷面？這一臉含笑的模樣，讓一眾人又想看看這新娘子到底長什麼模樣了？

喜娘這會兒趕緊請陸庭舟坐在謝清溪的身邊，讓新郎將自己的左衣襟，壓在新娘的右衣襟上。

陸庭舟略迷惑，張口便問。「這是為何？」

喜娘尷尬一笑，這是洞房裡頭坐床的俗禮，名為壓襟，表示兩人已同床，不過寓意卻是男人壓過女人一頭。

陸庭舟一聽竟是這個意思，微蹙著眉頭道：「那便不用了。」

喜娘呆住了，什麼叫不用了？她是京城裡頭最好的喜娘，大皇子、二皇子成婚那都是她伺候的，這還是頭一回見到新郎說不用壓襟的，她趕緊回頭朝全福太太看去。

這接親太太是林太后娘家的姪媳婦，此時聽了也是一臉驚詫，道：「這不過是個形式罷了。」

「繼續吧。」陸庭舟只淡淡說道。

謝清溪不敢動，更不敢當著大家的面去拉他的袖子，她明白他的意思，卻是覺得這不過是個形式而已，也不必太當真的。

喜娘看了全福太太一眼，便開始撒帳。她一邊將桂圓、紅棗、花生之類的喜果撒在帳內，嘴裡一邊唸叨著吉祥話。

待這撒帳結束之後，才是眾人最為期待的掀蓋頭。

旁邊的全福太太遞給陸庭舟一柄包著金箔的喜秤，讓他去挑起新娘的蓋頭。

陸庭舟挑開那繡金龍鳳蓋頭的時候，整個屋子出現了剎那的安靜，幾乎所有圍觀的人都在心中想著一件事：果然，果然就應該是這樣的姑娘才能配得上玉面王爺。

雖說謝清溪在家上妝的時候，將臉塗得白白的，可是那會兒她哭完之後，只來得及將臉抹勻，結果白粉幾乎被擦沒了，如今露出她本來的面目，卻是將一眾看熱鬧的人都驚呆了。

謝清溪一抬頭就看見面前穿著大紅錦袍的陸庭舟，她認識他這麼久以來，頭一回見他穿這樣色彩豔麗濃重的衣裳，登時低頭抿嘴一笑。

她這一個細微的動作，卻猶如按了開關按鈕般，將原本有些失神的眾人又拉了回來。

旁邊那些自詡容貌絕佳的王妃、世子妃們，這會兒是一句話都說不出來了。新娘子就連低頭羞赧一笑的動作都那樣的迷人，也怪不得這位王爺會同意賜婚了。她們都是皇室宗親，知道對於恪王爺的婚事，別說太后做不了主，就連皇上都管不住，這也是他為什麼一直沒大婚的原因。如今看來，人家真的是眼界太高了。

此時林家二太太對陸庭舟道：「王爺，現在得從王妃頭上摘下絨花往高處插。」

陸庭舟看了她一眼。

林家二太太趕緊解釋道：「這是插花卜喜，預示早生貴子。」

他這才伸手去摘謝清溪頭上的絨花，不過花拿到手了，他卻是有些為難了，這是要插到哪兒去？

林二太太是個機敏穩妥之人，要不然太后也不會讓她來當這個全福人，她趕緊輕聲道：「插在上頭生子，插在下頭生女，您若是想多子多孫，也可插在窗上，插得越低，生子越多。」

謝清溪也聽見了這話，她臉色一紅，頭又垂了下去。

喜房裡頭的人多是皇室宗親，雖說少見陸庭舟，可那也不是完全沒見過。以前每回見的時候，恪王爺莫不是進退有度、淡漠穩重，何曾見過他這般懵懂的模樣？大家心裡頭都說不出這滋味，就是覺得……可愛，對，就是可愛。

不過看到恪王爺事事謹慎的模樣，眾人豈能不明白，這位王妃那是極合王爺心意的，要不然怎麼可能連壓襟都不願意呢？這是不願壓她一頭啊！

好在下面便是喝交杯酒，成了這合巹之禮，陸庭舟就要去前頭敬酒了。

林二太太帶著人將謝家的送親太太領到前頭喝酒去了，而皇室的女眷也被領到外頭吃喜宴去了，就連丫鬟、婆子都退到門外頭去了。

待過了一會兒，謝清溪聽見推門的聲音，望過去見是朱砂進來，她趕緊問道：「妳怎麼進來了？現在可以進來嗎？」

朱砂立即笑了，便道：「是齊總管讓奴婢進來伺候小姐更衣的。」她又看了一眼謝清溪頭上戴著的鳳冠，有些心疼地說道：「我瞧著這東西得幾斤重吧？小姐，妳累嗎？」

謝清溪橫了她一眼，立即道：「知道我累還不趕緊替我扶著點，我覺得我的頭皮跟針扎一樣疼。」

朱砂立即上前就要將她的鳳冠摘了。

謝清溪警惕地看了一眼屋外，問道：「我現在可以摘鳳冠嗎？」

陸庭舟方才在成禮的時候已是讓人側目了，她要是這會兒就貿貿然地摘了鳳冠，只怕明兒個進宮給太后見禮的時候，太后都能讓管事嬤嬤罵她。

朱砂立即道：「小姐放心吧，我已經問過齊公公了，他說可以給妳換輕便的衣裳。月白守在門口呢，丹墨姊姊跟著人去拿吃食了。」

謝清溪這才鬆了一口氣，道：「我還真餓了。」

朱砂抿嘴笑道：「姑娘這一天總共就吃了一點點的東西，自然該餓了。」

此時雪青正好拿了一套全新的衣裳和中衣過來，兩人伺候著謝清溪換了衣裳。

謝清溪問道：「妳們可問了沐浴的地方在何處？」

謝清溪一想到自己臉上的這粉脂，就忍不住想要洗澡。

雪青趕緊說道：「淨室從喜房就可以過去的，奴婢猜想姑娘可能要沐浴，早就和齊公公打探妥了。」

謝清溪聽她們一口一個齊公公的，便問道：「齊總管沒跟著王爺到前頭去服侍嗎？」

雪青解釋道：「小姐，這位齊公公不是齊總管。」

謝清溪這會兒才想起來，陸庭舟身邊還有個叫作齊力的內侍，便點了點頭。

謝清溪順便將頭髮都洗了一通，待盥洗完出來後，靠窗炕上的桌几上已經擺了好幾盤一色碟子，她瞧了一眼，居然有自個兒最喜歡的蝦仁，立即便歡喜地吃了起來，不過她也沒吃多少，只喝了半碗蓮子羹便放下了筷子。

旁邊的朱砂都忍不住問道：「小姐，妳真的吃飽了？」

謝清溪點頭，她晚上本就不敢多吃，更別說還是今天這種日子了。方才餓的時候還不覺得，如今渾身暖洋洋的，胃裡有了東西填補，她再轉頭看著這周圍的一片赤紅時，只覺得臉頰一下子就燒了起來。

這會兒喜房裡頭已經上燈了，羅帳上帶有雙蔭鴛鴦彩繪的宮燈、謝家陪送過來的蜜裡調油長命燈，以及喜字圍屏前雕刻著龍鳳彩飾的通臂粗的大紅蠟燭，全都被點了起來。

朱砂和月白將這些膳食撤了下去，謝清溪則端坐在床頭，看著房內喜神的方位。也不知過了多久，門口突然有響動之聲，她抬頭看過去，就聽見門外的喧譁之聲——

「六叔，今兒個是你大喜的日子，怎麼能中途退場呢？」說話的是寧王，也就是大皇子。

旁邊的三皇子景王也立即說道：「就是、就是！咱們好不容易等到了六叔的大喜之日，怎麼也得喝個痛快嘛！」

「各位王爺、皇子殿下們，我們家王爺如今是真醉了，這要是再喝下去，洞房花燭夜可就……」齊心趕緊朝眾人持禮道。

結果旁邊一直沒說話的陸允珩，在聽見這話的時候突然紅了眼睛，說了一聲。「既然六叔不願喝，咱們便自個兒喝個痛快就是了！」說著他轉頭就走。雖說前頭那大紅的喜字、那些說不完的恭維話，陸允珩都看見也都聽見了，可是他一瞥見那喜房窗前搖曳的燭火時，突然再也承受不住，轉頭便離開。

其他人見他走了，也不好再鬧下去，趕緊跟著一塊兒走了。

齊心則讓人扶著陸庭舟進了喜房，謝清溪還坐在床邊呢，她不知道自個兒是該坐在這裡等著人將他扶過來，還是自己過去接他？

就在她正準備起身去外間的時候，陸庭舟已是滿眼的清明。

陸庭舟吩咐道：「你們回去吧，我自個兒走便行。」

齊心一見，立即揮手領著兩人出去了。

此時謝清溪也走到了珠簾邊上，隔著珠簾看著一身緋衣的陸庭舟。她見慣了他清冷的模樣，見慣了他溫和儒雅的模樣，卻是頭一次見他這樣風流的模樣。

一身緋衣，兩頰飛紅。隔著珠簾，他的眼睛也朝這邊看了過來。

誰知下一秒，他就一下子掀起了簾子，撲過來抱住她，將她的唇瓣含在口中肆意地親吻。從今往後，她就真的是他的人了。

他們兩人本就有極大的身高差，謝清溪被迫抬頭承接他的親吻，沒一會兒就累得脖子疼，結果她剛一動，卻整個人都被陸庭舟抱了起來。

謝清溪橫躺在他的懷中，他的俊顏就近在咫尺，完美的臉頰線條猶如雕刻般。在這鋪天蓋地的緋紅下，她的心彷彿打翻了蜜罐一般，就連呼吸間都帶著甜絲絲的感覺。

待兩人到了床邊，陸庭舟將她放在鋪著大紅喜被的床榻上，整個人都輕壓了上去。此時他寬闊的胸膛，完全將她籠在自己的懷中。

「清溪。」陸庭舟叫她。

謝清溪抬眼看他。

「親我一下。」

謝清溪抬頭親他一下。

陸庭舟輕輕一笑，又說：「再親我一下。」

謝清溪又抬頭，這回是親在他的臉頰上。

結果，就這樣親來親去的幼稚遊戲，兩人卻玩得樂此不疲。

沒多久，陸庭舟突然起身，衝著外面的齊心喊道：「齊心，拿壺酒進來！」

謝清溪躺在床上望著頭上的喜帳，一直到被陸庭舟再次拉起來。

「咱們來喝點酒吧！」

她並非什麼都不懂的少女，不說前世網路有多麼的發達，光是那些言情小說裡頭描寫的床戲，她都看了好多回了，更別說這一世出嫁之前，蕭氏還特地拿了書給她參考。

所以，這是喝酒助興？

當清晨的第一抹陽光照射在窗櫺上的時候，外頭鳥兒吱吱地叫，謝清溪是被這一陣清雋的鳥鳴喚醒的。

她微微偏過頭，睜著眼睛，盯著放下的簾帳看。當身後一隻寬厚的手掌隔著薄被搭在她的腰身上時，謝清溪的身子驀地一顫。她轉過身去，就看見陸庭舟一臉慵懶地睡在她的旁邊，烏黑的頭髮隨意地披散在大紅枕頭上。

她眨了眨眼睛，陸庭舟便傾身過來，親了一下她的額頭。

「要起床嗎？」陸庭舟問她。

謝清溪這會兒才想起來，今日是要進宮給太后和皇上請安的。按照大婚的正常禮儀，今兒個應該要見姑舅的，可是陸庭舟是皇室宗親，自然不能按照一般的俗禮來。

謝清溪趕緊起身，結果剛坐起來就覺得身子疼得很。

陸庭舟也跟著起來，扶著她。

此時兩人的衣裳都是完好的，可謝清溪卻不記得自己去洗澡的過程。

她轉頭問陸庭舟。「昨兒個誰給我沐浴的？」結果一張口，她就發現自己的聲音帶著幾分沙啞。她嚇了一跳，陸庭舟也是。

當時她昏睡過去，陸庭舟心疼她，乾脆親力親為地抱著她去沐浴。

此時他一聽謝清溪嗓子都啞了，立即起身趿拉著鞋就去倒了杯水遞給她，謝清溪接過水喝了下去，一開始還不覺得，可後頭一口氣喝完卻覺得更加渴了。

她又將杯子遞了過去，陸庭舟只笑著搖了搖頭，餵她又喝了一點水。

外邊日頭起來了，不過因初夏天亮得本就早，這會兒離進宮也還早著呢！

謝清溪正準備喚人進來的時候，就見一個雪白雪白的小東西，仰著顆頭，踢踢踏踏地進來，謝清溪一見，立即歡快地喊了聲。「湯圓！」

此時簾帳已被拉開，謝清溪伸手召喚牠，湯圓一溜小跑地過來，上了腳踏，緊跟著就要上床。

幸虧陸庭舟眼疾手快，一把抱住牠，這才沒讓牠真的到了床榻上頭去。

「你讓我抱抱牠嘛！」謝清溪衝著他撒嬌說道。

陸庭舟抬眸看了她一眼，滿眼的不贊同，見謝清溪還想撒嬌，陸庭舟輕拍了一下湯圓的身子，怒道：「誰讓你進內室來的？」

此時的齊心和朱砂等人都守在門口，齊心一個沒注意就讓這祖宗闖了進去，他豎著耳朵聽見了動靜，可是王爺沒叫人，他們是不能進去的，所以一個個只敢站在門口候著。

此時湯圓回頭，眼巴巴地看著謝清溪。

謝清溪被看得整顆心都化了，於是撒嬌道：「王爺，你就讓我抱抱嘛！」

陸庭舟極少聽她叫王爺，不過他還是道：「還是先喚了丫鬟進來替妳洗漱吧，我把湯圓抱下去安置，以後妳瞧牠的機會多著呢！」陸庭舟見她這副眼巴巴的模樣，心裡頭好笑。

謝清溪喚了朱砂、丹墨她們進來伺候自己更衣。新娘子大婚三日內都是要穿紅的，不過今日她是進宮請安，所以穿的是王妃禮服，這耀眼的正紅、眩目的顏色、華麗的刺繡，無一不體現著皇家的尊貴和體面。

陸庭舟將齊心喚了進來，將湯圓交給他抱走，一回頭就看見謝清溪正在穿衣裳。

待穿好衣裳後，雪青端了水讓她洗漱。

此時齊心也領著人進來，只問王爺，他去何處換衣裳？陸庭舟身邊伺候的多是太監，不過這會兒就算是太監，也不好進王妃的閨房伺候。

結果謝清溪耳朵尖，一聽這話便立即說：「我給王爺更衣吧！」

齊心一聽，說了聲「是」就退了出去。

陸庭舟有些好笑地看著她問道：「妳連自個兒的衣裳都是丫鬟穿的，妳確定可以幫我更衣？」

謝清溪很是不屑，不就是換衣裳而已！她走過去，笑著拉陸庭舟的手，討好地說道：「妾身如今是王爺的正妃，伺候王爺是妾身的本分。」

陸庭舟聽著她矯情的話，眼皮抖了兩抖，最後忍不住教訓道：「好好說話！」

這會不僅謝清溪自個兒笑了，就連旁邊幾個丫鬟都低頭吃吃地笑了。她眼風一掃，立即道：「翻天了？敢笑話主子！」

可是大概是她平日裡就沒個正經主子的模樣，這會兒再做出色厲內荏的樣子，實在是有些紙糊的感覺。不過好在這幫丫鬟還算上道，知道在陸庭舟跟前給她一點顏面，立刻各個止住笑，就連臉上都斂去了笑意。

此時齊心親自捧著親王禮服進來。

謝清溪立即走到陸庭舟跟前，結果她拿了衣裳，這才發現自個兒壓根兒不知道怎麼穿，於是有些小心翼翼地朝齊心看了一眼。

齊心這會兒正好微微抬頭，這麼巧就跟謝清溪的眼神撞上了。

她問道：這衣裳怎麼穿？

就是這樣穿，再這樣穿，再那樣穿啊！齊心雖然收到她求救的目光了，可是眼睛也不能指導她穿衣服啊！

謝清溪不想讓陸庭舟看扁了，只得好生地打開衣裳，先讓他把衣裳穿上去，等要繫扣子的時候，她看著這些複雜又精緻的扣子，心中吐槽：為什麼要弄得這般繁瑣？

陸庭舟卻好整以暇地低頭看她，他略一低頭，下顎就差點碰到她的頭頂，他面帶笑意，體貼地問道：「穿衣服挺簡單的吧？」

謝清溪眼中含淚。都是騙子！穿衣服哪裡簡單了？

可她這性子又是那種不撞南牆不回頭的，因此轉頭就問齊心道：「齊總管，我頭一回伺候王爺更衣，還不甚熟練，有什麼做錯的地方，你只管指點便是了。」

齊心趕緊低頭，答了句。「奴才不敢。」

謝清溪便大膽地給陸庭舟扣扣子，誰知第一個扣子就不對勁，齊心趕緊指點她，反正只要她不會的就回頭看齊心。

齊心頂著自家王爺那灼灼的眼神，硬著頭皮指點到了最後。

待謝清溪替他理了理衣袍，又翻了翻衣領，這才很滿意地退後一步打量。

陸庭舟倒是沒想到，她是這麼個不拘一格的性子，不過這樣的她反倒是更讓他喜歡。有些人不服輸，卻沒有不服輸的本錢，也沒有不服輸的勇氣。而謝清溪不僅敢下問，還敢不停地問。

待陸庭舟穿戴好了，丹墨便趕緊給謝清溪梳妝。這回是要進宮給太后請安，這無論是妝容、首飾還是衣裳，都不能錯了一分一毫的。

等兩人都收拾妥當了，謝清溪便問道：「我們現在要進宮去了嗎？」

陸庭舟很是淡然地道：「吃完早膳再去便是了。」

謝清溪不敢耽擱，生怕讓人等了。皇家也是有認親這一項的，只是大家都聚集在皇宮中而已。為了這認親要給的禮物，謝清溪可是絞盡腦汁了。

出去的時候，謝清溪見外頭有兩個陌生的嬤嬤，感到有些奇怪。等他們去花廳吃飯的時候，就見這兩個嬤嬤進了內室，謝清溪彷彿明白過來什麼一般，轟地一下，整張臉都紅了。

陸庭舟見她沒跟上來，回頭看她，結果她就站在那處，輕輕咬著唇瓣，臉上似是懊悔、似是羞赧，還有幾分惱火。

「怎麼了？」陸庭舟伸手拉住她的手，兩人雙手相扣。

謝清溪原本還想著白緞子的事情，結果被陸庭舟這麼一牽手，她又開始不好意思起這事了。以前吧，和他見面都是偷偷摸摸的，她多是穿著男子的裝束，兩人自然不能牽手，要不然被有心人看去了，還不得傳得滿京城都是？

結果如今能正大光明牽手了，她自個兒倒是害羞了起來。

「這在外頭呢！」謝清溪低低地說了一聲。

陸庭舟神色不變，反問。「在外頭怎麼了？」

謝清溪有時候對於他這種理所當然的口吻，實在是無可奈何。你好歹也是個王爺啊，難道在外頭不需要維持一下王爺的尊嚴嗎？

「別想些亂七八糟的事情，我們略吃些便進宮給母后請安。」陸庭舟教訓她。

謝清溪乖巧地點點頭。

結果點完頭之後，她又覺得不對勁了，如今陸庭舟教訓起她真是越來越順手了！不行，她得振奮妻綱，可不能隨隨便便地讓他教訓自己！

結果用完膳到門口的時候，他一伸手她就乖乖地交了過去，任由他扶著自己上馬車。

待到了宮裡頭，最先自然是去乾清宮給皇上請安。

此時不管是成年的還是未成年的皇子都在乾清宮中，還有成王父子也在。如今皇帝這一輩的兄弟，就剩下皇帝、成王還有陸庭舟三人了。

誰都沒想到陸庭舟能拖到現在才大婚，所以他領著王妃頭一次入宮，誰都不敢怠慢，早早地就到乾清宮候著了。

皇上好久沒見這些兒子了，看見他們也順便聊聊天，結果看見九皇子那臉色，立即便有些不好看了。「小九，你這臉色是怎麼回事？」

陸允珩昨晚是在三皇子府上歇著的，實在是因為他喝了太多酒，根本無法回宮，最後三皇兄乾脆把他留在府上住下。這會兒他眼下有黑印，很是一副萎靡的模樣。

皇帝如今雖然自個兒上樑不正，可是看著兒子這一副酒色過度的模樣，也還是忍不住生氣，陸允珩如今才十八歲就弄成這個樣子，日後可如何了得！他正要開口罵人的時候，就有內侍進來通稟，說恪王爺夫婦在殿外候著了。

皇帝一聽，也顧不得罵兒子了，立刻將人宣了進來。

陸庭舟兩人到了殿門口，眾人看過去的時候，就連這些素來號稱見多識廣的皇子們都忍不住在心底倒吸了一口氣。京城這姑娘家以美貌出名的也有，不過那些都是常在外交際的，大家瞧多了，就弄出個第一美人的稱號來。

可是如今再看這位新晉恪王妃，那才真讓人明白什麼叫國色天姿。正紅的王妃禮服，襯得她越發膚如凝脂、吹彈可破，尤其是那一雙眸子，含光帶水，自帶一股風流，偏偏她鼻子秀氣英挺，又將這眼波裡的媚態化解了，讓她整個人看起來散發著一股端莊、不可侵犯之美。

都說男人需得看鼻子，如今看來，這女子也得有好看英挺的鼻子，要不然還真說不過去。

至於陸庭舟，諸位皇子也是見慣了的，雖然他們各個都自詡俊朗風流，可是真到了他們這個六叔跟前，大家都還是得摸摸鼻子走開。

兩人一進來就給皇上行了三跪九叩的大禮，待行禮結束之後，皇上就讓人賞了東西給他們，都是雙雙對對的東西，彩頭也好。

接著便是旁邊站著的人認親了，這裡頭也就成親王輩分比陸庭舟大，不過他也只是哥哥輩的，對方給了東西之後，謝清溪就趕緊將自己準備的禮物親手奉上。

她抬頭看向成親王的時候，就見他面容蒼白、眼睛浮腫，一副精力不濟的模樣。謝清溪知道，成親王的好色之名在上京那是家喻戶曉的，甚至前兩年他還鬧出一回看上俏寡婦的風流韻事。但因著成王妃早就不管事了，如今管著成王府的是世子妃楊善秀，所以公公的風流韻事她也不好出面解決，最後還是成王世子出的面，那小寡婦後來好像回老家去了。

待這邊成王見完禮之後，便是和皇子們的見禮了，這些都是子姪輩的，所以謝清溪的東西撒出去有去無回，那叫一個肉疼呀！

待到了陸允珩來見禮的時候，就聽見他低低地說了一聲。「恭祝六叔大婚。」

陸庭舟深沈地看了他一下，特地接過身後內侍捧著的東西，溫和地道：「這是你六嬸特地給你準備的東西。」

陸允珩霍地一下抬頭，結果就撞見陸庭舟那幽深的眸子，他一下子便明白了，六叔什麼都知道！他什麼都清楚！

陸允珩臉上的血色一下子就褪得乾淨，他怕陸庭舟知道之後，會對謝清溪產生誤會，可是他又驕傲地仰著頭看陸庭舟，只覺得男子漢大丈夫，喜歡就是喜歡，慕少艾乃是人之常情。

誰知陸庭舟壓根兒就不屑應對他的挑釁，逕自便和站在他旁邊的十皇子搭話了。

兩人又給接下去的幾個皇子見禮，因著大家都是頭一回見這個新嬸嬸，因此很是乖巧懂事，而且後頭幾個皇子的年紀都還小。

如今皇子們排序是排到十三，不過有幾個皇子年少夭折，只是當時他們已經排序了，所以這才延續了下來。

待這邊差不多行完禮了，陸庭舟便說想去奉先殿給先皇行禮，領著媳婦去見見親爹。

謝清溪剛好抬頭，就看見皇帝一臉笑意地說道——

「這樣也好，父皇若是知道你終於娶親了，地下有靈也定會高興的！」

陸庭舟便領著謝清溪告退。

在去奉先殿的路上，湯圓一路跟著他們。今天一向渾身雪白的湯圓被穿上了一件薄薄的衣裳，謝清溪說，這是為了保護牠的小肚肚。陸庭舟自然是阻止無效了，最後也只能看著湯圓穿著這大紅的小衣裳，那模樣就像是後宮妃嬪們養的獅子狗般，蠢得夠可以的。

湯圓倒是對自個兒的小衣裳挺喜歡的，這會兒已一溜煙地往前小跑。

謝清溪特別得意地跟陸庭舟邀功說：「庭舟，你看我給湯圓做的衣裳合身吧？」其實還是有那麼點大，好在當時丹墨就和她說過，這做衣裳寧願做大，也不能做小。大了還可以改，可小了總不能縫一塊布接上吧？

奉先殿守殿門的太監都知恪王爺昨兒個大婚，一瞧見他帶了一個女子過來，便知道這肯定是恪王妃。遠遠地看就覺得這位王妃身條好，走路更是儀態大方，如今走近了，更險些讓他們眼珠子都驚下來，這也未免太漂亮了些！恪王爺好看那是眾所周知的，之前還有宮人私下笑說長成恪王爺這樣的，未來的王妃還不得自卑死了，相公竟長得比娘子還要好看！

這會兒恪王爺這棵鐵樹終於開花了，大家都等著看恪王妃的模樣呢，結果如今瞧見了，那叫一個震撼的。這世上果然美人還是和美人相配的，這兩人走在一塊兒，旁人若再和他們一起走，那就是自慚形穢啊！

陸庭舟領著謝清溪進去，湯圓也跟著溜了進去。

如今奉先殿的這些太監們都已經養成了自動篩選的習慣，湯圓大人進去了無妨，因為牠不算在人類的範圍之內，可以無視。

謝清溪跟著陸庭舟跪在先皇牌位前，很是認真地三跪九叩。

「父皇，兒臣大婚了，領著媳婦來看您。」陸庭舟跪在蒲團之上，很認真地對著牌位說道。

謝清溪也跟著說：「父皇，兒媳叫謝清溪，今年十六歲了，和庭舟很久很久之前就認識了。」她抿了抿嘴，又認真地說道：「以後我會好好照顧他的，您放心吧！」

陸庭舟險些啞然失笑，這話難道不應該是他說的？他轉頭看著謝清溪。或許這就是他能喜歡她這麼多年的原因吧？喜歡就是喜歡，她從不扭捏，也從不做作，他相信謝清溪就是那個能一直陪伴在他身邊、站在他左右的女子。

陸庭舟又補充道：「父皇，您一定要保佑兒臣，下次來看您的時候，是帶著您的孫子一起來的。」

謝清溪霍地轉頭看他，這人怎麼這般厚臉皮，在先皇跟前說這些幹麼呀？她嗔怪地瞪了他一眼，暗示他不要亂說話。

誰知陸庭舟卻繼續說道：「父皇，清溪生我的氣了，大概是我說錯話了。求您保佑我，下次來看您的時候，是帶著您的孫子和孫女一起來。」

謝清溪這會兒是羞愧得低下頭了，她真的阻止不了厚臉皮的陸庭舟。

此時壽康宮裡是難得的熱鬧，皇上領著皇子和王爺們在乾清宮見禮，而太后則是領著後宮女眷還有宗室貴女們在這裡等著。

見人一直沒來，就連沈穩淡定的太后都忍不住抬頭看了好幾眼。

文貴妃素來就會揣摩太后心思，這會兒立即便說道：「要不臣妾再讓人去瞧瞧，可是皇上那邊還在見禮？」

太后沒說話，文貴妃立即打發身邊的宮女和外面的內侍去瞧。

結果這內侍剛走到門口，就見恪王爺帶著一個窈窕妍麗的女子朝這邊來了，後頭還跟了好些伺候的人。

「太后娘娘，王爺過來了！」壽康宮的小太監一見恪王爺來了，就趕緊進來稟告。裡頭等候多時的貴婦們一聽這話，立即就振奮了起來，各個都端坐在椅子上，狀似不在意，可是那眼睛都朝著門口瞧著呢！

一進來的時候，眾人瞧著這兩人，第一眼就是美，第二眼就是覺得配，覺得這兩人就跟那鍋和蓋，這樣的鍋合該就得配著這樣的蓋子，要是配了別人，那就不相稱了。

此時太后跟前已經擺下了蒲團，謝清溪微微提著裙襬下跪，兩人又是恭恭敬敬地給太后行三跪九叩之禮。

太后對這個兒媳婦吧，不能說不滿意，也不能說滿意，總之就這麼湊合著吧。可是看著陸庭舟這樣大年紀了，頭一回來給自己請安是成雙而來的，這心裡頭是又感動、又心酸的。

眾人一見太后許久都沒叫起，還以為太后是對恪王妃不滿呢，結果一抬眼就瞥見太后那濕潤的眼角，合著是被感動的？不過在座諸人都是王室宗親，不是公主就是王妃，沒一個出身低的，所以對陸庭舟的事情比別人都清楚。

當初陸庭舟因太后要給他指婚，直接就跑到寺裡頭要出家，後頭還是皇上親自去勸回來的呢！這事雖然隱秘，但也不是全沒漏了風聲，不過也只是在皇室之中流傳罷了。況且，昨日陸庭舟不願壓襟的事情可是被不少人瞧見了，因此這會兒早已經傳得沸沸揚揚的了。

這些皇室的公主也好，王妃也好，都在暗暗想著，難不成陸庭舟這一輩在出了兩個風流種之後，居然轉性要出一個癡情種了？

「以後你們夫妻要相互扶持，早日開枝散葉方是正道。」太后說了幾句話後，便讓人賞賜了東西下去。

女眷這邊有太后在，眾人說的可都是客氣又吉利的話，況且陸庭舟輩分大，大皇子和二皇子家的孩子都得叫他六爺爺了，所以連帶著謝清溪的輩分都大了。

謝清溪在謝家的時候，還只是小姨母和小姑母而已，結果嫁到他們老陸家，直接又升了輩分，成了奶奶輩的。一個十六歲的奶奶！

今日是三朝回門。

陸庭舟昨晚親自清點了要給謝家人的禮物，連二房、三房都是他親自準備的，清點完禮物之後，他很是自動地上床跟謝清溪討要獎勵，弄得謝清溪的嗓子又啞了一半，到了今天早上，說話的聲音還是嘶啞的呢。

早上起來的時候，謝清溪非鬧著他揹自己起來，結果他不僅沒揹，反而是翻身將她又壓在床上胡亂揉捏了一通，兩人玩得是不亦樂乎。

一直等上了馬車，謝清溪還想著晚上回來要怎麼反攻回去呢！

他們這次是三朝回門，新嫁娘回娘家的日子，最是要體面的，所以陸庭舟很是體面地讓人擺出了全副親王儀仗，結果弄得他們剛到門口，就看見謝家全家都站在那兒等著了！

謝清溪下車前很哀怨地看了陸庭舟一眼。

陸庭舟無辜地摸了摸鼻子，這光想著在媳婦跟前表現，卻忘記擺出全副親王儀仗的話，這謝家連著老太爺在內都得出來接他們。

這會兒老太爺親自領著陸庭舟去前院喝茶，謝家的一眾老爺、少爺還有姑爺們，則都在後頭跟著。

老太太則是領著女眷回自己的院子裡，一進門謝清溪自然是給眾人分發回門禮。至於行禮的事情，誰都沒提。如今謝清溪是正一品的親王王妃銜，若較真起來，就連老太太這個二品誥命品級的，都得給她行禮。

這回連謝明嵐都帶著成洙一起回來了，此時成洙正在前頭和謝家的其他人陪著陸庭舟說話呢！

蕭氏看著女兒這笑意吟吟的模樣，便知道她過得定是極順意的。可是這母女之間，到底還是想說些私房話，可如今老太太拉著人不放，她也不好帶著人走。

這會兒就數謝明貞家的小豆子最是讓人喜歡了，他歡歡喜喜地抱著謝清溪給的紅封，開心地伸手捏出來後，「哇」地一聲，指著上面便說：「五……」結果他看了半天都沒認出後頭的「十」字。

謝明貞趕緊笑著對清溪道：「他如今跟著我啟蒙，連一到十都還認不全呢，也難為他今兒個能認識這五十兩裡頭的一個字。」

謝明嵐一聽，謝清溪一出手賞賜給甥兒的紅封都有五十兩，心裡頭就跟滾了油鍋一樣！如今她別說是五十兩了，就連用個二十兩都要掂量掂量著。若不是謝家還顧忌著謝清溪的臉面，如今只怕家中辦喜事的帖子都不給自己發了。這回婆婆就埋怨她，說自己也是京裡頭的全福人，怎麼她就沒把謝家請全福人的事情攬給婆婆？這樣也好在恪王爺跟前賣個面子啊！謝明嵐被罵得不吱聲。

今日謝清溪回門她本是不願來的，可是相公一早就提過這事了，說是想過來。而她心中也存著萬一的想法，萬一恪王爺並不喜歡謝清溪呢？畢竟恪王爺這些年來都不娶親，這次要不是看在謝清溪救了他的分上，只怕也不會娶她的。對於這種挾恩圖報的女子，恪王爺定是厭惡的吧？可是，當她站在門口看見恪王爺親自伸手扶著謝清溪下車，那樣英俊的眉眼，那樣溫柔的表情，她就知道自己這一次又錯了。

待蕭氏好不容易領著謝清溪回去說私房話後，開口就先問她和王爺處得好不好？畢竟陸庭舟可不是一般的女婿，要是尋常女婿，只要犯了錯，蕭氏就敢上門去教訓他，可這位實在是有點棘手啊！

謝清溪點頭說道：「當然好了，小船哥哥都恨不能把我捧在手心裡了呢！」

蕭氏略皺了下眉頭，小船哥哥是個什麼？

聽見母親的詢問，謝清溪就得意一笑。「王爺的名字不是叫陸庭舟嗎？舟不就是小船嗎？」

蕭氏聽完險些被這個傻閨女氣昏過去。恪王爺的名字，那是先皇親取的，豈容她這般隨意起諢號？

「娘，小船哥哥可喜歡我給他取的名字了，妳又何必介意呢？況且我也只是在私底下叫叫而已，我又不傻，怎會在大庭廣眾下這麼叫。」謝清溪說得理所當然。她都叫了十幾年的小船哥哥了，一時哪裡能改得了呀！

蕭氏無奈點了她的額頭，可是看著她這得瑟的小模樣，也知道她是過得真好。

吃過午膳後，謝清溪正帶著小豆子玩呢，就聽前院來了人，聽著有些著急的模樣，最後蕭氏竟是跟著一塊兒去了。

待蕭氏回來，謝清溪問她什麼事情，她卻是臉色格外不好，只抿嘴不說，還讓她也別問。

謝清溪知道，前院肯定發生了大事，不過她倒是不擔心陸庭舟。他那樣的，只有他坑別人的分，哪有別人坑他的分？

待兩人回去時，謝清溪就纏著他問前院究竟發生了什麼事情？

陸庭舟只睜著眼睛，淡淡地說道：「待會兒回去後再告訴妳。」

結果回去之後，謝清溪就累得再也想不起來了。

直到幾日之後，這事在京城裡頭傳開了，她才後知後覺。

就算是王爺大婚，也只放了五天的假，這假一到了，陸庭舟都得趕緊上班去。

謝清溪這些年也算是養成早睡早起的習慣了，這會兒陸庭舟一起身，她就趕緊跟著一塊兒起來了。

陸庭舟看她還有些睏，便拍了拍她的臉，輕笑道：「左右妳也不用當差，就不要跟著我一塊兒起身了。」

「那不行，我娘囑咐我了，一定要好生照顧你的。」謝清溪說得理所當然，手上給他穿衣裳的動作沒有停止。

說實話，他們兩人都是有人伺候的，謝清溪能給陸庭舟做的事情，也就是幫他穿穿衣裳罷了。況且穿衣裳這事，她都還不是個熟練工呢！再者，這會兒她還在初為人妻的興頭上呢，如今看陸庭舟哪裡都覺得好，只覺得兩人就這麼膩歪在一塊兒，那才叫得意呢！所以老公要出門上班了，她還不得趕緊地麻溜起來。

陸庭舟知道她這會兒還有熱情呢，一心求表現來著，所以也不阻止她，乾脆舒舒服服地任由她伺候著。

謝清溪看著陸庭舟出門後，丹墨便上前問她。「王妃，您是現在更衣，還是再睡一會兒？」

謝清溪想了一下，便道：「現在就更衣吧。」

雖說這王府裡頭，就她和陸庭舟兩個主子，可是保不齊就有什麼有心之人去告黑狀了，且她也不願才新婚就這樣睡覺，頂多到了下午再補了午覺便是，因此吩咐她們進來給自己更衣。她只帶了四個陪嫁大丫鬟過來，還有兩房管事的。朱砂她們的身契，謝清溪出嫁的時候，蕭氏就塞給她了。

朱砂是沈嬤嬤的孫女，丹墨是蕭氏陪嫁管事的女兒，至於月白和雪青，在家裡頭都是謝家伺候了好幾輩的老人了，所以這四個人，她用的是頂頂放心的。

至於小丫鬟，她原想著反正恪王爺多得是，到時候看情況培養幾個便是。可是等她來了之後才發現，陸庭舟完全不用丫鬟伺候！他身邊的除了內侍就是小廝，反正都是男的。就算有女的，那也是好幾十歲的管事嬤嬤或者嬤嬤了，這也是陸庭舟這麼多年來在京城裡頭能一絲桃色緋聞都傳不出來的原因。這會兒連謝清溪瞧著都挺不好意思的，她老公還真是傳說中的一朵奇葩呀！

待謝清溪更衣洗漱之後，外頭已擺上了早膳，謝清溪一看居然有自個兒喜歡的小餛飩，立即便笑了，特別是她喝了一口湯後，那叫鮮爽可口的。

謝清溪瞧了一眼上頭放著的蝦皮，笑問。「咱們府上的廚子是江南來的？」餛飩上頭放蝦皮，這是金陵那邊的吃法，聽說能提鮮。

這幾日，她忙著進宮給皇室宗親見禮，昨兒個又忙著回門，今日好不容易才算是閒了下來。

齊心跟著陸庭舟去了衙門裡頭，因此派在謝清溪跟前伺候著的是齊力。齊力立即恭敬道：「回王妃，咱們王府有兩處廚房，一處是大廚房，還有一處便是王爺這邊的小廚房。大廚房是管著主子一日三餐的，小廚房就是燒燒熱水，弄些夜宵而已。」

謝清溪點頭，大戶人家多會這般。就連蕭氏院子裡頭都有個小廚房，不過謝家到底沒分家，為了防止二房和三房——其實主要也就是閔氏——有意見，蕭氏小廚房走帳是不走公中的。不過恪王府就陸庭舟一個人，他自然沒關係。

齊力瞧了王妃一眼，又輕聲道：「咱們府上的大廚房呢，一共有四位大師傅，分別是做淮揚菜、川菜、湘菜還有京城菜餚的。做點心的廚子也有四位，其中一位以前是稻花香的大廚。」

謝清溪聽到這兒，立即就放下碗了，問道：「稻花香？是那家做糕點做得特別好吃的？」

這家稻花香的糕點在全京城都是有名的，不管誰要吃、誰要買，不好意思，都麻煩排隊去，要不然就不賣！當時謝清溪就想著，這家店能在勛貴雲集的京城裡這麼橫，那必是有所依靠的，要不然怎麼能橫成這模樣呀？

見齊力點了點頭，謝清溪就再不說話了。待她吃完後，便讓人撤了早膳。

外頭廊廡下頭的鳥籠子，也不知被搬到何處去了。大婚第二日，也就是給太后請安的那日，她一早就是被鳥鳴聲吵醒的，等出了門，就看見廊廡下頭掛著的那一排排鳥籠，她這才知道陸庭舟把放在宮裡的鳥都給接了回來。

「湯圓呢？牠起來了嗎？」謝清溪如今跟湯圓住在一個家裡頭，簡直是一小會兒看不見牠都想得很。

齊力立即便道：「湯圓大人很早就起來了，今兒個牠也在家裡頭呢！」平日陸庭舟喜歡帶著牠出門，他去衙門裡頭，就讓湯圓在馬車上待著，有時候甚至還帶著牠去衙門。不過牠挺乖的，一旦進去衙門，就只在陸庭舟辦公的地方，不出去。

謝清溪還沒瞧過牠睡覺的地方，便想著去看看。不過她想到什麼般，又問了句。「朱砂回來了嗎？」昨兒個她回娘家，晚上返程的時候，乾脆讓朱砂回了自己家一趟。她就知道，陸庭舟肯定不會告訴她究竟發生了什麼事情。而且昨晚鬧到那麼晚，她也沒從陸庭舟嘴裡頭挖出事情。

結果丹墨卻說了，朱砂還沒回來呢。

謝清溪只得放下這事，趕緊去看湯圓大人。結果一過去才知道，湯圓大人以前的窩就是在陸庭舟的院子裡，也就是謝清溪現在所住的這個院子。可是因陸庭舟要大婚，整個恪王府都要翻修，所以湯圓大人的窩就被挪了出去。

謝清溪一開始還不知道這事，如今知道了，就更覺得對不起湯圓大人。結果她一過去就看見院子裡頭有一棵瞧著應有幾十年的梨花樹，此時梨花已經快落盡了，偶爾有幾片樹葉落下。

梨花樹下頭有一個秋千，只是那秋千椅子卻是一個圓桶樣的，謝清溪還在納悶著這秋千要怎麼坐的時候，就見湯圓一步步地從屋裡頭走出來，來到秋千跟前，一躍而起，就坐到了圓桶裡頭，兩邊的繩子晃盪了一下，牠轉頭又朝門口看去。

這會兒正好有個十二、三歲的小廝出來，一瞧見牠坐在圓桶裡頭，立刻就咧嘴笑著討好說：「湯圓大人又想玩秋千了？讓奴才來推你。」小廝走了兩步，結果一抬頭就看見門口的人，為首的是個穿著正紅遍地金水草紋褙子的女子，雖他離得遠，可還是看見那張驚為天人的面容。他立刻便跪了下來，有些顫抖地說道：「奴才給王妃娘娘請安！」這府裡頭總共就兩個主子，如今這位還穿著大紅衣裳，不是王妃又能是誰呢？

謝清溪瞧著這孩子，覺得是個機靈的。

湯圓還窩在那圓桶中呢，圓桶有些高，幾乎將牠整個身子都擋住了，只露出一顆頭，此時那大大的眼睛正瞧著小廝，有些不滿，大概想說「你還不趕緊過來給我推秋千」吧？

謝清溪是真沒瞧過誰家養寵物慣成這樣子的，她讓小廝起身說話，問道：「你可是伺候湯圓的人？」

「回王妃娘娘，奴才滿福，是專門伺候湯圓大人的。」

謝清溪上前盯著湯圓看了幾眼，以前還覺得湯圓大人這個名字是渾叫的而已，如今看來，一隻狐狸能混到這種地步，湯圓大人還真是厲害呢！

謝清溪讓滿福去給湯圓推秋千，就看見湯圓只露出一顆小腦袋，那秋千晃呀晃的，牠舒服地咧著張嘴，尖尖的牙齒都露在了外頭。

此時太陽還不大，她站在梨花樹下，看著滿福替湯圓推著秋千，這樣好的天氣，這樣美好的場景，讓她竟是生出一種歲月靜好的感受。

謝清溪抬頭看著枝繁葉茂的梨花樹，突然問道：「為何要在這裡種梨樹啊？」雖此時梨花早已快落盡，可是她深吸了一口氣，還能聞到那若有若無的清香，淡淡地縈繞在她的鼻尖。

「回王妃，湯圓大人愛吃梨子，王爺便讓人尋了這足有百年的梨花樹種在院子裡，說是等梨子熟了，湯圓大人就可以自己上樹抓來吃了。」滿福恭恭敬敬地說道。

「……」虧得她還想得那般美，如今聽聽這理由，再看看那隻正蹲在圓桶裡頭瞇著眼睛瞧著天空的小狐狸。當狐狸能當成這樣的，真真是讓人生出一種人不如狐的感覺。

謝清溪讓滿福停了秋千，待圓桶不動了，她伸手就要去抱湯圓。

滿福是打小開始就伺候湯圓的，知道牠性子最是古怪，尋常人抱不得，就連他這樣在跟前伺候了好幾年的都不敢碰牠，於是他立即輕聲提醒道：「娘娘，小心湯圓大人抓傷了您。」

「沒事，要是牠敢抓我，就讓王爺回來剪了牠的爪子。」謝清溪伸手抱起牠，湯圓也不掙扎，乖乖地進了她懷裡頭。

就連一旁的齊力都覺得稀罕起來，他可是跟在陸庭舟身邊十幾年了，這位湯圓老爺的脾氣那叫一個厲害，就連皇子們這樣的身分，到牠跟前都照抓不誤呢！

謝清溪抱了沒一會兒就累得不行了，她估摸著湯圓也得有好幾十斤呢，瞧這圓滾滾的樣子。「你可真胖呀！」謝清溪低頭看牠，一臉的溫柔笑意。

第四十七章

謝清溪一臉無奈地看著朱砂，問道：「這事妳可確定？」

「奴婢前兩日在家裡頭的時候，我娘還瞞著我呢，結果這兩日這事在京城都傳開了，聽說安陽侯世子夫人氣得都要休了四姑娘呢！」朱砂一臉無奈地說道。

謝清溪冷笑，立即道：「成洙在媳婦的娘家同丫鬟有了首尾，安陽侯世子夫人還有臉休了四姊？我看他們是不想要這臉面了吧？」

原來那日朱砂回去時，這事都還瞞著呢，這也不知是從哪兒露了消息出去，竟是說恪王妃回門那日，作為四姊夫的成洙居然在謝家誘姦了謝家的一個婢女！

其實睡個丫鬟的事情可大可小，關鍵是，也得分分場合和地方呀！你小姨子大婚，而且還是嫁給王爺，你跟著老婆回家慶賀，居然還有心思睡丫鬟，而且睡的還是謝府的丫鬟，你這不是誘姦是什麼啊？

大概也是誘姦這兩個字實在是難聽，這才會引得安陽侯世子夫人大發雷霆。

「可不就是？整個京城都傳遍了呢！咱們家也算是倒了楣，咱們謝家的少爺就沒一個會惹出這等事情的，如今倒是一個姑爺出了事，還賴上我們了！」朱砂搖頭，那叫一個無奈。

謝清溪也生氣，只覺得謝家的好名聲都被安陽侯府給帶累了。她有心想說謝明嵐是攪禍精，偏偏這回謝明嵐也是受害者，真是夠可以的了。

安陽侯府中。世子夫人看著謝明嵐便忍不住要生氣，指著她就罵道：「妳是個蠢的嗎？就算那丫鬟勾引了洙兒，妳也該將人要了回來啊！到時候妳回了我，我難道還能給她體面不成？」

謝明嵐站在下首，垂著頭，一臉委屈地說道：「媳婦提過此事，可是……可是嫡母說，那丫鬟的身契是在謝家的，人不讓我帶回來。」

世子夫人氣的呀，捂著胸口實在難受。

大兒媳婦管氏是威海侯家的嫡長女，這會兒她趕緊安慰道：「娘，您可別氣壞了身子，弟妹年紀還小，遇著事情難免會慌亂。」

謝明嵐看著這個看似在安慰婆婆，實際卻是煽風點火的大嫂，又是垂下頭。

世子夫人聽了此話，就更生氣了，當即怒道：「妳也不過比她大了幾歲而已，如今妳幫著我管家，管得是井井有條的，妳再看看她，連這點小事都做不好！外頭傳得這樣風言風語的，妳且看著，要不了兩日，娘娘又該傳我進宮回話了！」

還真被猜對了，過沒兩日，成賢妃就宣了安陽侯世子夫人進宮。

成賢妃一瞧見人，也不管在場還有那樣多的宮人在，劈頭蓋臉就罵道：「我早就跟妳說過，洙兒妳要好生管教，如今妳看看這都叫什麼事情？表兄弟出了這樣的事情，妳以為三王爺和九爺臉上就好看了？」一想到成洙之事極有可能連累到兩個兒子，成賢妃便怒火中燒。

「娘娘，這事實在不怪洙兒，都是我那沒用的兒媳婦，出了這事，就該把那丫鬟要回來，到時候人在咱們手上，只說是她勾引洙兒便是了。」世子夫人還在為此事生氣呢！

成賢妃盯著安陽侯世子夫人看了好久，又怒道：「妳還好意思提這話？成洙如今連個嫡子都沒有，就有了好幾個庶子，我聽說妳還想休了兒媳婦？把這個休了，妳還想找個什麼樣的？」

世子夫人只低頭不說話。

成賢妃就知道她覺得自家兒子是天上地下絕無僅有呢！「安陽侯的爵位早晚是要交給大哥兒的，成洙如今就只領著侍衛的差事，他要是真有前途，他那個岳家就是不錯的，妳又何必給安陽侯樹個大敵？」不過罵完她之後，就連成賢妃自個兒都嘀咕了一聲。「怎麼又是謝家？陰魂不散的。」

安陽侯世子夫人被罵了一通出宮之後，就回去和自家大兒媳婦抱怨。

管氏素來是個有心計的，見她憤憤不平的樣子，只抿嘴一笑問道：「娘，想不想看謝家丟臉？」

「怎麼個丟臉法？」世子夫人一聽這話，就急著問道。

管氏神秘一笑，道：「娘只管瞧著便是。」

京城勛貴多，官員也多，六部、翰林、大理寺這些加起來，正二品、正三品的官一個蘿蔔一個坑地填著。不過這人多的地方，是非自然就多。

這不，恪王爺好不容易大婚了，大家還熱議著呢，突然就出來了這麼一樁恪王妃姊夫逼姦她家婢女的事情！雖說這事挨不著謝清溪，可誰讓這當事人一個是她姊夫，一個是她家的丫鬟，再加上她最近正是京城人士談論的重點呢！

所以成家這熱鬧，是有得瞧了。

威海侯夫人自然也聽見了外頭的閒言碎語，正想著女兒和女婿會不會回來呢，就聽下人報大姑奶奶回來了。

「我還想著讓妳回來住兩日避避風頭呢，這外頭風言風語的，簡直是說什麼都有。」威海侯夫人心疼地說道。

成大奶奶管氏頗有些不忿，怒道：「可不就是？也不知道是誰散布的謠言，居然連這等話都說出來了，我婆婆也氣得不輕呢！」

「呵……」一聲輕笑傳來，卻是坐在成大奶奶對面的人，只聽她不緊不慢地說道：「不過就是個婢子罷了，只管讓謝家賞給成二爺便是。」

說話之人，便是如今威海侯的長子媳婦，也是成親王的嫡女端敏郡主。端敏郡主嫁給威海侯長子也有兩、三年了，直到今年才懷有身孕，雖然只有五個多月，可是鬧得威海侯家那叫一個天翻地覆的。

她但凡有點不高興，就會抱著肚子說疼，就要宣太醫，這麼兩回下來，就連太后都忍不住過問了，說——端敏郡主懷孕的時候，你家是不是讓哀家的孫女受罪了？

結果弄得威海侯夫人趕緊進宮告罪，說是自己沒伺候好郡主，讓郡主受罪了。

如今端敏郡主在威海侯府上，簡直就比傳家寶還要緊要。

她這麼一說，成大奶奶心裡頭雖覺得是廢話，不過卻還是笑道：「果真還是郡主有法子，只是這謝家如今不肯放人，真是越發坐實了二爺姦污婢子的事情。要說二爺畢竟和我夫家大爺是親兄弟，若他聲名有損，豈不是也連帶著大爺了？」

端敏郡主微抬起眸子，輕笑一聲。「安陽侯府和謝家不是姻親嗎？難不成他們連這點小事都不替成二爺兜籠著？」

成大奶奶尷尬一笑。其實成家也是娶了謝明嵐以後才知道，她在謝家的存在感幾乎為零。這樁婚事是謝家大老爺親自和安陽侯世子談的，當時還以為這庶女受寵呢，後來人娶進門了才發現，根本就不是那麼一回事。

「不過就是這點小事罷了，也值得大妹妳跑回來同母親抱怨？此事我替妳辦了，妳可得好生謝我！」端敏郡主輕笑道。

成大奶奶見她真的肯擔下來了，那叫一個千恩萬謝的。

謝清溪最近真的很忙，她要忙著接管恪王府的事情。雖然陸庭舟安慰她，說這些事情本就有人在管著，她只需要看看帳冊、對對帳目，真出事了再找管事嬤嬤就行。

不過，她還是將齊力叫了進來。

「聽王爺說，府裡頭的事情一直是你和齊心在管？」

「回王妃，是奴才和齊總管在管，不過這各處都有專門的管事，所以奴才管的也並不多。」齊力恭敬地說道。

謝清溪知道他說的是客套話，她看了一下恪王府的名冊，居然有三百三十七人，這還是因為整個王府就陸庭舟一個人的緣故，而陸庭舟竟還和她說，要是人手不夠，只管同他說。三百多人啊，就伺候她和陸庭舟兩個人！謝清溪這會兒才真的有一種「我嫁給了個有權有勢相公」的實感。

「王爺說了，日後府上的管事之權是交到我手上，不過我年紀小，雖說在家的時候也幫著母親理過家，可到底還是生手，有什麼地方做得不妥的，你需得提出來。」謝清溪溫和地說道。

齊力一愣，顯然是知道王妃和他說這話，是把他當自己人掏心窩子呢！人家直接就告訴你——不好意思，我以前就只是幫手管過家而已，所以我現在要管家了，你得幫著我！

謝清溪沒怕露怯，直接就把自己的短處給說了。

「你和齊心打小就伺候著王爺，我知道他最信任的就是你們倆，既然王爺信你們，那我也信。所以我想，齊力你一定會幫我的吧？」謝清溪看著他，輕聲問道。

齊力哪裡不知道王妃這是對他恩威並施呢？所以他趕緊表忠道：「王妃有什麼只管吩咐小的便是，幫這個字，小的實在是不敢當。」

謝清溪點了點頭，便讓人把各處的管事叫了過來。

恪王府也分為前、後院，謝清溪是王妃，管的自然就是後院的事情，而後院的事情大體就包括在四個字內：食、衣、住、行。可因為恪王府比誰家都簡單，就她和陸庭舟兩個人，所以事情也並不難，這會兒就是花園有些麻煩而已。以前花園都是按著陸庭舟的心意來的，陸庭舟讓謝清溪去花園看看，說夏天的天棚該搭起來了，好在搭天棚的事情，王府裡頭都有舊例，按著往常來就行了。

不過等謝清溪看見庫房和帳冊的時候，她就不淡定了。別的就先不提了，她看著陸庭舟每年的親王分例，這才發現，人家雖今年才二十六歲，可不好意思，他光是親王分例就拿了二十一年了！

按著規定，大齊朝親王分例是五萬石米、三萬兩銀子以及其他各種東西，這分例可比歷朝歷代的都高呀，那是因為太祖開國那時兒子少，就想給兒子多補貼點，到了本朝的時候，皇帝只剩兩個兄弟也不算多，可他兒子有十幾個之多呀！前頭幾個都封王了，如今這下頭小的也長大了，眼看著又要娶媳婦、又要封王的，這些可都是白花花的銀子呀！

皇帝有沒有銀子，謝清溪管不著，但如今陸庭舟這家底厚得是讓人咋舌啊！原本蕭氏給她的壓箱底銀子，拿的就是全銀票，她娘說了，莊子、鋪子都陪嫁兩個，可是這銀票卻是實打實的好東西，身上揣著銀子，走哪兒都有底氣。

蕭氏給她陪嫁銀子足有二十萬兩，還有在蘇州的那些鋪子、莊子，蕭氏也給了她好幾間，這些鋪子有的是當時謝清溪磨著她娘親買下的，有的是蕭氏後來又盤下的，所以蕭氏給她的時候不手軟。用她娘的話就是——妳哥哥們都是男人，自個兒要是養不活老婆、孩子，爹娘就算留再多的銀子給他們也沒用。可妳不同，妳是個女孩，又是嫁給那樣尊貴的人，所以妳的嫁妝不僅得厚，還得比誰都厚！

所以明面上她有一百二十八抬的嫁妝，可要她說，這些嫁妝總共也就一、二萬兩，還比不上她在京城的一個鋪子呢！況且蕭氏沒給她弄小鋪子，就在京城最繁華的大街上弄了門面好、地方大的，共兩間。如今掌櫃到小二都是蕭氏安排妥當的，她只需要每個季度查一下帳冊就行。

晚上陸庭舟回來的時候，她高興地摟著陸庭舟便說：「我頭一回發現，咱們倆居然都這麼有錢！」

這話說得實在是好玩，陸庭舟知道她定是今日看了帳冊，知道他這些年來親王的分例和每年得的這些賞賜了。不過話中她把自個兒也帶上了，因此陸庭舟就忍不住問一句。「那妳跟我說說看，妳怎麼個有錢法？」
謝清溪立即就笑，眼睛裡頭是藏不住的得意。「我娘可心疼我了，知道我是嫁給你，就給我準備了一大份的嫁妝！」
陸庭舟知道，這肯定是謝樹元給的。雖說當年商船出海的時候，蕭氏也在裡頭投了些乾股，可這些都只是小錢而已。謝樹元在蘇州經營了十來年，若是沒摟著銀子，他都得懷疑自己岳父大人的能力了。況且他也知道，自己的岳父、岳母，那是疼閨女勝過疼兒子的，聽說清溪出嫁那一日，就連老丈人都差點哭出來了。
「所以妳得好生攢著，等以後咱們生了閨女，妳也給她備一份跟妳的一樣厚實的嫁妝。」陸庭舟見她說得開心，自個兒也跟著高興。
以前只覺得成親就是兩人在一起過日子，可如今才知道，真不是那麼回事。雖說以往他回來也有伺候的人，可沒和他這樣貼心貼肺地說話、沒人對他噓寒問暖。就因為知道有這麼一個人在家裡頭等著他，所以就連回來的心都變得急切，一顆心暖烘烘的。
謝清溪不是一般的姑娘，旁人要是聽見新婚的丈夫說這樣的話，那多是低頭嬌羞一笑，可她不是，她是趕緊說道：「那不行！我閨女以後最起碼也是個郡主，我必須讓她的嫁妝比我多才行！」
陸庭舟摟著她就是笑，是真的開心的笑。
一會兒後，謝清溪想起了什麼，便立即說：「我娘今兒個派人給我送了帖子來，是二哥哥閨女的滿月禮。我這個大姪女喔，剛生下來時那個醜的，可我娘跟我說，她長大點肯定會變得好看的。」

陸庭舟沒瞧過新生的孩兒，不知道她所說的醜是個什麼樣子，不過他瞧著謝家就沒有不好看的人。況且謝清懋和蕭熙夫婦，怎麼看都不會生出醜閨女來吧？

「咱們送什麼好呀？」謝清溪在這兒發愁呢！

蕭熙是在她出嫁前一個月生的孩子，比預產期還晚了些日子，因著臨近她大婚的時候，所以孩子的洗三就只請了自家親戚。如今這回是滿月禮請客，蕭氏明言是要大辦的，畢竟這可是謝家頭一個嫡孫，謝清溪作為嫡親的小姑姑，自然得給新生兒送禮。

「孩子的名字取好了嗎？」陸庭舟問她。

謝清溪搖頭，說道：「聽說這回我二哥非要自個兒給孩子起名字，我爹說取名字這事該由老太爺來，我二哥就駁他，說我和清湛的名字就是我爹自己取的，他怎麼就不能給自家閨女取名字了？」

聞言，陸庭舟都忍不住想要問謝清溪——你們謝家男人是不是都有重女輕男的思想啊？不過這話他沒好意思當著他媳婦的面問。

但他還是立即力挺老丈人。「我覺得岳父將妳和清湛的名字取得都不錯，讓岳父來取倒也可以。」

謝清溪睨了他一眼，笑道：「那是我爹瞎貓撞到死耗子了。」

「敢這麼說我老丈人，看來我得教訓教訓妳！」陸庭舟一下子就把她壓在榻上。謝清溪連饒命的話都喊出來了，可是領子還是被扯開，露出那比白瓷還要白的皮膚。那滑溜的手感，讓他蹭地一下心裡頭的慾火就燒了起來……

謝家一下帖子，那就沒有請不到的客人。雖然這會兒不像嫁女兒那般隆重熱鬧，可這滿月禮也是為了慶祝他們謝家這一輩頭一個孩子的出生。

謝清溪自然早早就過來了，而陸庭舟要先去衙門點卯，待會兒才能來。她來了之後，就被人領著去了蕭熙的院子裡，此時裡頭已經熱鬧極了，蕭氏和游氏兩人都在，就連外祖母都來了。

「外祖母。」謝清溪跟蕭老太太請安之後，便坐在她跟前。如今她的身分不僅僅是謝家的出嫁女，還是恪王妃，這可是受朝廷欽封的超一品王妃位，所以在座的夫人見了她，還都得行禮呢！

「王爺可有陪妳一塊兒來？」蕭老太太還沒見過恪王爺呢，姑娘三朝回門，只有回自己娘家，可沒有回外祖家的。

謝清溪趕緊跟老太太說：「外祖母，王爺身上有差事，要先去衙門裡點個卯才能過來，待會兒咱們讓他來給您請安！」

「哪能煩勞王爺來給我請安呢！」老太太心裡頭高興著呢，可嘴上卻還是推託道。

因著這裡都是自家人，所以謝清溪才敢這麼說的，此時賓客都還在前頭花廳裡呢。丫鬟伺候著蕭熙更衣後，就有人把孩子抱了出來。

謝清溪趕緊招手道：「抱過來，讓我和外祖母瞧瞧。」

丫鬟趕緊抱到兩人跟前，謝清溪伸手想抱，可是瞧著這襁褓裡頭這麼一點點的小人兒，她還真不敢上手。結果一打眼看這孩子吧，她就驚了一跳，這白嫩嫩的皮膚、這烏溜溜的大眼睛、這吐著奶泡泡的小嘴兒，怎麼看都是一個可愛又萌的小奶娃啊，哪有一點她當初初見時的醜了？都說姑娘是女大十八變，這孩子怎麼從小就開始十八變了！

她看了一眼後，立即便問蕭氏。「娘，她怎麼突然變這麼好看了？」

「小孩子都這樣，剛出生皺巴巴的，跟個小猴子一樣，如今吃了一個月的奶，可不就變得白嫩了？」蕭氏笑著說道。

此時蕭老太太忙伸手抱住，哎喲，還別說，這孩子是長得真好看！

要不是知道蕭氏是個嚴謹的人，謝清溪都要懷疑這孩子是被人換了。

眾人抱著孩子出了院子，準備去前廳見客，剛走到花園時，就看見謝清湛走了過來。

蕭氏皺了下眉，問道：「這會兒你不在前頭陪著客人，怎麼到後院來了？」

「前面有我爹還有大哥和二哥在，差我一個沒事。」謝清湛不在意地說道。

蕭氏還想教訓他來著，又想著旁邊有這樣多的人，到底還是忍住了。

謝清湛看見丫鬟手裡抱著孩子，趕緊走過去，掀開小被子的一角，結果看見孩子白嫩嫩的臉蛋時，他立即便「呀」了一聲。「這孩子被誰換了?!」

雖然謝清溪真的挺贊同她六哥的話，但是這話聽在蕭氏耳中，那就是大逆不道中的大逆不道啊！

蕭氏恨不能立刻打死這個孽子才好，她指著謝清湛便罵道：「你也別去前院了，給我回你自己的院子，等宴席散了，我再找你算帳！」

謝清湛大概也知道自己脫口而出的這句話實在是不大好，便笑著朝蕭老太太和游氏討好道：「外祖母、大舅母，我也就是覺得我這姪女如今實在是太玉雪可愛了，我從未見過這樣好看的小孩，實在是同她剛出生那會兒跟兩個人似的。」

游氏也知道謝清湛沒惡意，大概只是覺得這孩子真的變好看了，所以她也出聲解圍道：「妹妹，妳也別怪清湛，他就是少年心性，見著咱們寶兒實在可愛，所以才這般說的。」

謝清溪真怕謝清湛被揍，趕緊說：「娘，要不我送六哥哥回院子去吧，反正前頭有你們在呢，我待會兒再過來。」謝清溪拉著謝清湛就往前走。

不過謝清湛邊走還邊有些不死心地說道：「妳說我說的對不對？咱們這大姪女真的跟換了個娃一樣嘛，她剛生出來的時候，就這麼一點，皮膚又皺又紅的，妳再看看她現在，怎麼那麼白啦？而且她的臉肥嘟嘟的……」

見謝清湛一直唸叨個不停，謝清溪趕緊說道：「你小時候比她還可愛呢！」

「哄誰呢？妳比我還小一刻鐘呢，妳哪裡記得我小時候的模樣？」謝清湛輕笑著說道。

謝清溪沒好意思把真相告訴他，說實話，謝清湛小時候變好看的那會兒，謝清溪都驚呆了。就那麼個小不點的孩子，皮膚卻一天天地變白，渾身皮肉都嫩嫩的、滑滑的，就連最好的絲綢都趕不上。

「你說那話不是純粹找揍嗎？」謝清溪沒好氣地說道。

謝清湛突地站住，轉頭看著她，半晌才似笑非笑地說道：「喲，王妃娘娘，這是教訓草民呢！」

「謝清湛，好好說話！」謝清溪板著臉。

謝清湛立即笑開，道：「清溪兒，正巧妳回來了，我給妳看樣好東西！」

後來，謝清溪不記得謝家嫡長孫女滿月禮上的盛況，只記得滿院子的人差點全趴在地上，就為了找謝清湛所說的那隻戰無不勝的蟋蟀……

京城的宴會總是接連不斷，謝家這邊剛辦過滿月禮，那邊德惠大長公主的生辰便又到了。

德惠大長公主是先皇的親姊姊，也是正宮嫡后所出，乃是當今聖上嫡親的姑母，駙馬為老英國公。也正是因為她這身分，如今她儼然是皇家宗室裡輩分最高之人，就連皇帝見著她，都不會讓她行禮。

因為她要過八十大壽，那就是京城裡頭頂頂重要的事情。這個六月事情是真的挺多的，皇上這邊原本打算替皇子們選妃的，不過正好趕上德惠大長公主的生辰，因此讓內務府先準備給大長公主的壽禮，再辦選妃之事。

好在選妃的事情從年前就開始備起來了，這會兒臨了，反倒是一切都準備妥當了。

謝清溪是陸家的新媳婦，雖說雙朝的時候已經認過宮裡的親戚了，但到底也只是瞧個面熟，沒有多說話。這回德惠大長公主過壽，不僅有皇室宗親，還有京城這樣多的勛貴和官宦人家參加，聽說英國公家早已是張燈結綵的，這幾日都開始搭棚了，據說要開三天的流水席呢！

反正不管怎麼樣，謝清溪肯定是要到場的，不過好在她也不算孤單，到時候永安侯府肯定是會受邀前去的，蕭老太太去不去難說，但大舅母游氏和大表嫂周氏肯定都是要去的。至於謝家肯定也會收到邀請的，大嫂許繹心是有郡主頭銜的，所以她肯定會到場。

就在她在這兒想著事的時候，陸庭舟就問她了。

「德惠姑母生辰，妳打算備什麼禮物？」

備禮的事情，以前都是齊力在辦的，今兒個他略問了一下，沒想到齊力竟說王妃要親自備禮。德惠大長公主也是陸庭舟的親姑母，這個姑母對誰都嚴厲，偏偏就是喜歡他，所以陸庭舟不希望謝清溪有一絲差錯，不然到時候德惠姑母若是生氣教訓人，他也不捨得媳婦被罵。

謝清溪說道：「我讓齊力拿了這五年內恪王府的禮單過來，看到汝寧大長公主前幾年過七十大壽的時候，咱們王府送的禮物。所以我想著，既然是德惠大長公主，又是過八十大壽，便在這上頭再添四層，你覺得如何？」

汝寧大長公主是先皇的妹妹，但生母不過是個嬪罷了，比起德惠大長公主來，無論是身分還是在宗室的名望都是不足的。不過先皇就剩下這兩個姊妹還在世了，在宗室之中也數她們倆的輩分最高了。

陸庭舟點頭，又說：「妳的禮單備好了？拿來我瞧瞧。」

謝清溪便讓朱砂把今日下午她親自擬定的禮單拿過來。

陸庭舟瞧了一眼上頭的字，立即便讚道：「這手字寫得好看。」

如今這兩年她越發喜歡上練字了，只覺得站在臨窗的書桌前，一枝毛筆，一方硯臺，就是一個小小的天地，越發地讓人心平氣靜。

「我從前給你寫的信，你可有收好？」謝清溪突然盯著他問道。

這種話最是要好生回答的，所以恪王爺很是認真地點頭，一邊看禮單，一邊說道：「那是自然的，日後這可是咱們的傳家之寶呢！」

謝清溪一聽就羞得慌，哪有把情書當傳家寶的！

陸庭舟看完之後，便放心了，還道：「想來我方才的擔心是多餘的，岳母真的把妳教好了，不過第一次擬禮單，便能這般面面俱到。」

「你也不用一味地說好話哄我了，這是我第一次承辦這樣的事情，肯定有錯漏的，你先幫我看看，畢竟德惠大長公主你最是熟悉了，她有什麼忌諱的，你可得好生同我說說。」謝清溪知道陸庭舟這半是安慰自己，半是真心誇讚。

兩人便頭靠著頭，一塊兒商議著事情來了。

待到了德惠大長公主壽辰的時候，謝清溪早早地便起床，又讓人去清點了一遍要送的禮，陸庭舟還笑話她太過謹慎了呢。

可這也算是謝清溪頭一回在宗室面前正式亮相，所以自然是緊要得很。

待到了德惠大長公主府的時候，只見整條街道都被車馬堵住了，那叫一個喧鬧。

老英國公是尚主的，自然是要隨著公主住在公主府中。不過老英國公是家中獨子，上頭有三個姊姊，就他一個兒子，當年太祖顧念老英國公家勞苦功高，因此特將公主府選在了英國公府對門，那叫一個近呀！

所以今日不僅德惠大長公主府中大擺宴席，就連英國公府都是張燈結綵的。現任英國公是德惠大長公主的嫡次子，而大長公主的嫡長子生有腿疾，因此不能繼承英國公的爵位。

恪王府的馬車一過來，這邊就開始安排讓他們下車，不過因前頭實在是堵了不少馬車，所以此時他們也只能坐在車內等待。

「外頭可真熱鬧。」謝清溪感慨了一聲，這喧鬧之聲，透著車窗就能進來。

「待會兒進去更熱鬧呢！」陸庭舟摸了一下她的下巴，做出輕佻的模樣，可偏偏他氣質清冷，便是這樣輕佻的動作，都絲毫無損於他的風華。

好在管事的知道這馬車裡頭坐著要緊的人物，不敢讓他們久候，趕緊安排了前頭馬車離開，又讓恪王府的馬車往側門上走。

此時轎子已經等在門口了，謝清溪一下車就上了轎子，而陸庭舟則是被人引著去了前頭。

這樣的大日子，男賓和女眷是要分開坐的。

這會兒女眷都在公主正院裡頭賀壽，待人到齊了，女眷轉往花廳了，家裡頭的子姪輩再過來給大長公主拜壽。

謝清溪進去的時候，就聽見裡頭朗朗地喊了一聲「恪王妃到」，她一踏進門檻，只覺得所有目光都盯著自己看呢！

這位恪王妃在京城算不得如何顯山露水的人物，當姑娘的時候便甚少出門交際。要說謝家，還數那兩位狀元郎頂頂惹人注目，因此誰都沒想到，就這麼個小姑娘，居然就成了恪王妃。

要知道，這些年來，恪王爺就算年紀漸漸大了，可多少姑娘仍是芳心暗許，對恪王妃的位置虎視眈眈的。

「姪媳給姑母請安，祝姑母日月昌明、松鶴長春。」

「好孩子，趕緊起來吧！」德惠大長公主雖已八十了，可身子骨硬朗，耳聰目明的，如今一見她便喜笑顏開。

這會兒謝清溪才起身抬頭。

大長公主穿著的是石青色鶴鹿同春的褙子，頭上一副東珠頭面，那東珠各個滾圓如小拇指一般大小，手腕上戴著的是紫檀木佛珠。她來之前就聽陸庭舟說過，大長公主很是篤信佛理，手上有一串紫檀木佛珠，據說是她的父皇親自請人替她開光過的，所以她很是寶貝。謝清溪想著，這大概就是那串傳說中的佛珠了。

「妳和王爺大婚時，我身子骨不好，沒能去，不過先前我進宮給太后請安的時候，就聽她止不住地誇妳，如今看來，太后娘娘那還真是沒謙虛了呢！」大長公主上下打量了這小姑娘，好看，實在是好看。

皇室陸氏那也是淨出美人的，光是一個陸庭舟，容貌便已是絕色，未料如今他娶的媳婦，相貌竟是不輸於他分毫。大長公主看著眼前這容色絕豔的女子，如今她年歲還不算大，若他日再長成，只怕這風華定是絕世無雙。好在她是嫁入皇室，這樣的美貌也只有皇室才能鎮得住吧？

先前皇上給恪王爺賜婚的時候，英國公還私底下問過她，皇上不會有何深意吧？畢竟恪王爺剛從遼關回來，這馬市是他一手承辦的，聽說如今茶市還會是由他負責，接著又指了這樣的婚事給他。大長公主對於自己兒子這種想法很是嗤之以鼻，如今看來，也確實是可笑。

「姑母這樣誇獎，我竟是不知說什麼好呢！」謝清溪輕聲細語地說道，左右大長公主是長輩，她便是略撒個嬌，那也無可厚非。

大長公主親自讓人拿了紅封過來，遞給了她。

謝清溪立即笑著說道：「我拿了姑母的紅封，定能沾沾喜氣的！」

她的位子就在第一排，旁邊坐著的是成王妃，對面乃是永嘉長公主和福清長公主，這幾位都是陸庭舟的嫂子和姊姊們，所以謝清溪和她們就是平輩。

她年紀也不過才十六歲，如今卻要和這些四、五十歲的貴婦人們平輩，說不定連她們的兒子、女兒年紀都比她大呢！

沒一會兒，汝寧大長公主便帶著兒媳婦和孫媳婦一塊兒來了。她和德惠大長公主是如今僅剩的兩位帝姑，不管從前關係如何，反正現在的關係是很好的。

德惠大長公主親自站了起來，又拉著汝寧大長公主在她旁邊坐下。汝寧大長公主嫁的是武寧侯，雖比不上英國公家這樣的世代烜赫，不過有大長公主這樣尊貴的人坐鎮，這富貴榮華自是少不得的。

謝清溪又被叫到汝寧大長公主跟前見了一番面。

此時端敏郡主就坐在廳內，但她是坐在威海侯夫人旁邊，並不是跟著自己的母親成王妃一起坐的。此時這正廳裡頭，光是王妃就有好幾位，還有這樣多的宗室貴女，所以這些侯府夫人都得往後坐。端敏郡主從前哪回不是坐在靠近、顯眼的位子上？如今反倒是落在了後頭。要不是她這會兒懷著身孕，只怕連個座位都沒有呢！

她看著前頭正和汝寧大長公主說話的謝清溪，恨恨地瞪了一眼，只是她哼出了聲音。

威海侯夫人轉頭看她一眼，低聲道：「這裡是外頭，妳便是有什麼，也回家再說吧！」威海侯夫人實在是怕極了端敏郡主這折騰的勁兒了。本朝的公主不像前朝那般跋扈了，都還是挺好相處的，且當初議親的時候，瞧著也是溫婉可人的模樣，怎知她婚後完全跟變了個人似的。

過了會兒，蕭老太太就帶著游氏和孫媳婦來了。謝清溪一瞧見她們，登時眉開眼笑的。緊跟著她們進來的，便是蕭氏和許繹心了。

謝清溪有心想和她們說話，可這會兒離得有些遠，她打定主意，待會兒要是看戲或是吃酒，她一定要坐到娘親跟前去。

待女眷都來齊了，德惠大長公主要去前頭看看，便讓人領著女眷至花園裡頭看戲，這回的席面也擺在花園裡。

公主府的規格本就高，德惠大長公主又是喜歡熱鬧的性子，聽聞以前年輕的時候十分喜歡宴請，詩會、茶會、賞菊宴，都形成了京城的一道風景了。所以德惠大長公主府的園子精緻、風景美，那是有目共睹的。

眾人魚貫而出，謝清溪則是扶著朱砂的手出去。

待到了花園裡頭，謝清溪就坐到蕭氏跟前去了，正說著話呢，朱砂卻突然低下頭來靠近她。

朱砂輕聲道：「王妃，我肚子不舒服……」

如今朱砂她們都開始改口叫王妃了，雖然謝清溪聽著還是有些不習慣。她點了點頭，問：「可是要去恭房？」

朱砂有些不好意思地點頭。今兒個謝清溪過來，就帶了她和月白兩個人，結果她自個兒不爭氣，關鍵的時候竟還掉鏈子。

謝清溪倒是不在意，人有三急嘛，便是丫鬟，難不成還能克制住？她讓一旁德惠大長公主府的丫鬟領著朱砂去了，身邊就剩下一個月白伺候著。

蕭氏見朱砂離開，便問道：「朱砂這是去哪兒？」

謝清溪生怕蕭氏對朱砂不滿，便替她遮攔了下，說道：「我帕子丟在馬車上了，讓她去給我拿。」

蕭氏點了點頭。

許繹心誇讚德惠大長公主府上糕點做得好，還讓蕭氏也吃一塊。

許久後，有個小丫鬟突然出現在花廳門口。好在這會兒伺候的人多，而小丫鬟也是穿著德惠大長公主府裡統一的婢女衣裳，所以過來的時候沒引人注意。

她看了一眼月白，衝著她招了招手。

月白正好瞧見了，卻想著不認識這小丫鬟，因此站在原地沒動。

那小丫鬟又是著急地招了招手，這會兒連鼻尖上頭都滲出了點點汗珠呢！

月白於是走了幾步過去，那小丫鬟也趕緊過來。

小丫鬟輕聲問。「妳可是伺候恪王妃的月白姊姊？」

月白點了點頭，又朝她看了一眼。

小丫鬟趕緊說道：「月白姊姊，妳趕緊求王妃去救救小桃姊姊和朱砂姊姊吧！」

月白一聽這話就著急了，趕緊問道：「這是怎麼了？」

「小桃姊姊領著朱砂姊姊從恭房出來時，誰承想竟是和端敏郡主撞上了，如今郡主說肚子疼，要拿了她們倆！」

這小丫鬟大概是和那個叫小桃的丫鬟交好，所以這會兒過來搬救兵救人了。月白知道這事她是不行處理的，肯定要和王妃說。此時謝清溪正在和許繹心說話呢，月白趕緊走到她身邊，輕聲叫了一句，便在她耳畔說了幾句話。

謝清溪見朱砂還不回來，正想著要不要讓人去找她呢，這會兒聞言後面色未變，只輕聲道：「嫂子，妳先在這裡坐著，待我去一下恭房，回來咱們再聊。」說著她便起身，領著月白出去了。

德惠大長公主府的小丫鬟已經在外頭等著了，謝清溪看了她一眼。「妳叫什麼名字？」

「奴婢杏兒，是公主府的二等丫鬟，小桃姊姊是奴婢的表姊，求王妃娘娘一定要救救小桃姊姊！」杏兒有些哀求地說道。

她們是德惠大長公主府的丫鬟，這些宗室貴女時常也會過來，因在府裡伺候的時間長了，所以端敏郡主的性子，她們也是略有耳聞的。如今她正懷著身孕，若是她拿肚子說事，只怕小桃是真的活不了！丫鬟的命不值錢，主子一句話，就能決定她們的生死。

謝清溪知道朱砂的性子有些急躁，生怕她是落進了別人的陷阱裡頭。這衝著她的丫鬟，可不就是衝著她來的？謝清溪倒是要看看，這個端敏郡主到底有什麼厲害的？

此時園子裡頭一片熱鬧，不過她們卻是越走越有些偏僻。謝清溪在電視上是見慣了後院陰私的，立即便問道：「這裡有恭房？」

「這裡的恭房有些偏，不過勝在安靜。」杏兒趕緊解釋道。

沒一會兒，謝清溪也再不疑惑，因為她已經聽見不遠處的斥罵聲，其中還夾雜著女子的哭泣聲。

此處乃是花園的偏僻處，因此周圍並沒什麼人，只有幾棵枝繁葉茂的大樹，樹冠都很大，且樹幹粗壯，無數條樹杈分離出來又糾纏在一塊兒，形成一片巨大的陰影。

如今已是六月，天氣有些炎熱，方才在花廳中雖有那樣多的人，但因大長公主在花廳放置了冰塊，這才沒感覺到熱。如今她在外頭才走了一會兒，這樣烈的日頭便讓她整個人都有些煩躁。

轉個彎後，謝清溪就看見一個穿著荔枝紅纏枝葡萄文飾長身褙子的女子，正扶著一個穿著淺碧色比甲丫鬟的手，站在樹蔭底下。而她們面前跪著兩個人，其中一個一直在磕頭，嘴巴一張一合的，遠遠就看見那滿臉的眼淚了。

謝清溪瞧了朱砂一眼，不錯，這丫頭還算機敏的，此時也不說話，只安靜地跪在一旁。待她走近了，就聽見端敏身邊另一個穿著淺碧比甲的丫鬟怒斥道——

「走路跟趕著去投胎一樣，如今倒是知道哭了，先前幹麼去了？現在我們郡主動了胎氣，妳們倆的小命都不夠填補的！別說是妳們哭沒用，就算是妳們主子來求都不管事！」

「是嗎？」謝清溪實在是被這丫鬟的膽大妄為給驚呆了。這小桃是德惠大長公主府的丫鬟，她的主子自然是德惠大長公主殿下，至於朱砂是她的丫鬟，主子自然就是她了。

此時端敏郡主一撇頭，就看見謝清溪過來了。她憋了一肚子的火，這個時候可算是能出一口氣了！她一邊捂著肚子，一邊低低地喚疼，那模樣還真是我見猶憐。

謝清溪知道，她這是仗著肚子在作祟呢！謝清溪就不明白了，一個要做母親的人，如何能這般肆無忌憚，這般拿自己的孩子做筏子？萬一有一天真的有人衝撞了她，萬一有一天她自以為是的小計謀真的以血的代價為終結呢？那麼這個無辜的孩子要怎麼辦？

很多時候，人總是自以為是地要些手段，甚至還在心底為自己的這些小手段找藉口。就譬如現在的端敏郡主，她一定覺得這是件小事而已，所以她才敢肆無忌憚地拿著肚子裡的孩子當成害人的武器，當成耀武揚威的工具。

「郡主是肚子疼嗎？要我現在替郡主宣太醫嗎？」謝清溪雖知道她是在裝模作樣，卻還是關切地問了她一句。

端敏郡主柔柔地說道：「今兒個是姑祖母的壽辰，若是宣太醫的話，實在是忌諱……」結果她還沒說完話，就又捂著肚子低低地叫了一聲。

她旁邊的丫鬟見狀，扶著她便急急地問道：「郡主，您沒事吧？您要不要緊？都怪這幫小蹄子，走路也不長眼睛，居然衝撞了您！要是世子爺知道的話，指不定多心疼呢！」

朱砂聞言立即抬頭，直勾勾地看了她一眼後，便轉頭對謝清溪說道：「王妃娘娘，奴婢沒有衝撞郡主殿下。奴婢只是衝撞了郡主的丫鬟，是她自個兒往後退了幾步，撞到郡主的。」

「妳這個賤婢子！如今犯了這樣的大錯還敢頂嘴，真是無法無天了！」她是端敏郡主貼身的丫鬟，從小就跟著郡主，以前在成王府的時候就是跋扈囂張的，如今到了威海侯府，仗著自己是郡主身邊的丫鬟，尋常的管事嬤嬤都不放在眼中。

謝清溪有些想笑了，近朱者赤，近墨者黑，如今這話聽起來還真是一點都沒錯呢！想來端敏郡主在家便是一副目無下塵的模樣，連帶著身邊這些丫鬟都敢這麼肆無忌憚的。可是她也不看看，自己是在跟誰說話。

「月白，妳去請威海侯夫人過來說話，我倒要看看威海侯夫人是怎麼調教府裡丫鬟的，一個小小的婢子，竟也敢在本王妃面前肆意地辱罵我的婢女！」謝清溪冷笑一聲後便厲聲吩咐道。

因先前月白說是朱砂衝撞了人，所以她不想驚動旁人，若真是朱砂的錯，那她便好生道歉，畢竟是她沒好好約束了身邊的人。可如今看來，這是有人故意找碴了，所以她也不必再客氣了！

如今謝清溪的身分可不再是謝家的六姑娘，而是恪王妃了。她是謝家六姑娘的時候，一沒品級、二沒封銜，只因為家世尊貴，這才有了體面的。

要是她還是六姑娘的時候，遇上這事，不管是朱砂錯還是沒錯，最後的結果都只有她向端敏郡主道歉的分，因為端敏郡主是郡主之尊，而她什麼都不是。

可如今，她是本朝超一品的王妃，又是端敏郡主的長輩，不僅有了身分，還有了底氣，遇上這種事情，自然不需要和她廢話，直接請她婆婆過來便是！

謝清溪已進入了恪王妃這個角色，可端敏郡主還沒充分意識到「如今面前這個人已經是我六嬸了」的這件事。

「都說長輩跟前的阿貓阿狗尚且要尊重，更何況是貼身伺候長輩的人？端敏，妳是皇室貴女，本不該由我來教訓妳的，不過我作為妳的六嬸，少不得要告誡妳，有些依仗妳最好是好生珍惜，要不然最後失去了，妳可就追悔莫及了。」謝清溪端出長輩的架勢，就開始教訓她。

端敏郡主打從聽到謝清溪說讓人去請威海侯夫人時就有些愣然了，如今再聽她說了這樣的話，這才恍然明白過來，有些手段用在某些人身上那是管用的，因為他在意；可同樣的手段用在另一人身上，那便是會弄巧成拙。

先前她仗著自己的肚子，將頗受威海侯世子寵幸的通房趕出了府，遠遠地發賣了；如今她又依仗著肚子，想讓謝清溪就範，跟自己低頭，不料謝清溪卻不吃自己這一套。

「月白，妳去請威海侯夫人的時候，順便把成王妃也請了過來。雖說出嫁從夫，可端敏郡主到底是皇室貴女，總得讓王妃娘娘也知道才好。」要不是顧忌著今兒是德惠大長公主的生辰，不好鬧得太過，謝清溪恨不能將宗人府都請了過來呢！

端敏郡主聞言，顯然是有些退縮了。

但她身邊的丫鬟卻還是低聲道：「郡主，這……這個丫鬟明明是衝撞了您，憑什麼她說沒衝撞，那就沒衝撞啊？」本來她想說「這個賤婢」，可是恪王妃就站在對面，她也只得換了個叫法。

謝清溪都快氣笑了，這丫鬟不知天高地厚的本事，只怕也是跟主子學的吧！

謝清溪不屑和她們在這裡打嘴仗，只等著月白去請了威海侯夫人和成王妃過來。

沒一會兒，兩位夫人就帶著丫鬟浩浩蕩蕩地過來了。

端敏郡主自然是不怕的，可她身邊的這幾個丫鬟卻是面面相覷。

因她懷有身孕，所以這次來給德惠大長公主拜壽，光是丫鬟就帶了四個，兩個大丫鬟也就是方才蹦躂得最歡的兩人，邊上兩個小丫鬟倒是一直沒開口說話。

此時謝清溪已經叫朱砂還有小桃站起來了，雖然端敏郡主在一旁看著，但是朱砂卻是不怕的，拉著小桃就站了起來。

小桃這會兒還哭哭啼啼的，方才她被端敏的大丫鬟打了一巴掌，此時左臉還紅腫著呢！

威海侯夫人一見這場景，便趕緊上前問道：「不知王妃派人請我過來，可是有事吩咐？」

「吩咐倒是不敢，只是想同夫人說道說道罷了。」謝清溪看了朱砂一眼後，輕聲說道：「朱砂，妳將方才端敏郡主那丫鬟說的話，挑幾句再說一遍給威海侯夫人聽聽。」

此時端敏郡主想張嘴說話，可是身邊的成王妃卻是衝著她瞪了一眼。

成王妃可不比端敏郡主天真，讓人哄了幾句就急沖沖地要出頭。謝清溪敢這麼光明正大地來叫威海侯夫人和她，那必是無所顧忌的。

朱砂將那丫鬟說的話原原本本地複述了一遍，而且是一個字不差，一個字不錯的。

此時威海侯夫人的臉色是又白又紅的，她尷尬地看著謝清溪，臉上還勉強露了個笑容出來，可是又覺得實在太尷尬了，這會兒笑得簡直比哭還難看，頗是狼狽。她早就知道端敏郡主身邊這幾個丫鬟都不是安分的，可那是郡主的陪嫁丫鬟，她管不著也犯不著去為郡主管教，不承想，就是她這樣的放任自流，竟是讓這些丫鬟做出這等事情來！

謝清溪此時清清淡淡地說道：「按理說，今兒個是德惠姑母的生辰，我這個做姪媳的不應該在她老人家的壽宴上惹出風波，可夫人妳自己看看，不過是一個小小的婢女，就敢欺上瞞下的，明明是她自個兒衝撞了主子，卻因害怕擔了罪責而推卸到別人的頭上，還當著我的面就肆無忌憚地罵起我的丫鬟，真不知是她沒把我這個王妃放在眼裡呢，還是威海侯府沒把我放在眼裡呢？」

謝清溪這一連串的質問，逼得威海侯夫人只覺得整個後背都涼了。此時日頭越發熾烈，可是她卻沒感受到這炎炎驕陽的威力，只覺得整個人如同置身在冰窖一般，寒氣直往心裡頭拱。

「王妃言重了，是臣妾治家不嚴，才讓這賤婢冒犯了您，待這宴會散了之後，定會給您一個交代的。」威海侯夫人恭敬地說道。

「這是夫人妳的家事，我倒是不便插手了。只是我看郡主如今身子也重了，若再任由這等衝撞主子、信口雌黃的丫鬟在她身邊妖言惑眾，只怕對郡主的身子有所影響。」謝清溪瞧了端敏一眼，微微抬起下巴，雲淡風輕地說道。

謝清溪越是這般雲淡風輕，端敏郡主就越是心中不忿！她正要開口，便聽見一直沒說話的成王妃說話了——

「這只是件小事而已，倒是煩勞恪王府費心了。」

成王妃這是在暗指她多管閒事呢！謝清溪突然一改方才的冷淡模樣，認真地道：「我方才一來，就見郡主抱著肚子喊疼，想來是被她這婢女撞的，所以我才會這般關心，畢竟郡主肚子裡的孩子，未來也得叫我一聲叔祖母呢！」

成王妃被她的話噎得說不出話來了。她心裡頗氣女兒的不安分，既然懷孕了，就該好生養胎，再不濟也看牢相公嘛，畢竟女人懷孕的時候是相公最容易變心的。她又狠狠地瞪了扶著端敏郡主的丫鬟，這幾個臭丫頭，在郡主身邊不僅不知道規勸，還挑撥主子四處樹敵，真真是該死！

「好了，既然這裡的事情說清楚了，我便帶著我的丫鬟走了。喔，對了，這個小桃是德惠姑母家的婢女，端敏的丫鬟隨隨便便就掌摑大長公主府的婢女，到時候德惠姑母要是追究起來，那我也只得實話實說了。」謝清溪臨走前還不忘朝她們心窩上插一刀。

待回席後，蕭氏便問她怎麼出去這麼久，又問是不是和成王妃有關係？畢竟方才威海侯夫人和成王妃出去時，好些人可都是看著的。

謝清溪只輕輕帶過。「大概是端敏郡主有事，所以她們才會離席吧。」

待宴席結束要回去的時候，陸庭舟一上馬車臉色就很是難看。謝清溪朝他看了一眼，問道：「你這是怎麼了？誰給你氣受了？」

「以前瞧著端敏不過是略不懂事罷了，如今看來卻是跋扈了，皇兄家裡頭的那幾個公主都沒她驕橫。仗著自己懷孕，把威海侯府攪得是天翻地覆不說，如今居然敢到妳頭上動土！她是覺得我這個叔叔不好意思跟她計較是吧？」陸庭舟尋常根本不會這般生氣的，若是遇著他自個兒的事情，他都是泰然處之地解決，不管是下絆子也好，永絕後患也好，他一向都是風度翩翩的。可是，端敏這可是打了謝清溪的臉面！

謝清溪知道他這是在替自己生氣呢，趕緊就說道：「你別因為她而生氣了，那是成王和成王妃沒教好她。況且我不是已經教訓回去了？她以後肯定不會再惹我了。」

她這麼一說，陸庭舟面容上的盛怒突然就消散了，又恢復回往常那樣溫和的模樣。

他溫柔地說道：「妳說的對，她爹娘是沒把她教好。」

第四十八章

這貴族圈子就那麼點大，你以為別人不知道的事情，其實沒過多久就傳得沸沸揚揚了，特別是端敏郡主這回可是接連得罪了兩位長輩。

德惠大長公主是過了壽辰才知道這事的，她活了八十歲的人了，在這皇宮裡頭、國公府裡都混成精了，豈會不知端敏的這點小伎倆？

本來端敏和謝清溪的恩怨，她是一點都不關心，左右一個是她孫女輩的，一個是姪媳婦。可是她沒想到端敏竟是這等不懂事，居然在自己的壽宴上就動起手來了。

好在謝清溪是個性子寬厚的，這等情況下能顧全大局，沒有像那些不知禮數的人一般大吵大鬧起來。要說這事，她要是真發作起來，端敏就算貴為郡主，照樣還得受申斥，畢竟謝清溪如今是恪王妃，又是端敏的長輩。端敏受自己丫鬟的撩撥，就隨隨便便想要了別人家丫鬟的命，一想到此處，德惠大長公主只覺得這端敏郡主竟是比自己這個公主還要囂張呢！

所以沒過兩日，德惠大長公主便進宮給太后請安去了。

太后的年紀要比德惠大長公主小上好幾歲，但大長公主本就看著不像八十的，而她呢，看著就更不像六十幾歲的人了。其實太后年輕的時候，也是個絕代風華的人，要不然陸庭舟也不至於長得這般妖孽逆天了。

太后瞧著德惠大長公主的氣色，便誇讚道：「果真是人逢喜事精神爽，妳瞧瞧妳這氣色，竟是比我還好呢！」

德惠大長公主和太后是姑嫂關係，想當年太后當皇后那會兒並不十分受寵，反倒是宸妃因受寵之故，在宗室中很是有些體面。可德惠大長公主自個兒就是嫡生的，十分瞧不上這些得寵了就狂妄的妃嬪，因此對皇后是一如既往的恭敬。

最後宸妃所生的兒子沒能成功，而太后的兒子名正言順地當了皇帝，德惠大長公主的尊貴自然是水漲船高，就算是如今她已不問外事，可是宗室若發生什麼要緊的事情，誰敢不先探探德惠大長公主的意思？

「太后又拿我逗趣了，妳年紀比我輕，氣色也比我好呢！不過是這幾日兒子媳婦們都孝順，我心裡頭高興。」德惠大長公主依舊是輕聲細語地說話，只是如今年紀略有些大了，聲音都有些老態了。

德惠大長公主過壽辰，皇上和太后都是賞賜了東西過去的，當時光是從宮裡頭去公主府的太監就有兩撥人，那賞賜的東西流水一樣地往府裡頭搬。這樣的恩寵，就算在皇室之中也是罕有的。

太后知道德惠大長公主今兒個來給自己請安，定是有事情要同自己說，因此過了一會兒，她便讓身邊的人下去，只留下康嬤嬤。

德惠大長公主這才將事情說了出來。這事如今已經漏了風聲，若她現在不說，待以後要是誰瞧著成王不順眼，想使點絆子，或者是和威海侯家有了齟齬，這也是一個把柄。到時候要是有心人再到太后跟前說說，太后少不得要把她也記上。

雖然德惠大長公主如今還不知道太后對恪王妃到底是什麼態度，可照著太后對恪王那樣寵愛的模樣來想，就算不喜歡這個兒媳婦，也定不會願意讓人打了她的臉面的，畢竟大妻本一體，打了恪王妃的臉面，那就是打了恪王爺的臉面。

所以這會兒德惠大長公主乾脆自己先說出來，且看看太后的態度吧。如此一來，以後不論是自己，還是英國公府裡的女眷，都知道怎麼對待這位恪王妃。

如她所預料的一般，太后的面上登時有了幾分沈色。

過了半晌，太后才道：「先前端敏懷孕後頻頻召太醫，我還以為是她婆婆照顧得不經心呢！」

這話說得含蓄，可那深意卻讓人不能忽視。以前覺得她頻召太醫，是威海侯夫人給她氣受了，沒照顧好，而如今就覺得是她自個兒自作自受了。

雖說太后沒把話說透，但同德惠大長公主這樣的人說話，只需露出半截意思即可，餘下的她自個兒就能揣摩出來了。

德惠大長公主一聽便明白了，太后還是對端敏郡主不滿了。可見她原先想的是對的，不管太后喜不喜歡這個兒媳婦，都不會願意看見有人打了恪王妃的臉面。

「這些孩子如今規矩是越發不嚴整了。」德惠大長公主搭話道，眼睛盯著太后看。

太后點了點頭。

待德惠大長公主出宮回到公主府之後，就將如今的英國公夫人叫了過來，讓她備一份禮物送到恪王府去。

「哪有讓您給她送禮的？況且這事咱們也沒錯啊！」英國公夫人覺得此事並非公主府的錯，要真論起來，公主府也是受害者啊！

德惠大長公主立即道：「可她到底是在咱們府上受了委屈，如今是讓你們送份禮物過去，又沒讓妳大張旗鼓地上門。東西送到了，她自然會知道咱們的心意，要不然我一直不表態，沒準兒她還以為端敏做這事是受了我的默許呢！」

英國公夫人一聽這話，登時明白了過來，點了點頭，連忙說：「兒媳這就去準備！」

「東西妳看著給吧，不過多送些人參之類的過去。」德惠大長公主仔細吩咐了下。

如今她年紀也大了，活到她這個年紀，對生死早就看淡，就是這後頭的一大家子，她還是不放心。德惠大長公主的長子相較於次子來更通透練達些，可就因為他身子上的毛病，絕了仕途的路，就連爵位都繼承不了，所以德惠大長公主對於這個長子很是歉疚，在這些孫子當中，也數長子所生的兒子最受她的寵愛，剛到了年紀，德惠大長公主就進宮求了皇上，讓那孫子進了京衛指揮使當差。

英國公夫人走的時候，還忍不住抱怨道：「這端敏郡主雖說尊貴，可恪王妃到底是她的嬸子，她這般做真是——」她沒說完，德惠大長公主一個眼神就把她瞪走了。

沒過幾日，太后突然宣了諸位王妃進宮，有老一輩的成王妃和恪王妃，也有年輕一輩的康王妃和寧王妃，反正大家一塊兒進宮給太后請安就是了，聽說是太后叫她們過去看戲。

可謝清溪總覺得，這事兒沒那麼簡單。

陸庭舟反倒是挺淡定的，一邊逗弄著湯圓，一邊唸叨說：「妳只管去便是了，不過要是太后訓斥成王妃或端敏郡主，妳好生瞧著，回來告訴我便是了。」

謝清溪點頭，想來陸庭舟是想藉機看清楚這皇室裡頭誰家同成王是交好的。

謝清溪一到壽康宮，太后就讓她坐在跟前，對她說話那叫前所未有的親熱，看得那些後宮娘娘都一陣眼紅。

如今眾位皇子奪嫡的心逐漸明朗化了，太后是皇上的生母，她說的話對皇上很有影響力，誰若是得了太后的青眼，日後在皇上跟前自然不一樣，所以這些皇子妃、娘娘們，可不就是拚命地討太后歡心，就想著給自己的相公或兒子拉抬拉抬。

誰知謝清溪這個最後來的，反倒是搶在眾人前頭去了。不過大家一想到人家畢竟是太后嫡親的兒媳婦，這心裡的不平也稍稍得到了些寬慰。

今兒個還真是太后請眾人看戲，請的是外頭的戲園子，只是這中間還夾雜著雜耍表演。這可不是常見的，更別說這雜耍演得還特別好，只見那小姑娘一雙手竟是能轉動十個盤子，還能保證一個都不落下，所以就連這群自持身分的貴婦，此時都目不轉睛地看著，待結束之後，太后帶頭打賞，眾人紛紛慷慨解囊。

就在大家正看得開心時，只見太后不緊不慢地看著旁邊的成王妃問道：「端敏這幾日身子可還好？哀家倒是沒聽說她這幾日宣召太醫了。」

「回母后，端敏因著是頭一胎，所以才緊張過頭了。我已經和她細細說過了，只要好生將養著，孩子定是沒事的。」成王妃小心翼翼地覷了太后一眼，生怕她要申斥端敏。這事發生之後，別說是成王爺聽到風聲後雷霆大怒，就連自己的兒子都發火了，說端敏要是再這般，日後出了事誰都不許救她！

「哀家看她是該好生養胎，日後這什麼宴會也都別去了，省得再磕著碰著。」太后淡淡說道。

成王妃大吃一驚，太后這是要讓端敏禁足！雖說沒有祖母管著出嫁孫女的事情，可太后到底不是一般人家的祖母，她說了這樣的話，威海侯夫人還真能把這話當成是太后娘娘的懿旨，到時候拘束著端敏，不讓她出門！

成王妃正想開口說話，就聽康王妃，也就是二皇子的正妃，突然指著臺上的丫頭說道——

「哎喲，她這腰身怎的生得這樣軟？竟是能折回來呢！」

眾人被她這麼一指，視線都往那邊看了，太后有些不悅地瞧了她一眼。

不過就算她這麼一打岔，太后過後還是狠狠地訓斥了成王妃一頓，讓她好生管教管教端敏，不要因為是郡主，就折騰得夫家不得安寧。末了太后還拿了許繹心做例子，說人家同樣是嫁了人的郡主，到如今才懷了孕，可依舊是安安靜靜的，怎麼就沒像妳這麼多事情？

成王妃本就不受太后待見，今天居然當著這些小輩的面就被訓斥了，一張臉簡直是沒處擱了。

乾清宮中，皇上召了一干人議事，大皇子、二皇子以及三皇子都在，陸庭舟則是坐在皇上左手第一位上，成王世子也在。

此時皇帝正在召他們議事，主要的議程就是關於茶市開設的問題。相比於馬市是為了安撫少數民族、緩和邊境矛盾，茶市的作用更多的是為了通商，為了帶來更大的經濟效益。

如今皇帝也過得緊巴巴的，自然想要四處撈銀子，所以他召了眾人過來，想在其中選定一人負責此次茶市的開設。

按理說陸庭舟本該是最合適的人選，畢竟他成功開設了馬市，如今遼關馬市進行得如火如荼，就連邊民燒殺搶掠之事都少了許多。但太后得知還要把茶市交由他負責後，對著皇帝很是哭訴了一番，因此皇帝也覺得不好再讓他去冒險。可讓自己的兒子去吧，他一是捨不得，二是不放心。這茶市有著極大的利潤可圖，這些皇子心裡頭想著什麼，皇帝其實是一清二楚的。

如今他既不出手，也不約束，那是因為此時已經形成了一個平衡，不管是大皇子還是二皇子，他們之間相互牽制著，皇帝反倒是愈加安心。

此時陸庭舟一手隨意地搭在紫檀木椅上，一手微微敲動著扶手。

皇帝詢問著誰有人選可推薦後，戶部侍郎洛信立即起身，恭敬地說道：「回皇上，微臣以為成王世子殿下正是合適的人選。世子爺先前在浙江處理過茶葉滯銷一事，對於茶葉的經手買賣十分瞭解。」

二皇子滿意地點了點頭，成王世子陸允琅一向同他交好，兩人私底下早有往來，如今更是有了結盟的意願，二皇子甚至還有意答應陸允琅，只要他能成大事，成王這一脈以後可永居京城。

誰都知道成王之所以一直沒有就藩，那是因為早年恪王爺年紀尚小，太后有意留他，可如今恪王爺都大婚了，只怕這王爺就藩的事情很快就會被人提起，到時候成王若是想留在京城，必須得借助他們這些皇子的勢力，而二皇子自認是皇子之中最有實力的，所以他對於自己和成王府聯手很是有把握，如今一聽陸允琅有掌管茶市的可能，他自然是百般同意了。

不過洛信提了之後，自然有人不同意。首先就是詬病陸允琅年紀不大、閱歷不夠，手段也不足，只怕擔不起茶市這樣的大任，還是應該在朝臣中找一個成熟又穩重的才妥當。

皇上沒吱聲，只一味地聽著他們說話。

二皇子幾次想要插嘴，就是沒找著合適的機會。

之後皇帝轉頭問陸庭舟。「小六，你對此事有什麼看法？你是經手馬市的人，最是有發言權了。」

陸庭舟微微一笑，看著皇帝便說：「臣弟覺得邊境艱苦，允琅未必能適應。更緊要的是，邊境並不安全，外民時常入境擾亂，三哥畢竟就只有允琅這一個嫡子，要是有個意外，到時候只怕連皇兄都追悔莫及。」

皇帝點了點頭，他不願自己的兒子去受苦，自然也不好讓自己兄弟的兒子去，所以一時間倒是有些躊躇。

正當二皇子準備說話時，就見大皇子急急地開口了。

「父皇，兒臣覺得此事非允琅不可……」接著他便長篇大論，說陸允琅如何如何的合適。

二皇子驀地在一旁傻眼了。不是說好的，你和大皇子之間並無私交的？不是說好的，咱們倆聯手嗎？怎麼這會兒大皇子幫你說話竟比我還快呢？

大皇子這人無利不起早，對他沒利益的事情，他是絕對不會說，也絕對不會做的。要是陸允琅接手茶市這事對他沒利益，打死二皇子都不相信他會開口。

陸允琅看了一眼侃侃而談的大皇子，又看了一眼若有所思的二皇子，心頭不由得一顫。

看來這左右逢源的好戲，就要演到頭了。

待議事結束，陸庭舟告退後便離開，二皇子也緊隨著他。

陸允琅原本還想上前和他說說話的，卻被大皇子拉住了。

二皇子走遠了之後，卻還是朝後面看了一眼，就見大皇子正拉著陸允琅說話呢！如今再說他倆之間沒利益關係，二皇子覺得自己這顆頭都可以剁下來當蹴鞠踢了！

誰知他回過頭，就看見原本在他前面不遠的陸庭舟停下了腳步。

二皇子走了幾步上前請安，還沒說話呢，就聽陸庭舟輕飄飄地道——

「允琅這手明修棧道，暗渡陳倉玩得好呀！」

二皇子一聽這話便知，方才自己的神色定是落在了陸庭舟眼中！此時他面露羞憤，道：「謝六叔提醒，姪子這回受教了。」

「受教？」陸庭舟輕聲唸了這兩個字，眼睛卻是瞧著他看。

此時二皇子心中有些雜亂，陸允琅的倒戈讓他有種騎虎難下的感覺。他之前已對舅父言之鑿鑿地說過，成王一系必會全力支持自己的，可如今看來，他還是太天真了。

他突然有些自嘲地說道：「讓六叔你看笑話了。」

「什麼笑話？」陸庭舟回頭看他，眼中皆是清明，可偏偏口吻卻又不是那麼回事。

被他這麼一問，二皇子先是一愣，半晌之後才哈哈大笑，有些釋然般地說道：「六叔你說的對。」

「我可什麼都沒說。」陸庭舟搖頭，沒有接下他的話。

兩人並肩而行，二皇子轉頭問他。「六叔，現在這是要出宮嗎？」

「嗯，回府。」

陸庭舟在外人看來性子真的格外的寡淡，極少甚至是不參加任何形式的宴會。就連皇上偶爾設宴，讓他來，他都能三回才來個一回，可誰都拿他沒辦法。

二皇子知道，他就是這樣寡言的性子，並非刻意冷落自己，所以也不著急，有一句沒一句地開始說話，不過說著說著，就提到了過幾日的選妃上頭去。

「我瞧著幾個弟弟這些日子都不安分，聽說連上書房的課都不好好聽了。雖說咱們也不指望考狀元，可這書到底還是要看，學問該學的也得學起來。」二皇子自覺如今是哥哥了，少不得要指點一番。

可他這人最擅長的就是對不同的人說不同的話，要是真到那幾個弟弟跟前，又是另外一種說辭了。如今他也不過是想在陸庭舟跟前表現一番，好給這個六叔留個「我是好哥哥」的印象。

陸庭舟哪裡不瞭解他的性格？故只淡淡說了句。「讀書到底是枯燥，難免的。」

這話不冷不淡的，實在是讓二皇子覺得自己有些厚顏倒貼的感覺了，可兩人走在一處，他若是不說話，難不成還讓陸庭舟主動找話說？

「六叔，我聽父皇說，這回不僅是選妃，還要給宗室賜婚，說不定連咱們這樣的都有豔福呢！」二皇子嘿嘿一笑，頗有些當年一起上課，咱們一起看小黃書的猥瑣勁頭。

可陸庭舟卻看都沒看他。前頭就是宮門口了，這會兒都能看見停在外頭的馬車了。

就在二皇子以為自己這貼心的話又要被無視的時候，就聽陸庭舟突然開口了。

「我可和你們不一樣，我二十六歲才娶的媳婦，怎麼也要好好疼吧？」

這話說得太像是玩笑話了，可是他這說話的口吻又太認真了。二皇子長這麼大，都沒和陸庭舟這麼貼心貼肺地說過話啊！

其實他也只比陸庭舟小兩歲，大家小時候還一起結伴去過上書房，玩蹴鞠的時候也相互下過黑腳。不過那會兒，他敢和大皇子硬頂，就是不敢和陸庭舟硬來，一方面是因為陸庭舟是長輩，另一方面就是太后實在是太寶貝他了，他身邊伺候的人都是太后派去的，他要是回去後身上有一點青紫的地方，太后都要弄個明白。

有一回，二皇子還真不是故意弄的，就是兩人搶球時，他不小心一腳踢到陸庭舟的小腿上了，當場陸庭舟連走路都走不好了。太后不好找他這個親孫子麻煩，結果那會兒還不是貴妃的母妃，就因為一件小事硬生生被禁足了三個月，連佛經都抄了好幾卷呢！

所以小時候那會兒，他們這些和陸庭舟年紀相仿的皇子對陸庭舟那是又怕又嫉恨的。之所以妒恨，那是因為他比他們誰都要得父皇的喜歡。他們那時開始練大字了，父皇偶爾會心血來潮地讓人拿了他們寫的字過去，要是覺得好的，就會在上頭畫一個紅圈。結果不管哪回，都是陸庭舟的紅圈多，而且他的多還不是一般的多。別人一張紙上頂多有一個紅圈，可他一張紙上的大字，估計頂多只有一個是沒畫紅圈的！你說這些皇子能不妒恨他嗎？

小時候不懂事，什麼都愛表現在臉上，待漸漸長大了，才知道這位六叔還真得罪不了。所以如今每回見著，那就是客氣，特別的客氣。反正我們對你，那就是滔滔不絕的敬重！

其實他們兄弟之間誰都沒明白說過，可大家好像都有一個默契一般，那就是——任你怎麼拉攏朝廷裡頭的這些老臣，但誰都不能拉攏陸庭舟！

所以陸庭舟周圍就好像被劃了一道金鋼圈，閻王小鬼都不能近身。

即便這幾年陸庭舟經手馬市之後，逐漸參與朝中大小事務，但皇子們對他那還是一樣的——有事咱就談事，沒事我就好生供著你。

這會兒二皇子聽陸庭舟說了這樣的話，他是什麼感覺？那就是——你覺得那人就跟天上的神仙一樣，雖然他在紅塵之中，也和這些俗事沾邊，可咱最好就不要去煩他了，還是讓他好好地當他的神仙去。可是誰能想到，神仙有一日居然開口跟你說，我好不容易娶了媳婦，我得好好對她！

哎喲，這話說的！說真的，二皇子覺得就算是他父皇那樣跟他說，他都不會覺得奇怪。偏偏就他六叔這麼一跟他說，他突然就生出一種「你這是跟我掏心挖肺呀」的感覺。

「六叔果真是會疼人的，姪子應該跟六叔好生學學。」二皇子抱拳說道。

陸庭舟卻是一點也不客氣地點了點頭，還說了一聲。「這日子還久著呢！」

這會兒兩人已到了宮門口，二皇子看著他上了馬車，這才想著，他說的這最後一句話是個什麼意思啊？是說跟他學學的日子還久著？還是說……二皇子突然想起先前自己說「讓六叔你看笑話了」的話，莫非他指的是這個？這聽明人說話都說一半的，二皇子自覺也是個聰明人，所以乾脆自個兒在這琢磨起來了。

二皇子的正妃就是自己的親表妹，唐國公府的嫡長女，如今連嫡子都生了出來，這也是二皇子得意之處。他和大皇子可不一樣，他母妃出身高貴，如今又是權掌後宮的貴妃娘娘，比起大皇子那個如今只能依附著養母的人，他自覺自己不知強了多少倍。

可就恰恰因為他這樣的看法，那才叫大錯特錯。天家、天家，為何皇室會被稱為天家？陸這個姓是國姓，比起誰家來，陸家都是頂頂高貴的。古來講究的就是從父之法，大皇子就算生母出身卑微又如何？他是姓陸的，一出生就是皇子，那就是龍子鳳孫。不管他娘出身如何的不顯赫，只要他是皇上的長子，誰都不能小瞧了他。但二皇子的那些幕僚裡頭，就沒一個能看透的。

此時陸庭舟正坐在馬車上，齊心朝他看了一眼，覺得奇怪，王爺平日從不和這些皇子們交往過密的，怎麼今兒個竟和二皇子一塊兒出來？

「我讓你查的事情，查得怎麼樣了？」陸庭舟問道。

齊心笑了一聲，立刻說道：「王爺，您還真別說，成王爺最近真在外頭包了一個人，就養在櫻桃大街胡同那塊呢！那地界的房子可不便宜，估摸著得好幾萬兩銀子呢！」

「成王府一大家子就靠我三哥的例銀過日子，皇兄常年也沒個賞賜給他，要不是允琅這兩年有些出息了，只怕他連親王的體面都維持不了。」陸庭舟點了點頭，開口說道。

其實這些王爺的家底都在這裡了，皇上手裡頭有銀子就可勁地花，這些年又是修園子、又是建佛寺的，聽說這些日子，皇上又嫌京裡頭太熱，說夏季想去外頭避避暑。可是皇帝出行，那可是大事，光是隨駕的大臣和士兵都得不少人，更別提這些龍子皇孫了。

雖說是王爺讓自個兒去查查最近成王在外頭的事情，可是齊心這回卻發現了另外一件事，真是叫他不知該如何開口跟王爺說呢。

陸庭舟此時正睜開眼睛，抬眼瞧見齊心一副欲言又止的表情，便問道：「這是怎麼了？還有別的事情嗎？」

「王爺，是成王爺，他這回……」齊心想了想，還是頓了一下。他是從陸庭舟還年幼的時候就跟在身邊伺候著的，知道這位爺雖然年紀大，可是對這些事情的瞭解還真不多。齊心覺得陸庭舟就跟一張白紙一樣，到現在就謝清溪一人在上頭寫過字，而且估計這輩子也就這麼一個人了。「這回成王養的……是個男人。」齊心輕聲說道。

陸庭舟的臉色突然僵硬了一下，半晌才回過神，有些木著臉地看著齊心。

雖說陸庭舟對於京中這包戲子、養男寵的事情也有所耳聞，可成王到底是喜歡女人的，這些年來成王府就因為他那些女人，搞得是雞飛狗跳的，就連太后都三不五時地要把成王妃拉到宮裡頭批鬥一番，所以一聽到成王竟然養男人了，他臉色就僵硬了。

他如今對於情事自是瞭解的，每晚抱著謝清溪滾來滾去、翻來翻去的，那樣軟乎乎的小人兒，他張開手臂就能將她整個人都收攏在懷裡頭，可他再一想，要是抱著的是個男人……陸庭舟阻止了自己繼續往下想。

半晌後陸庭舟才又問。「那威海侯府那邊呢？」

齊心這會兒倒是知無不言、言無不盡了。「威海侯世子也算是個有出息的，如今在京吾衛當差，平日裡也沒什麼不良嗜好，秦樓楚館是從來不去的，就算在外頭跟人喝酒，去的也是尋常酒樓。」

陸庭舟一聽倒是笑了，沒想到他三哥那樣不著調的人，招的女婿倒是個好的。不過這回要不是端敏做下這等事情，他這個做叔叔的也不會這麼和她斤斤計較。

待他回到府上的時候，連前院都沒停，就直奔後頭正院去了。不過路過湯圓的院子時，忍不住問了句。「王妃今兒個是不是又把湯圓接過去了？」

此時跟在旁邊的是齊心的徒弟，叫蘇通。陸庭舟在皇城裡頭待了十幾年才出來，所以他用慣了太監，身邊伺候著的也多是太監。反正只要府裡頭缺人了，他就讓內務府送人過來。

蘇通立即道：「回王爺，娘娘一早送走了您，就過來領著湯圓大人回院子裡去了，今日湯圓大人也是在正院用膳的。」

蘇通是齊心在內務府親自選中的小太監。說來蘇通也可憐，像齊心是老家發大水逃出來的，後來實在是活不下去了，這才賣了自己，換些錢給家裡人的。蘇通卻是正經的老北京人，娘死得早，爹又娶了後娘，家裡頭足足有六、七個孩子。

蘇通底下還有一個親弟弟、一個親妹妹，可他爹基本上不管他們兄妹三人的死活。後娘原先是想將他妹妹賣了，後來蘇通進了宮裡，每個月的例銀除了孝敬上頭的太監管事，就是送出宮養活弟弟、妹妹了。再後來，齊心去內務府挑人，就選中了他。

原本王爺沒成婚那會兒，他就拿湯圓當寶貝，這會兒他大婚了，把湯圓從正院挪了出去，府裡頭一干人等還想著，喲，這位祖宗如今可算是失寵了！可誰承想王妃進門後，湯圓不僅沒失寵，居然比以前還得寵呢！王妃養牠就跟養兒子似的，不僅親手給牠餵食，還給牠做小衣裳，牠身上穿的那些料子喲，別說摸了，就算看都覺得貴重呢！

此時謝清溪正在教湯圓數數，她讓人做了一到十的數字，是阿拉伯數字。她原本是怕紙會被牠抓壞，所以特別讓人用木板製作，可恪王府的這些奴才吧，大概做事風格都隨主子一樣，她原意就是隨便弄個大小相同、方方正正的木頭板子就行，她再在上頭用毛筆畫上一到十的數字。可結果呢，下頭人送來的竟是上等黃梨木弄成的牌子，大小厚度都一模一樣，只有她手掌一半那麼大點，周圍還雕了一圈的花邊，這精緻的，讓謝清溪都有點不好意思在上頭寫字了。

不過這會兒她正教得起勁呢，狐狸這種生物可是極聰明的，要不然話本裡頭那些讀著聖賢書的書生，怎麼就能被千年狐妖給吸乾了精氣呢？

謝清溪倒是覺得有些可惜，因為湯圓是一隻公狐狸，就算變身那也變不成狐妖美女了。

「這是玩什麼呢？」陸庭舟一進來就看見謝清溪和湯圓兩人都坐在榻上，只是中間隔著個楠木嵌螺鈿雲腿細牙桌，上頭擺著一排木牌子。

謝清溪一見陸庭舟回來了，就跟獻寶一樣，趕緊對他招手，說道：「你快過來看，我們湯圓現在可聰明了，都會識數了呢！」

陸庭舟一走過去，就看見木板上是用毛筆寫著的阿拉伯數字，這些數字旁人或許不知道，不過他卻是認得的。

陸庭舟就在她旁邊坐下，一手摟著謝清溪的腰，眼神直勾勾地看著湯圓，似乎是等著牠表演呢。

作為一隻有自尊又十分養尊處優的狐狸，說實話，湯圓長這麼大，還真沒為了幾塊肉折腰過。

「湯圓，咱們給王爺露一手好嗎？」謝清溪摸了摸牠的腦袋，鼓勵地說道。

湯圓睜著一雙大眼睛，待謝清溪問道「五是哪個呀」，就見牠慢悠悠地伸出一隻小爪子，粉紅的肉墊都露了出來。

陸庭舟好整以暇地看著，難怪這幾日清溪神神秘秘的，一副「我背著你在做壞事」的表情，原來就是在合計這個事情啊！

待湯圓的爪子準確地落在了畫著「5」的木牌子上後，謝清溪便舉手歡快地鼓掌，一邊鼓掌還一邊故作雀躍地說：「哇喔，湯圓好棒！我們的湯圓怎麼能這麼聰明呢！」

陸庭舟倒是也有些意外，不過他隨後又想了想，湯圓是他親手養大的，都說近朱者赤，大概在他身邊久了，也學到了一點皮毛吧？

謝清溪見他一點反應都沒有，略有些不滿地用手肘抵了抵他，說道：「六爺，你該為牠鼓掌呀！」

陸庭舟沒說話，反而是轉頭盯著她看，問道：「為什麼突然叫我六爺？」

謝清溪看著他黑如深淵的眸子，還以為這稱號是個禁忌呢，趕緊解釋道：「我覺得咱們倆成親了，我若是還叫你小船哥哥，好像有些不大合適，所以想來想去，叫六爺最好。怎麼，你不喜歡嗎？」她小心地看了眼陸庭舟的表情，見他神色淡淡的，一如平常。

誰知轉眼間，她整個人就被他拉進了懷裡頭，下巴被扣住，鋪天蓋地般的親吻就壓了下來，在她唇舌間輾轉不停。

謝清溪被他親得暈頭昏腦的，陸庭舟放開她之後才問道：「我喜歡妳這麼叫我。」

謝清溪還沒反應過來，就見他摸著湯圓的腦袋誇道——

「不錯，跟在爺身邊這麼多年，總算是學出點模樣來了！」

謝清溪正要吐槽：明明是我教得好吧？

陸庭舟又接著說：「若是在你老家，你肯定就是你們狐狸裡頭最聰明的了！」

謝清溪傻眼了，這麼囂張好嗎？

謝清溪早已經吩咐了月白去膳房裡頭叫飯，這個點陸庭舟也該餓了。她見他累了一天，便讓人先端了熱水進來，親自給他擰了條熱帕子敷面。如今已經六月中了，京城裡頭熱得快，晌午出門的時候，頭頂上那大太陽能把人的一層皮肉給烘乾了。

她自然不會在大熱天出去，可陸庭舟在外頭做事，這進進出出的，指不定熱成什麼樣子呢！可他這人在人前永遠保持一副雲淡風輕的模樣，以前謝清溪極少見他，自然不知道他夏日裡是個什麼模樣，會不會是汗流浹背呢？

但依照謝清溪對陸庭舟的認知，她覺得他肯定是那種就算夏天裡都穿著規規整整的衣裳，且腰帶到荷包皆能一處都不搭配錯誤，便是在家裡頭都是整整齊齊的，不會叫你看見他一絲狼狽的模樣。

「如今屋裡頭已經開始放冰了。」陸庭舟看了一眼，這內室兩個角落中放著半人高的鎏金寶塔。

謝清溪一愣，她還特意讓人放得遠遠的，生怕被他察覺呢！不過回頭一想，定是有人同他告狀去了，所以她有些憤恨地說道：「定是有人同你打小報告了？」

「我這府裡的人從不碎嘴。」陸庭舟說得理所當然，不過這份理所當然的背後就是自信。

謝清溪瞧著他又問。「那你是怎麼知道的？」

陸庭舟覺得她這話問得有些奇怪，屋子裡頭放了冰塊，這麼明顯的事情還需要別人告訴他嗎？況且那兩個寶塔本就是用來裝冰塊的，裡頭是空心的，只是中間有個斷層，上頭放著的冰塊化了，水就能順著那斷層流到下面空心的地方去，到了換冰的時候，只管將寶塔抬出去，拿掉底下的塞子，水就會流出來了。

「我若是想知道，那必然是有法子。」陸庭舟故弄玄虛，又問她道：「妳這幾日要回去嗎？」

這會兒正好小丫鬟們提了膳食過來。謝清溪雖說在京城裡頭生活了不少年，可到底還是不習慣在炕桌上吃飯。待外頭丫鬟們擺好了膳食後，就進來請他們出去用膳。

「回哪裡？娘家嗎？這幾日沒什麼要緊的事情，況且我娘同我說，如今我剛嫁人，就不要老是回娘家了，免得惹人說閒話。」其實蕭氏的重點是「她剛嫁人」。

京城分成內城和外城，謝家和恪王府都在內城之中，其實算起來真正的距離也不過就是坐馬車一刻鐘罷了，要回家還真的挺方便的。

陸庭舟聽見她這麼說，淡淡地反問。「誰敢說妳閒話？咱們關起門來過日子，關外人何事？妳日後若是想回去，只管吩咐下去就是了，不必理會那等閒言碎語。」陸庭舟倒不是寬慰她，而是他自個兒便是秉持了這一生活準則。畢竟像他這樣二十六歲既不成親、也沒個身邊人伺候的，要是沒一顆強大的心，早被這些閒言碎語給壓死了。

「這可是你說的，要是以後誰敢在我面前嚼舌根，我就拿這話噎死他，只管說這是我們家六爺說的！」謝清溪捂嘴輕笑。

飯桌上總共就六個菜一個湯，她沒嫁過來之前，陸庭舟就是這樣的六菜一湯，她嫁過來之後還是維持原本的規制沒變，不過這每日吃什麼，卻是她自個兒親自吩咐的。

現在天氣也熱了，鍋子這樣的東西自然是吃不了，她讓人準備的都是清淡的菜，也就是這道正中間擺著的松鼠桂魚味重，肚皮去骨，拖蛋黃，炸黃，作松鼠式，最後淋上獨家秘製的醬料。

謝清溪前世就是江浙一帶人，所以她的口味是喜歡酸酸甜甜的，至於打小在京城長大的陸庭舟反倒不像是北方人的口味，吃食上偏清淡些。如今他們倆一塊兒吃飯，口味上卻是一致的。

陸庭舟在家裡從沒見過這道菜，他知道這是蘇州地區的名菜，只是不知自家那個做淮揚菜的廚子，這道菜竟能做得這般地道。

謝清溪看見他臉上滿意的神色，立即笑道：「咱們府上這個廚子的手藝是真的地道，我記得那時候剛回北京，管事的是我二嬸娘，我不喜歡吃這些京城的菜餚，可是又不好意思開口，結果你猜最後是誰發現我一點都不喜歡吃北方菜的？」

陸庭舟想了一下。「清湛。」

謝清溪這會兒是真驚訝了，連嘴巴都微微張開。陸庭舟對謝家人是瞭解的，可是他怎麼就能猜到發現這件小事的是清湛呢？

「岳父、岳母還有清駿本就是京城長大的，對於京城菜接受起來自然無礙；清懋是個嚴謹自持之人，他不喜歡的只會默默拒絕，卻不會提出來；唯有同妳一塊兒在蘇州出生的清湛，他性子跳脫，當時年紀尚小，心思也淺，大概覺得吃食這事只不過是順口的一句話罷了。」

謝清溪直接就服氣了，還真像他說的那般。她六哥只覺得吃食就是件小事，既然她不喜歡吃北方菜，那就不要吃好了，所以他在去給老太太請安時，老太太隨口問出「在家裡吃得還習慣嗎」之時，就直接說了句「我和六妹妹都吃不慣」。別提當時老太太、閔氏還有她娘的臉色有多精彩了。

謝清溪挾了一個蝦仁給他，佩服得五體投地。「六爺，請用。」

「不客氣，妳也吃。」陸庭舟也給她挾了一個蝦仁。

待兩人吃完飯，坐在榻上喝茶聊天的時候，湯圓就躺在謝清溪的身邊，她一邊伸手替牠順毛，一邊問道：「湯圓今年多大了呀？我聽聞狐狸可以活上幾十年的。」

謝清溪記得她三歲的時候，湯圓就跟在陸庭舟身邊了，如今她都十六歲了，估計湯圓最小都得十三歲往上加了吧？不過謝清溪看著湯圓這活潑的樣子，可一點都沒有那種「老子年紀很大了」的感覺。

「妳這兩日還有給牠做衣裳嗎？」陸庭舟沒回答，反問道。

謝清溪有些微怔，立即道：「如今天氣不是熱了嗎？我想著夏天就不要讓牠穿了，牠這一身的長毛都夠熱的了。等到冬天的時候，咱們再給牠做棉襖穿吧，到時候可以護著牠的小肚子不受涼！」謝清溪以前沒養過這樣的寵物，如今對湯圓，她簡直是盡心盡力。不過這會兒她突然想到一件事，便問。「湯圓會游泳嗎？我想著，夏天牠不是熱嘛，就給牠弄一個大木桶，裡頭盛滿水，到時候牠就可以玩水了。」其實是謝清溪自個兒想游泳，以前在謝家的時候是不敢想，可如今到了恪王府，她就覺得不管自己提什麼要求，陸庭舟都能應承自個兒。

陸庭舟看著她說這個、說那個的，就是一句都沒提關於端敏郡主和成王妃的事情。她這性子就是這樣，從來不記仇，別人存了心思害她，她擋回去就算了，從沒想過要報復回去。她這樣吧，好也不好，好自然就是她性子疏朗、心胸寬闊，尋常人根本不被她放在眼中；至於不好，那就是她這種不反擊的行為，落在別人眼中，或許就會覺得她懦弱，到時候有心人就會接二連三地在她背後給她捅刀子。

皇家之中，本就沒有什麼井水不犯河水的話，只要利益不對，昨兒個還和你聯手的人，今兒個就能順手捅你一刀了，這些事情實在是太尋常了，陸庭舟不願謝清溪瞧見這些齷齪的事情，可又想她能更警覺些。

不過首要的，卻是當今這樁。

沒過幾日，京城是真的熱鬧了起來，就在文武百官都準備著將自家今年參選的姑娘送進宮的時候，成王府卻鬧騰起來了。

也不知怎麼的，成王竟是命人打了成王世子一頓，據說還不是教訓而已，是真的要往死裡頭打的那種！後來要不是成王妃親自上去給兒子擋板子，只怕成王世子就真的被打死了。

這事一出，都不用細細打探，消息就滿天飛了。父子反目這種事，無非就是兩種可能——一是為了權、二是為了女人。陸允琅已是成王世子，說句不好聽的，他只需要坐等他爹升天就行了。第一條沒可能的話，那大家自然就想到女人上頭了。

就在眾人想著，是不是成王世子動了成王爺的女人，這才讓父子兩人鬧騰成這樣時，就有消息露了出來，說原來是成王爺在外頭養了個戲子，成王世子氣不過，找到了人，結果那人是個烈性子，當著成王的面就一頭撞死在柱子上頭了。

外頭鬧得沸沸揚揚的，這會兒成王兩夫妻卻是紛紛進宮，找皇上和太后說理來了。

先是成王在皇上跟前哭訴，說大半輩子了，沒承想臨了找了個貼心貼肺的人，居然被親兒子管到了頭上，就算是找遍大齊朝，都沒見過這樣的。

皇帝自個兒就不著調，先前被老道士禍害的，招了九十九個童女進宮伺候，如今身子骨越發不硬朗了，又開始轉性喜歡成熟的，覺得她們知情識趣，在床笫之間也能放得開。可是後宮之中，年紀大了的他嫌人老珠黃，稍成熟的他又嫌在床笫之間放不開。

結果這會兒來了個成王，竟玩起了養男人的花招。

於是皇帝開始教訓他。「你說說你，年紀也這般了，怎麼還做這樣的事情？允琅是個有出息的，我先前還想著讓他去遼關重開茶市呢，如今你把他打成這樣，這事還得另派人了。」皇帝未必就真想讓陸允琅去，這會兒不過就是這麼順嘴一說罷了。太醫早就去看過了，確實是下了狠手打的，聽說不在床上躺上個兩、三月，還真下不了床。

成王是個膽小的，一聽皇上這話，還以為是在責備他呢，趕緊跪在地上就是請罪。

皇帝讓人把他扶了起來，拿出兄長的架勢開始教訓他。「這孩子不知事，只管教訓了就是，可是動上板子，還將人打成這樣，你這也太……」他搖了搖頭。

然後，成王爺又開始哭訴了。

至於太后這邊，成王妃是哭得真心實意的。她就陸允琅這一個兒子，生得出息不說，早早就請封了世子爺，雖然後院還有幫不長眼的在蹦躂，但也無傷大雅。

可這回成王那是下了死手在打，要不是最後成王妃和世子妃拚了命地衝出去護著，只怕陸允琅這會兒被打廢了都是有可能的。

太后被她哭得不耐煩，不過這回陸允琅是真的傷得不輕。太醫去乾清宮回完話，就又被招到壽康宮回話了，反正說的都是一樣的——打得皮開肉綻的，沒個兩、三月真下不了床。

「妳也該管束著成王一些，若不是他在外頭胡作非為，父子之間何至於變成這樣？」太后一開口就是在拉偏架，這父子倆之間的事情，按著一般的倫理，那就是不管兒子有理沒理，反正最後有理的都是老子，沒理的都是兒子。可太后如今不說陸允琅的不是，反而責備起成王妃不該沒管住成王。

成王妃一聽這話，哭得更厲害了，一邊用帕子捂著眼睛，一邊帶著哭腔道：「太后，您又不是不知，王爺素來主意大，豈是我能管得住的？如今出了這等事情，王爺不僅要打死允琅，還說要廢了他的世子之位。太后，他這是要逼死我們母子呀！」成王妃真是人到傷心處了，哭得眼淚跟不要錢的一樣。

太后看著她這模樣，再苛責的話都不好說了，只得強硬地說道：「哀家和皇上都還在呢，這世子之位豈能說廢就廢？允琅是嫡出長子，他要是廢了允琅，立誰去？」

雖然太后不喜歡成王妃，可是在這問題上，她倒是和成王妃站在同一戰線上，那就是維護正妻的地位，維護嫡出的地位。

成王妃進宮來就是想探探太后的話風，如今聽了太后的話，一顆心已經落定，原本十分的傷心，就成了三分的作態。

待夫妻倆出宮的時候，嘿，還正好就在宮門口碰上了！結果誰都沒搭理誰，大家大路朝天，各走一邊吧！

結果當晚又傳來一個消息，說端敏郡主急著回家看望受傷的哥哥，出門的時候被門檻絆住，孩子沒保住，落胎了。

這事跟捅了馬蜂窩一樣，成王妃立即就去了威海侯家，也不知怎麼的，竟是和威海侯夫人吵了起來。

成王來看陸允琅的時候，屋子裡頭全是藥味，小丫鬟們都在外頭，裡頭就兒媳婦楊善秀一個人服侍著。

「父王。」楊善秀一見他進來，便起身請安。

成王看了眼躺在床上、面色雪白的兒子後，對她說道：「妳先出去吧。」

楊善秀先是看了陸允琅一眼。

結果成王氣得立即哼了哼，怒笑道：「難不成妳還怕我掐死這孽子不成？」

楊善秀沒說話，不過陸允琅給了她一個肯定的眼神，她立即道：「既父王想和夫君單獨說話，兒媳便告退了。不過父王要是有什麼要吩咐的，只管叫一聲便是，兒媳就在院子裡候著。」語畢她便退了出去。

外頭站了一片的人，世子夫人就站在最前頭，眼睛都不眨地盯著門口。

楊善秀嫁到成王府來後，就沒一日安閒的，要籠絡丈夫的心，還要對付難纏的婆婆。可當她看著門口的時候，目光卻格外的堅定。

成王知道，兒媳婦這番話既是在警告自己，她就在院子裡頭，讓他別輕舉妄動，又是在給陸允琅提醒呢！成王以前和這個兒媳婦接觸不多，如今看來，她也是個不能小覷的人。

成王就在他床邊坐了下來，父子兩人對望了一眼，他開口第一句話就是。「你妹妹滑胎了。」

陸允琅面露驚詫，忍不住想起身，可是只微微一動，劇痛就襲捲全身。

成王瞧著他這模樣，說不心疼那是假的，可卻又是心寒和心酸。

「這就是你結交皇子，莽撞行事帶來的後果。」

這話一說，兩人心底俱是一震。

陸允琅心想：原來我爹真不是個一天到晚就知道花天酒地的沒用人。

成王也心酸地想：要是我有用點兒，也不必這般下死手打兒子來逃避皇子們的拉攏了。

成王依舊淡淡地看著面前的兒子，好像方才提到女兒落胎的人不是他自己一般。

陸允琅的眼神漸漸地變了，從先前的平淡冷靜，漸漸地變得有點狂熱。

可成王卻抬頭看著他的背，說：「我像你這麼大的時候，也覺得自己有無限的可能，鬥志昂揚。不過你很快就會發現，你以為唾手可得的東西，其實只要你一伸手，就掉進了別人的陷阱裡頭。你以為自己可以將別人玩弄在手掌之中，事實上自己也不過是別人狩獵的獵物罷了。」

陸允琅看著成王，眼底剛剛燃起的那點狂熱，在他的話中漸漸消散。

「允琅，封王之人都是要就藩的。」成王淡淡地說道。

陸允琅這次眼神遽變，從剛剛到現在才第一次開口。「父王。」

「我知道若是到了封地上，你或許會心有不甘，或許會對我心懷怨懟，不過這事卻不是你能決定，甚至不是我能決定的。」從成王決定向皇帝投誠開始，他就徹底地放棄了手中的任何一點力量，成王府中甚至連像樣點的幕僚都不復存在。「我為何能留在京中，你想必是知道的，如今你六叔已經大婚，就藩之事遲早會被提上日程的。」成王說道。

陸允琅就是因為知道，所以他才會不甘心就這麼就藩！本朝為了防止王爺就藩之後擁兵自重，對於藩地的王爺管制得十分嚴格，至於這些藩王還能不能回京？只怕也就是等到太后或皇上駕崩吧。

陸允琅自然不想如同掃地出門般地從繁華的京城前往藩地，他出生在京城，長大在京城，這裡才是他的根，所以他不願走，也不想走。他周旋於大皇子和二皇子之間，如今皇上身體已是很不好，要是突然有一天就……到時候不管是哪位皇子登基，他都能保證自己可以留在京城。

只可惜，那日在茶市一事的議事會上，大皇子表現得太焦慮，被二皇子發現了端倪。他沒想到戶部侍郎居然會提名自己，雖然陸允琅也有一瞬的高興，可是轉瞬間，這高興就被大皇子興匆匆的話給打斷了。大皇子為何這樣蠢？

成王父子二人深切地談了一番，雖說成王依舊感覺到陸允琅心中還是不服氣，可如今他既然已經決定插手，就再不會任由事態發展下去了。

成王必須要保持中立。

要不然，到了萬不得已的時候，他也不介意換掉一個世子的。

待成王回了書房之後，就叫人傳了師爺過來。這個師爺並非幕僚，只是平日裡代他寫寫書信而已，如今他叫人過來，自然也是要吩咐事。

等他一見著這師爺，便吩咐道：「你想辦法替我跑一趟恪王府，儘量不要讓人發現。要是見著恪王爺，你就對他說，這回是我欠他的。要是沒見著，你就讓齊心給他帶句話——他的好意我心領了。」

這師爺平常沒替成王辦過什麼大事，估摸著最大的事情，就是過年的時候幫王爺代寫給皇上請安的摺子，這還是他寫好了，成王爺再謄抄一遍的。不過也就這事讓他明白，成王這輩子也就這樣了。好在這師爺也是沒有什麼雄心壯志之人，且成王府給他的俸祿豐厚，就連那些七、八品的京官都比不上。如今聽到了這事，深以為是了不得的大事，所以便趕緊去了。

第四十九章

翰林院雖說清貴，可到底只是做學問的地方，所以辦公衙門並不算大，幾十號人都在一處辦公，平日抬頭不見低頭見的。

此時翰林院的學士、侍讀學士、侍講學士都集中在一處議事呢，原本像他們這樣的人，也頂多就是偶爾碰碰面，何曾這麼正兒八經地坐在一起討論過事情？可這會還真有事情給他們討論，二皇子向皇上進言，說應該編撰一部大齊會典，編輯經史百家之言，以彰顯皇上的聖德。

其實編著巨著這種事情，翰林院的人都願意攙和，畢竟誰不願意將自己的名字青史名留？況且這回二皇子的提議是修纂類書，要集合經史子集百家之書，其中包括的便有天文、地志、陰陽、醫卜、僧道、技藝等，這可是一個極其大膽且極讓人振奮的提議，要是真的能參與到其中，那就是大大的功德一件。所以翰林院的這些文官一聽到消息就坐不住了，都想著要進宮向皇上進言，贊同二皇子這建議。

原本二皇子就是想拍拍皇帝的馬屁罷了，結果卻正巧拍到了這幫翰林的身上，一個個興奮得簡直不能自已了。

謝清駿來找蔣侍讀的時候，就見他一臉興奮。

謝清駿在翰林院已經待了四年之久，按著慣例他要是再熬上兩年，就能外放選官了。以謝家的權勢，謝清駿真是想去哪兒就去哪兒，就算他想去的地方沒官讓他做，吏部那幫人都能生生地給他挖出個位置來。蔣侍讀自然知道他的身分，不過像謝清駿這樣有家世、有背景，卻還能在翰林院裡頭靜下心來做學問的，還真的不多。所以就算一開始看不慣他，只覺得他不過是靠著父輩的威名才取得如今之成就的，但在接觸的過程中，也無不被他的人品所折服。

「恒雅，你可得到消息了？」

謝清駿是來給蔣侍讀送手稿的，是他先前要求謝清駿幫忙抄錄的一份古籍，這本古籍因在宮中，而他沒有足夠的身分頻繁進宮，便拜託如今在給皇子們講經略的謝清駿給自己抄錄一份。當初皇上任命謝清駿為上書房經略師傅的時候，朝中可是一片喧譁，這給皇子們講經略，年歲最小的也得三十出頭吧？可謝清駿不過才二十四歲就能得了這樣的差事，這些皇子要是以後誰有了大造化，那他可就是帝師了呀！

雖然這還只是一個微乎其微的可能，但總是存在著可能的，所以嫉妒謝清駿的人就更多了。不過人家向來就是人生贏家，大齊朝第一個連中三元的狀元，雖然後面因謝清懋的出現，他成為了唯二而不是唯一，可謝清懋中狀元的時候年紀比他當年中狀元的時候大。

「不知是何事？」謝清駿笑得溫文爾雅，一看就讓人心生好感。

蔣侍讀平日待謝清駿就不錯，又想著如果真的要修書的話，憑著皇上對謝清駿的態度，他怎麼都得是修書小組中的一員。

這歷朝歷代都會有皇帝主持的修書，前朝倒是有過好幾回，可大齊朝這卻是頭一遭。不過這修書的流程卻還是知曉的，到時候肯定會組織一個修書小組，組內設監修、總裁、副總裁、都總裁等職，負責各方面工作。

不過總裁這等級別的，怎麼都得是個大學士或是尚書級別的。

「皇上要組織修纂了，到時候咱們翰林院肯定是打頭陣的，不過這事如今還只是在商討之中。」蔣侍讀看了他一眼，笑說：「我知道以你的家世和如今的地位，在這翰林院裡頭苦熬實在是強人所難，可是這修纂可是流芳千古的好事，所以我看你這兩年就先在翰林院好生待著吧。」

謝清駿還以為他說的是什麼事情，原來竟是修書的事。前兩日，他進宮給皇子們講讀，結束之後便被人請到了乾清宮，皇上就說了此事。

謝清駿知道，自己的學問比起那些大儒來，自然還是未到家，可這修書確實是名傳千古的好事，況且和這些大儒在一處，他就算是打個下手都是好的。所以回去後，謝清駿就先和謝舫說了此事。

謝舫是內閣老臣，這朝中的大小事務再沒比他得消息更快的了。他原本就想到自家孫子肯定能占個位置，只是沒想到這消息竟是皇上親自告訴謝清駿的。

皇上這兩年脾氣是越發的古怪了，寵信的人不是和尚就是道士。說實話，皇上寵幸和尚還好些，就是這道士實在是太妖言惑眾了。

如今見著自己的孫子也頗受皇上的寵幸，謝舫這心裡頭吧，是五味雜陳呀！

此時謝清駿再聽蔣侍讀說起此事，就知道蔣侍讀這是想賣他一個面子，乘機拉攏自己。蔣侍讀如今都四十多歲了，還只是個翰林院侍讀學士，別的學士還有在別的地方兼任的，也就他，一輩子就只會做學問。不過，如今就連老學究都開竅了。

謝清駿立即拱手道：「恒雅在此先謝過蔣大人了，聽君一席話，勝讀十年書。此等修書大事實乃國朝之幸，吾等之幸運，若恒雅能有幸參與其中，也實在是恒雅三生之幸。」

蔣侍讀立即打蛇上棍，很是滿意地點頭，還安慰道：「你放心，你雖年紀輕，在翰林院待的時間也短，不過我會竭力推薦你的。」

「恒雅謝過大人。」謝清駿輕笑著回道。

修書之事不是一朝一夕就能定下的，不過二皇子既然提出了這意見，皇上又感興趣，朝中大臣就紛紛進言了。

大皇子這邊有些狗急跳牆了，陸允琅突然被成王打得下不了床，茶市的事情還沒撈到手裡呢，二皇子這邊就出盡了風頭。

如今天下太平，久無戰事，所以武官的地位自然是趕不上文官的。德妃娘家以前就是掌兵的，所以大皇子的一部分勢力就是在軍中。但是二皇子的母家是唐國公，國公府在京城裡頭可是頭一等的勛貴世家，結交起文臣來自然比大皇子這一系要容易些。

再加上二皇子想出這麼個好招討好朝中那些老臣，如今他們各個跟打了雞血一樣，就想要編書。畢竟這等名留千古的好事，誰不想參與其中？

這幾日，大皇子覺得大朝會結束之後，和二皇子打招呼的人都明顯多了起來。

於是他就讓一干幕僚趕緊想法子，要壓住二皇子的勢頭。

不過當即便有個人提到。「王爺，這成大事並非一時的意氣之爭，東風壓倒西風，西風壓倒東風總是有的。若回回都是咱們這頭獲勝，只怕連皇上心裡都會有想法。咱們之前便有說過，如今你同二皇子之爭，皇上之所以不問，那是因為聖上覺得你們是相互制衡的。」

「哼，本王是長子，與他相互制衡，豈不是笑話？」大皇子最恨的就是別人說他實力不如二皇子了，不就是有個勢大的舅舅而已！如今他在朝中浸淫了這麼多年，他就不信自己不如二皇子。

其實這個幕僚說的都是實話，只是有時候，實話總是沒那麼好聽。

待過了一會兒，眾人散了之後，就見有個人離開之後又默默地回來了。

大皇子此時還在書房之中，聽外頭人稟告說此人要見他，便又讓他進來了。

「陳先生，怎麼突然又回來了？」大皇子看著這位平日裡頗為沈默寡言的陳先生，有些意味深長地看著他。

陳先生坐在他下首，輕笑著說：「如今二皇子利用修書一事，在朝中占盡了風頭，殿下可想過走另一條路來奪得皇上的歡心呢？」

大皇子問。「不知先生所說的另外一條是哪條路呢？」

「後宮。」陳先生沈聲唸了這兩個字。

大皇子一聽便失笑了，他道：「如今只先生與我兩人同在，我也不怕同先生交個底，那位的性子可不是會被後宮人擺弄的。」

說實話，皇帝雖信奉這些神佛道教，可那是因為他自身有所求，希望長生不老，希望能永享天年。而對於後宮妃嬪，皇上一直以來的態度大家都看得清楚，要不然誰不懂得在後宮插上兩手？再說，宮中有德妃娘娘在，他自然也不用操心。

結果陳先生就輕聲說了一句話。

大皇子一聽是格外震驚，他盯著陳先生便問。「你說的可是真話？」

「此等大事我豈能有所欺騙？說來也是湊巧了，那些人一瞧便身手不凡，而且……」陳先生瞧了一眼外頭，才開口說道。「我派了身邊的婢女去看，那女子身上有皇上的物件。」

大皇子急急問。「此事確實當真？」

「最緊要的是，我瞧著那夫人珠圓玉潤，只怕是……」

陳先生沒將話說盡，但是大皇子卻明白他的意思——只怕父皇在外頭的這個女子是有孕了！

他有些猶豫地問道：「可要是把她接回宮，到時候萬一她生下龍種的話……」

「不過是個女子罷了，初入宮闈，這孩子保得住保不住還未可說呢。況且此女如今還是他人婦，到時候朝中必是議論紛紛，修書一事自然就會淡下來，王爺也可以就此做出安排，若修書之事再被提起，王爺也可以安排自己的人進入其中。」陳先生說得頭頭是道。

大皇子一聽，只覺得這辦法可行。這修書沒個幾年是看不出任何成效的，可這皇子在娘親肚子裡頭只能待十個月，到時候這事勢必會在朝中引起非議。

只是，大皇子沒想到皇上如今還好這口。

其實皇上最近出宮的次數確實是頻繁了些，後宮諸人的眼睛也都沒有瞎。太后不管，那是因為她懶得過問了，左右皇上再出么蛾子，也就那樣罷了。

可後宮女人心思多，特別是文貴妃、德妃還有成賢妃這樣的妃嬪，兒子已經在外頭開府，又有銀子又有人手的，想要調查自然是輕而易舉。

結果一調查，居然發現皇上是在宮外和人有了情事，而且這女子還是個嫁了人的！

文貴妃得知時，一口血差點都嘔出來了。這後宮有多少黃花大閨女、多少出身高貴的女子，結果呢，皇上偏偏要去招惹一個嫁過人的二手貨，如今甚至還有了身孕。

這事情鬧出了是真的不好看，所以原本誰都想著先捂著，待找個機會就弄死了人。

可誰承想，這外頭竟開始有風言風語了！

皇家的熱鬧誰都願意瞧，況且又傳得這樣有鼻子、有眼睛的。

謝清溪聽到的時候，第一個想法就是——事情鬧大了。

她不好問陸庭舟，畢竟那位再怎麼說也和他們謝家沾著親呢，說出去多丟人?!

結果沒過兩日，陸庭舟回來就和她說「只怕那位夫人要進宮了」。

那位夫人。雖然京城都在談論著這件事，可是誰在提到了林雪柔的時候，都還是習慣用這四個字替代著。

謝清溪還是回了一趟謝家，雖說她已是低調出行，不過恪王府華麗的翠蓋珠纓八寶車行駛在街道上，還是引來不少路人的視線。待到了謝家的時候，門房上的人一見上頭恪王府的標誌，便知道是出嫁的六小姐回來了。門房上的人立即去夫人院子裡稟告，另外的人則是趕緊上前伺候。

謝清溪下馬車時候，看了一眼面前熟悉的謝府，這是她的家，這裡面住著她最重要的人。待她扶著朱砂的手走到門口的時候，卻是沒來由一陣心酸。

進去後，她就直奔蕭氏的院子。此時許繹心正巧在院子之中，她已經有了六個多月的身孕，肚子早已經鼓起來了，因她身材纖細，挺著這樣大的肚子，倒是讓旁人都替她累得慌。

許繹心見謝清溪突然回來，知道她肯定是有事要和蕭氏說，所以打了招呼之後，便讓人扶著自己回了院子。

蕭氏一瞧見她便問道：「怎麼突然回來了？妳也該先派人來跟我說一聲的。」如今謝清溪就算嫁出去了，可是她依舊擔心得很，總是擔心她受委屈了。即便陸庭舟事事都為她考慮，可男人總有看不見的地方啊！

謝清溪知道蕭氏這是怕她受人非議，她是個守規矩的人，一輩子做事從不越線，偏偏生了這幾個孩子，除了謝清懋性子像她之外，其他三個孩子各個都是不省心的。

蕭氏拉著她在自己身邊坐下來，細細打量了一番，小臉紅潤，瞧著確實挺好的。

「我回來想和娘商議些事情的。」謝清溪挽著蕭氏的手說道。

蕭氏有些奇怪，什麼事情值得她這樣興師動眾地回來？不過隨後她稍微一想，便問道：「妳是不是擔心妳表姑的事情？」

「看來妳也聽說了，那父親和祖父呢？」謝清溪急於知道謝家對這件事的態度。

林雪柔的事情，她總覺得太奇怪了。就算林雪柔確實是跟隨丈夫上京的，可她究竟是怎麼和皇上認識的，又為什麼這件事會在這時候曝光出來？

「林雪柔是姓林的，和我們謝家有什麼關係？」蕭氏不在意地說道。在她看來，林雪柔此事不過是皇上的一件風流韻事罷了。皇上登基至今，這樣風流的事情難道還少嗎？

「可是妳忘記謝明嵐的事情了嗎？」謝清溪輕嘆一聲。並非她多想，一個久久不得志的人若一朝翻身，卻突然遇見接濟過她、也看見過她窮酸模樣的人，有的或許會心懷感激，可是更多人卻是選擇漠視，甚至還會仇視。

「妳四姊如今都嫁到安陽侯府去了，安陽侯府可是成賢妃的娘家。成賢妃執掌宮權這麼多年，我想應不會怕了一個連宮妃身分都還沒定下的女子。」蕭氏不在意地說道。

其實蕭氏想的也沒錯，就好像她這些年來一直都在後院獨大，不管妾室再如何得寵，可那不過就是爭些吃食衣裳的事情而已，壓根兒動彈不得她地位的分毫。

但是蕭氏卻忘記了，成賢妃能掌握宮權並不是因為她的身分，而是因為這宮權是皇上給她的，所以皇上既能給她，就能隨時收回去。這和蕭氏掌握著謝家後宅指揮權是不一樣的，所以她可以輕視林雪柔，成賢妃卻不能。

「王爺說，她可能會進宮，甚至位分還不低。」謝清溪緩緩道。

蕭氏看了她一眼，有些不敢相信地說道：「這林氏可是已婚之人，怎麼能——」不過她隨後就停住了，因為她想到了歷史上那些有名的二嫁女人，漢朝武帝之母王娡、唐朝的武則天、楊貴妃，這些女子都是二嫁之人，而且各個都有翻天覆地之手段。但蕭氏還是搖了搖頭，說道：「咱們謝家也不是能隨意被人拿捏的，她不過是後宮的妃嬪罷了，要想動妳祖父這樣的內閣大臣，那就是癡心妄想。」蕭氏知道她所擔心的，不過許久之後，反倒是突然一聲輕笑。「妳未出嫁的時候，日日就想著怎麼和清湛兩人玩耍，如今妳嫁人了，也開始懂得為家裡頭考慮了，不過妳哥哥卻還是個小孩子。」

「我這回會回來也是王爺的意思，林雪柔來京城這麼久了，卻從未來見過爹爹和娘親，可見還是對當年之事耿耿於懷呢！」謝清溪鄭重地說道。

蕭氏倒是同意她的說法，若林雪柔真的記得當初謝家對她的收留，那她一到京城就該上門拜訪了。好在蕭氏如今閱歷足夠豐富，這樣恩將仇報的事情她倒是也能看得開。最緊要的是，謝家並不是紙糊的，不會因為一個女人就輕易地倒下。

「妳今兒個在家裡頭用膳嗎？」蕭氏問她。

謝清溪理所當然地點頭，立即便說道：「那當然了！我還沒瞧見大哥哥、二哥哥還有六哥哥呢！」

此時站在旁邊的秋水便是歡快地說道：「有六姑娘在，太太總算不用一個人用膳了！」

「難道現在連陪娘吃飯的人都沒了？大哥哥他們呢？為什麼不來同娘一起用膳？」謝清溪忍不住著急地說道。

她出嫁之前，家裡頭還都是在蕭氏的院子裡吃飯呢，每天她都和兩個嫂子陪著蕭氏等著謝清駿他們回來，那樣的歡聲笑語，如今卻只有娘一個人孤孤單單地用膳。

謝清溪看著蕭氏，眼眶一下子就濕了。

蕭氏趕緊勸她說：「妳別聽秋水胡說，妳大哥哥和二哥哥都有了家庭，況且兩人都有了孩子，是我讓他們回自己院子裡頭吃飯的。妳可有瞧見妳爹爹日日到老太太跟前吃飯呀？至於妳六哥哥，天天一身臭汗地回來，又那樣吵吵鬧鬧的，我實在是嫌他煩，就讓他也回了自己院子吃飯。」

「那爹爹呢？」

謝清溪目光灼灼地看著她，這樣的眼神讓蕭氏都無法直視。

「我知道爹爹做錯了好多事情，他不該給江姨娘那樣的榮寵，也不該那般縱容四姊姊。我知道娘妳恨爹爹對她們一次又一次的退讓，可是人這一輩子不可能都不犯錯的啊！從我記事開始，爹爹不管每天多累多晚，他都會回來陪我們吃飯。在蘇州的時候，娘親生病昏迷了，是爹爹不假他人之手，親手照顧妳的。為什麼娘妳這麼寬厚，就不能再原諒他一次呢？」謝清溪眼淚模糊地看著蕭氏。

其實謝明嵐的事情一發生，她也對謝樹元很失望，認為謝明嵐都這般做了，他卻還是一次又一次地為她補救，他根本就從沒在乎娘。可後來想想，她的爹爹是個習慣將所有的孩子都保護在羽翼之下的人，即便這個孩子是個不聽話的，可那還是他的孩子，所以他沒辦法狠下心來，才一次又一次地心軟，一次又一次地保護她。

謝清溪永遠不會和謝明嵐和解，可對於謝樹元，這個一直以來她所敬愛的、深愛的父親，她只希望蕭氏能原諒他。

「清溪，妳不懂的。」蕭氏看著女兒閃爍的淚光，不由得輕聲笑了一下。這孩子素來就多情敏感，明明不是她的事情，卻還哭得跟個淚人兒一般，這會兒都已經是高高在上的王妃娘娘了，可在自己跟前還是想哭就哭，像個孩子一樣。「傻孩子，妳哭什麼呢？」蕭氏摸著她的臉，可是心裡頭卻溢出了暖暖的情緒，擠得心窩子都是滿滿的。這輩子有個這樣貼心貼肺的閨女，也不枉她來人世間走一遭了吧？

謝清溪這時真是止不住地哭了，她想起從前那樣的熱熱鬧鬧，在蘇州的時候，她想去秦淮河畔玩，可蕭氏死活不同意，說那不是好人家的姑娘能去的，結果她爹把她打扮成小公子模樣，領著他們兄妹四人，一溜煙地就去逛秦淮河了。

河裡的蓮花燈一盞連著一盞，遍布了整個河道，那時候謝清溪也在河邊放了一盞河燈。謝清湛的性子最是大大咧咧的，放著蓮花燈，許的心願竟還大聲唸了出來，全被他們聽見了。

那時謝清湛問她，許的是什麼心願？謝清溪愣是沒說，謝清湛還擠眉弄眼地笑她說，不會許的是以後能許個好婆家吧？那時候謝清溪才多大點，七、八歲的孩子，因此謝樹元氣得差點提著他的後衣領，將他扔進秦淮河裡頭去。

結果後來回去的時候，謝樹元揹著她走，就偷偷地問她，許了什麼心願。

謝清溪一邊摟著他的脖子，一邊盯著夜幕中的點點繁星，輕聲說「我希望咱們一家能永遠快快樂樂地在一塊兒」，謝樹元咧著嘴笑著哄她說「只要我的小閨女想，那就能實現呢」。

等回到家的時候，就看見蕭氏領著人在門口等著他們，一向在外頭甚有官威的謝樹元一瞧見她，就立即輕聲求饒，說「在孩子跟前給我點面子」，偏偏他說的聲音一點都不小，那時候謝清湛第一個大聲笑出來，他們笑著笑著，蕭氏也突然璀然一笑，原本的惱怒就煙消雲散了。直到如今，謝清溪依舊還記得當年的星空下，她娘笑得那樣的好看。

謝清溪看著蕭氏說：「我希望妳能原諒爹爹，是因為我希望娘親還能像在蘇州時那樣的高興，活得開心，我不想看著娘親以後孤孤單單的一個人。」

「人這一輩子哪能就一直開心著呢？不過娘有你們在，不知道有多開心呢！」蕭氏拿出帕子替她擦了擦眼淚，哄道：「怎麼還像個孩子一樣哭呢？要是被王爺瞧見該笑話妳了。」

「那妳能原諒爹爹嗎？」謝清溪從小就是轉移話題的高手，所以這會兒她可一點都沒受到蕭氏的影響，反而是繼續問道。

蕭氏有些窘然，顯然是不大想再談這個問題，只說道：「如今娘都是當祖母的人了，哪有這樣多原諒不原諒的？」

就在謝清溪露出一點兒欣喜的表情時，就聽她說——

「娘這輩子和妳爹爹就這樣吧。」

只願下輩子再不遇見了，這樣就不會再愛上騎在高頭大馬上的那個英俊男子。

那是蕭婉婉一輩子做過最膽大、最越軌的事情，就是在得知她的夫君要遊街的時候，帶著丫鬟偷偷地出門，站在大街上看著他遠遠地騎在白馬之上，那般英俊挺拔，周身浸潤在一層金色的光圈中。

我的良人，他是這世界上最英俊，學識最淵博的人……

謝清溪留在家中吃飯，謝清駿他們原本是要過來吃飯的，卻被蕭氏派人勸阻了回去，只說她想和謝清溪兩人單獨說說話。

待謝清溪起身離開的時候，外面已是黑幕降臨，頭頂星空早已經閃爍著點點繁星，兩個丫鬟提著八角宮紗燈走在前頭。

在轉角的時候，謝清溪看見一個長身玉立的人站在花園的路口處，他孤身一人，手中同樣提著一盞宮紗燈。

「大哥哥！」謝清溪朝他看了一眼，便立即叫了出聲。

謝清駿提著宮燈走了過來，前面兩個丫鬟趕緊讓開，直到他走到謝清溪的跟前，笑說：「現在是要回去了嗎？」

「嗯。你一直在這裡等我嗎？」謝清溪咬著唇，有些顫抖地問道。

「我送送妳吧。」

謝清駿的聲音很平淡，可是謝清溪聽了卻暖到心底。他依舊還是最喜歡她，也是她最喜歡的大哥哥。

「前路黑暗，王妃娘娘一定要小心些。」謝清駿微微轉頭，看著她認真地說道，手中的宮燈閃爍著點點光亮。

謝清溪聽他叫著「王妃娘娘」，心中一顫，待許久之後，她才微微點頭。

謝清駿走在她微微靠前的地方，宮燈照亮著前頭的路，在穿過茂密樹木遮擋的道路時，天上星光雖亮，但被樹蔭遮擋住，前頭是一片漆黑無比。

謝清駿提著宮燈，領著謝清溪一路走過，行走間只聽見眾人衣衫沙沙的聲音。

直至走到出口時，瞧見前面迴廊下點燃的燈光，將黑夜照成永晝一般的光亮。

「雖前路艱難，但永遠會有人為妳掌燈。」謝清駿回頭看著她，英俊清朗的面容在黑夜中竟散發著耀眼的光輝。

謝清駿領著她一直往前走，待終於走到門口時，只見臺階之上，穿著錦袍的男子正遙遙看著他們。

對面緩緩而來一行人，走在最前頭執燈的是個年輕英俊的男子，落於男子身後一步的，則是他此生最愛的女子。陸庭舟單手揹於身後，眼睛一眨也不眨地看著謝清溪緩緩而來。

此時謝清溪跟在謝清駿的身後，笑顏淡淡，她抬頭看著對面的人，明亮的眸子中早已染上溫柔。她的面容恬淡又安靜，夜空之下，月光的清輝灑在屋簷牆壁之上，周圍懸掛著的燈籠，將這一片黑暗驅散，照成猶如白晝般的光亮。

謝清駿腳步微頓，身後跟著的丫鬟、僕從也都紛紛停住腳，只餘下旁邊穿著鵝黃色薄紗的女子踏上臺階，一步、兩步地走到他跟前。

「你怎麼來了？」謝清溪的話語雖是驚訝，卻也有掩不住的驚喜。

陸庭舟看著她，輕聲說：「來接妳回家。」

謝清溪低頭淺淺一笑，這一世有個人能站在妳跟前，同妳說「我來接妳回家」……她發現，她已得到了這世間最好的男人。

「好，我們回家。」謝清溪伸出一隻手，輕輕地牽起他垂落身側的手掌。她轉身看著謝清駿，輕聲喊了聲。「大哥哥。」

謝清駿此時也走上了臺階，一陣晚風吹拂而過，他手中的宮燈轉了一圈，上頭繪製的美人如同鮮活了起來一般。

「我走了，你要好好照顧娘親呀！」謝清溪只說了一聲，還想說別的，可是此時到處都是人，她也不好再說，反正以後還有機會。

待兩人要走時，謝清駿將手中的宮燈遞給陸庭舟，輕聲說：「外面天黑了，拿著吧。」陸庭舟低頭看了一眼手中的宮燈，接過之後，抬頭看著對面的謝清駿，輕聲說道：「謝謝，我們走了。」

謝清溪跟著陸庭舟離開，在穿過大門走到停在外面的馬車時，回頭看了一眼身後的謝清駿。夜幕之下，他置身一片光海之中。

待兩人上了馬車之後，陸庭舟仔細端詳了她的臉，半晌才問。「下午哭過？」

謝清溪如今對於陸庭舟種種非常人的表現，早已經習以為常了。她看著陸庭舟，點了點頭，說道：「想起了從前的事情，和我娘說著話，就突然哭出來了。真丟臉，這麼大的人了還哭鼻子。」

陸庭舟盯著她看，向來溫和清冷的面容此時帶著難得的溫暖，聲音有微微的詫異，問。

「想起以前的什麼事情？」

「就是在蘇州時候的事情。」謝清溪看著陸庭舟，可是在看見他清明的眸子時，突然開口說道：「其實今天我做了一件自己也不知道對不對的事情。」

陸庭舟知道，她肯定是心中有所疑問，才會在此時說出這樣的話。他伸手握住她的手掌，這才發現在這暖暖夏夜之中，她的手掌竟帶著一種徹骨的寒冷。

他心頭一驚，轉頭看著謝清溪。

謝清溪也轉頭看著陸庭舟，說：「你知道嗎？我近日來總是心緒不寧，昨日你同我說林雪柔可能即將入宮，這種不安的感覺就更加強烈了。」就像是你明明能感覺到這周圍巨大的陰影正慢慢將你覆蓋在其中，可如今這片陰影還沒籠罩在你的頭頂上，所以你尚且能享受一片安寧。此時傳入耳畔的是循序而有節奏的車輪碾壓地面的聲音，面前的是觸手可及的陸庭舟，可她總有一種下一秒這一切都將不復存在的感覺。

陸庭舟感覺到她的雙手都在顫抖，他抬頭看著不安的謝清溪，知道這詭譎的時局讓她心神不寧起來。

車內陷入一片沈寂之中，誰都沒有開口說話，可聞的僅有那輕柔而又緩慢的呼吸聲。最後陸庭舟握著她的手，堅定地說道：「不管這時局如何變幻，我都不會讓妳受傷害的。」

謝清溪抬頭，一雙水眸搖曳生輝，她緩緩搖頭說：「你相信這世界上，有人真的能感受到另外一個人的安危嗎？」

陸庭舟緊緊地盯著她看。

謝清溪卻是垂著眸，說：「我擔心的是你。」你要小心啊！

其實謝清溪也是在這兩日才感覺到心頭不安的，並不是出於對現在生活的不滿，而是出於對未知的不安，這種忐忑猶如夢魘般隨時能襲來。這樣的不安，她只感覺過一次，就是當年陸庭舟驚馬之時，所以她才會在此時說出這樣的話。都說女人的第六感是最準確的，她害怕那萬一，不願看見任何萬一出現在陸庭舟身上。

陸庭舟輕笑一聲，摸了摸她的臉頰，說道：「這世上想讓我死的人或許真的有不少，不過我的命誰都拿不走。」

他說話的聲音並不大，可卻讓謝清溪莫名的安心。

太后看著面前的人，慍怒已染上臉頰兩側，最後她忍不住怒問道：「皇上這般行事，可曾想過自己的聲譽？皇上這些年來寵幸妖僧逆道難道還不夠嗎？如今竟還要讓那樣的女人進入後宮之中？」

皇帝的面色有些蒼白，英俊的臉頰因為眼底浮現的青灰色而露出一絲不健康的病態，而眼眸之中竟是陰沈之色。他似有些疲倦，聲音倒還頗為和煦。「她不過是個可憐的女子罷了，如今又懷有朕的皇子，母后為何就容不得她呢？」

太后聽到他這狡辯，猶如在油鍋之中傾倒了清水一般，盛怒的心情立即炸開，她伸出手指著皇帝，半晌才道：「哀家不求皇上做盛世明君，可皇上如今難道連最後一點名聲都不想保存了嗎？這麼多年來，皇上一樁樁、一件件地做下這等事情，就沒考慮過身後名嗎？」

大概太后的最後一句話刺激到了皇帝心中最隱秘的事情，這件事雖過去二十幾年了，可是他仍噩夢連連，甚至根本都不住在奉先殿中，而是居於乾清宮，只因奉先殿是先皇生前所居住的宮所，他一閉上眼睛彷彿就能聽見周圍慘叫的聲音。

皇帝霍地站起身來，他沒看向太后，而是朝著前頭看，憤怒地說道：「什麼身後名？朕是天子，這天下都是朕的，朕難道連自己的女人和兒子都保護不了嗎？」

太后訝然地看著憤怒得有些異常的皇帝，半晌之後才喃喃道：「你被那狐狸精勾了魂魄不成？皇上如今有十一位皇子，後宮之中還會有宮人懷孕，這些才是真正的龍子鳳孫，而不是那個父不詳的孩子。」

皇帝看了太后一眼，似乎不明白她所說的「父不詳」是何意？

太后自然也注意到皇帝的表情了，只冷哼了一聲，道：「若單單只是寡婦，哀家還不至於反對至此，可這林氏是有丈夫的，甚至如今和丈夫都未和離，可皇上卻偏偏同她有了私情，還有了孩子……」一想到這裡，太后又是一陣冷笑，冷然道：「還不知這孩子究竟是誰的種呢！」

林雪柔若只是個寡婦，就算是進宮，也無非是名聲難聽罷了，百姓對皇帝也不過是一句風流的評價。可如今林雪柔還是別人的妻子，若皇帝的身分不是九五之尊，與他人妻子通姦，便是被浸豬籠都是可能的！但現在他還要光明正大地接這女人進宮，這不是奪人之妻嗎？這天下之尊，廟堂之上的九五之尊，居然要生生奪人妻室，實在是太有違倫理！所以不僅太后憤怒，就連朝中的大臣都紛紛反對。雖說後宮之事本是皇上的家事，皇上要納誰那也是皇上的事，可如今關乎到聖上的名聲，那就不再只是單純的皇帝家事了。

皇帝聞及此言，臉上驀地陰沈了下來，若非面前站的是他的親生母親，只怕他早已經讓人將她拖了下去。

皇帝咬著牙，冷冷說道：「林氏自與朕情投意合以來，便一直住在朕所賜的宅子之中，周遭皆是朕派過去的人，太后覺得兒子已經糊塗至此，還能自個兒混淆了皇室血脈不成？」

太后冷眼看著他，只不退步，怒道：「不管她是不是懷了皇上的血脈，哀家都不准她入宮！若皇上實在捨不得這孩子，到時候孩子生下來之後，一杯酒送林氏上路便是了。」

皇帝冷冷地看著太后，問。「母后，真要逼迫兒子至此？難不成連兒子這點小小的念想，母后都不願成全？」可皇帝這句本該溫情的話，卻被他森冷的語氣染上了一抹決絕。皇帝久居帝位，聽慣了朝中大臣的俯首稱臣，這回卻在這件事上一再地被人非議，那幫朝中酸儒的摺子，跟雪片一樣地飛上他的案頭，都是在勸他不可為了一個女子而污了帝王聲譽。

可若皇帝真的是這般就能被勸阻之人，這些年來就不會一意孤行至此了。

太后此時有些苦口婆心地勸道：「先前皇上寵幸那些奸佞小人，哀家總不過問，可如今這事關著皇上的聲譽，皇帝你讓哀家如何能看著你的聲名因那樣的女人而受污？你不要再讓母后失望了。」

皇帝只冷冷地扔下一句話。「看來，這次朕注定還是要讓母后失望了。」

太后插手此事的消息還是走漏了出來，就在朝中大臣皆認為皇帝此番定會聽從太后的意見時，卻聞皇帝已派懷濟前往林氏所在的宅邸，還召了欽天監的屬官，似乎在詢問近些時日裡的吉日。而且皇上還召了內務府的太監總管，讓他將宮殿迅速地收拾出來，一應的擺設用例都按著貴妃的分例安排。

如果說懷濟出宮還只是在眾人心湖中扔下一顆小石子，那麼皇帝親自吩咐以貴妃分例重新擺設宮殿時，那就是明晃晃地在告訴眾人——這件事朕說了算！

而且他不僅說了算，他還要給這個人人都覺得卑賤的女人後宮裡最高的位分，他要讓那些對他指手畫腳的朝臣都看著這個女人高高在上，讓那些自以為是的貴婦以後都跪拜於她的腳下！一想到這樣的場景，皇帝就覺得打心底的痛快。你們不是不讓朕做這樣的事情嗎？朕偏偏就要做，而且朕不僅做了，朕還要讓全天下的人都看見！

皇帝就像一個惡劣的孩童，和天下的人開了一個並不好笑的玩笑。

文貴妃聽聞這個消息時，險些昏倒在宮中。她出身一等國公府，生育了二皇子，在宮中苦熬了十數年才終於成了貴妃，可那是個什麼東西？不知道從哪個犄角旮旯鑽出來的東西，還是個嫁過人的破敗身子，如今居然一入宮就是貴妃?!

她此時已被人扶著躺在床榻之上，眼神空洞地看著頭頂的帳幔，那精緻的刺繡諷刺般地刺痛著她的眼睛。

大皇子聽到這個消息的時候，坐倒在櫻桃木椅上，有些茫然地看著面前。他一手在京中放出消息，擾亂了這一城，當初只是為了不讓二皇子出風頭這樣可笑的理由，可如今事情卻朝著他也無法掌控的方向而去，那女子居然一入宮就是貴妃娘娘！

此時陳先生就站在大皇子跟前，他以前是寧王府的幕僚之一，不過只是個小角色而已，可如今卻深受大皇子的信任，這不，殿下一回來，就將他宣了過來。

「如今父皇竟是要許她貴妃的位置！」大皇子坐在椅子上許久，卻又突然蹦了起來，神色中又是狂喜、又是惋惜，忍不住看著旁邊低眉垂眼的人。「你覺得咱們如今要做什麼？」

「皇上既能許林氏以貴妃之位，那不論是後宮還是朝堂之中，定然都是一片喧譁。而後宮之中，本以文貴妃位分最為尊貴，如今陡然又來了一位貴妃娘娘，後宮權柄勢必將重新洗牌，所以咱們這次的布局，不僅成功掩蓋了二皇子近日的風頭，甚至還能進一步直逼二皇子的根基。」陳先生不緊不慢地說道，語調平緩疏朗。

大皇子聽得不住點頭，臉上的狂熱更甚。「根基，二弟的根基！」

陳先生呵呵輕笑，說道：「殿下本是皇上長子，如今中宮無后，國本無嫡，那麼便該立長子，但二皇子一派卻老以二皇子出身尊貴為由支持，但這理由實在可笑，殿下和二殿下是因皇子而尊貴，不是因為母族而尊貴。如今有個這樣出身的貴妃娘娘，二皇子一派所依仗的不過就是笑話而已。」

大皇子聽了這樣的話，恨不能給他鼓掌叫好了！這個陳先生的每一句話簡直都是說到了他的心坎之中。

「如今殿下只需要讓二皇子自亂陣腳便是，到時候他若是沈不住氣去找皇上，殿下這次便是全勝了。」陳先生滿意地笑道。

大皇子點頭，明白他的意思。

次日，欽天監定下了日子，七月初五乃是近日大吉之日。偏偏此時，內務府又要承辦選妃之事。

文貴妃本是此次選妃的主事，可她卻突然病倒了。更讓人奇怪的是，皇帝不僅沒有去看望文貴妃，反而讓德妃和成賢妃兩人共領此次的選妃之事！此次是七皇子、八皇子、九皇子以及十皇子四位皇子需要選妃。

皇帝這邊還讓禮部擬定了親王封號送上來，看來是要給幾位皇子封王了。

此時正好陸庭舟因工部之事進宮來面聖。今年工部要修建河道，只是皇上卻要拿銀子重修長明宮，而且還要以沈香為樑、金絲楠木為柱。長明宮乃是紫禁城中最大的宮殿之一，如今要在這樣的宮殿上如此的豪奢，花費之鉅只怕是不能想像的。更何況，按著皇帝的想法，還要以金漆和金片修飾，到時候再加上珍珠、寶石等各種材料，只怕得耗費數百萬之多。

工部早在去年就派人去量查過了，黃河沿岸不少河道都要沖洗挖掘淤泥，要不然今夏若是再有大範圍的降雨，只怕黃河又得發大水了，這可是關係到幾十萬百姓的生計問題。

「皇兄，長明宮久未有人居住，稍微修繕亦可，若以這等豪奢的材質重新修建，只怕耗費極鉅，且工部尚書早前已經上書言明黃河沿岸不少河道又堵塞嚴重，實在是不能再拖延下去了。」陸庭舟說道。

皇帝略皺眉，似是有些不滿，半晌才道：「朕先前瞧過戶部的帳面，就算是同時修繕長明宮和修建河道，這錢糧都是足夠的。朱典這個戶部尚書究竟是如何當的？國庫這樣多的錢糧，難道朕修繕個長明宮還不成了？」

皇帝語氣不善，實在是他有一種「如今各個都來跟自己作對」的感覺，就連此時坐在下首的陸庭舟，他瞧著都覺得是故意來氣自己的。

陸庭舟如今在工部領著差事，只是他的差事是在西山蓋房子。這回是工部尚書趙行祖求到他跟前來的，實在是工部就這樣多的人，皇上如今若要大費周章地修繕宮殿，那河道之事勢必就得推遲。可去年黃河就淹了不少農田，所以趙行祖才著急要修河道的。趙行祖如今六十幾歲，在六部尚書之中屬於不顯眼的，不過他為人頗有些在其位謀其政的執拗，所以他就求到陸庭舟跟前，希望恪王爺能勸勸皇上，將修繕長明宮之事稍微往後推一推。

陸庭舟進入工部的時候，就看見過工部的案卷，知道趙行祖所言不虛，所以他才來開口勸阻皇上。反正皇帝修繕長明宮也是為了享樂之用，就算推遲個幾月，也不至於讓皇上沒住的地方。他剛想解釋並非銀錢不夠，實在是人手捉襟見肘之時，二總管長遠就進來了。
長遠恭敬地說道：「皇上，康王殿下、七皇子、八皇子、九皇子、十皇子殿下一併求見。」

皇帝沒好氣地看了他一眼。「沒瞧見朕在和恪王議事呢！」

長遠小心翼翼地應了一聲，正準備退出去，誰知皇上又突然奇怪地「咦」了一聲。

「他們今兒個怎麼一塊兒來見朕了？你讓他們進來吧。」

待眾人魚貫而入後，就紛紛給皇帝請安。

皇帝看了他們一眼，便讓他們起身，誰知吩咐完之後，卻沒有一個人站起身來。

皇帝瞧了他們一眼，有些嘲諷地笑了聲，問道：「怎麼，一個個就打算這麼跪著？」

為首的康王是此次的發起人，他抬頭看了一眼皇上，眼中是一片真摯。「父皇，兒臣等今日來是為求一事。」

「怎麼，你們也要學那些酸儒，對你們的父皇指手畫腳不成？」皇帝冷冷問道。

康王慌亂低頭，恭敬地跪在下首，口中稱道：「兒臣不敢。只是如今外頭議論紛紛，兒臣不願黎民百姓誤解父皇，也不願父皇聖明受污。」

皇帝瞧了他一眼，一副看穿他那點心思的模樣，輕笑了一聲，道：「朕看你今兒個是為你母妃來打抱不平的吧？那你們幾個呢？又是為了什麼？」

皇帝環視了下前後跪著好幾排的兒子，各個都龍章鳳姿、面目英俊，周身都是勃勃生機，可真是看得讓人羨慕呀！
此時九皇子陸允珩突然抬頭，看著皇帝，直直地說道：「兒臣來就是為了父皇！兒臣自幼仰慕父皇，在兒臣心中，父皇是這世間最好的父親，可父皇如今為何要為了那樣的女人玷污了自己的名聲，讓皇祖母失望呢？」
看來，這次朕注定還是要讓母后失望了。
皇帝突然想起那日他說完這句話時，太后眼中的失望，那種不加遮掩的失望。原本還心平氣和的皇帝，此時突然從御座上站了起來，指著下面跪著的皇子們便怒罵：「你們一個個地跪在這裡想幹麼？逼宮嗎？朕後宮之事也是你們能過問的？你們心中可還有天地君親師這五個字？」
陸庭舟見皇帝盛怒不已，趕緊起身勸阻道：「皇兄息怒，允珩不過是小孩子胡言亂語罷了，皇兄何必和他一般見識。」
「這不孝之子，來人、來人！」皇帝突然喚人。
因懷濟不在宮中，進來的是長遠。
皇帝指著陸允珩便道：「給朕上板子！朕如今就要親自教導這個忤逆之子，讓他知道什麼叫作天地君親師！」
諸位皇子沒想到，這話還沒說幾句呢，就要動板子了，紛紛跪下求情。
誰知陸允珩卻還是直挺挺地跪在那裡，脊背挺直，目光灼灼地看著皇上說道：「今日父皇就算打死兒臣，兒臣還是要說，那等女人進宮不過是玷污我陸氏皇族的聲譽罷了！」

皇帝顯然是被他氣瘋了，順手拿起案桌上的東西就朝著陸允珩砸過去。

偏偏此時陸庭舟也跪了下來要求情，那硬物一下子就砸在了他的額角，隨後順著他的錦袍滾落在地面上，在光亮得能映出人倒影的金磚上滾了幾滾，只見金磚上蜿蜒著血跡，讓旁邊的康王一怔，他轉頭就看見陸庭舟額角的血止不住地往下流淌，緊接著長睫輕顫了顫，整個人就歪了過去。

皇帝顯然也沒想到居然會砸到陸庭舟，臉上一時也出現了震愕之情。「來人啊！來人，快宣太醫！」

恪王府中，謝清溪此時正在給湯圓洗澡，她換了輕便的衣裳，讓人搬了個小杌坐在圓木桶旁邊。此時的水溫不冷不熱，她將湯圓放在裡頭，一點點地將牠身上的毛髮澆濕。

因長期精心地打理，湯圓的毛髮蓬鬆又雪白，讓牠看起來圓滾滾的，可如今牠渾身濕透了，毛髮貼在身上後，倒是沒往常那般肥碩了，而且看起來可憐巴巴的。

此時湯圓轉頭盯著她，謝清溪又用水瓢舀起一瓢水，從牠身上傾倒而下。大概是被水流刺激的，湯圓突然甩動起自己的身子，水滴因牠的抖動而不停地向四周飛濺而去，離牠最近的謝清溪立即被甩得渾身是水。

站在謝清溪身後的朱砂也被濺上了不少水滴，趕緊喊道：「要命！快去拿乾布來給王妃擦一擦！」接著趕緊用誘哄的口吻說道：「湯圓大人，您老人家行行好吧，可別再抖了，要不然王妃身上就該濕透了！」

說來也好笑，朱砂等人是隨身伺候謝清溪的，在謝家這麼多年，都沒能見過哪隻寵物比主子還囂張的，結果到了恪王府，她們卻見著這樣的奇景。

這位湯圓大人簡直叫天上地下唯我獨尊，聽府裡伺候的老人說，以前王爺還未大婚的時候，走哪兒都要帶著湯圓大人一塊兒去的，所以宮裡頭，不管是乾清宮還是壽康宮，對牠老人家來說，那就猶如入無人之境般，誰都攔不住。因此，此時湯圓抖了謝清溪一身水，朱砂也只敢好言相勸。

誰知被抖了一身的人，反而一點都不在意，又是舀起一勺水，細聲哄道：「好湯圓，乖呀，我這是給你洗香香呢！要不然天氣這麼熱，多不舒服呀！」

她順手拿起放在旁邊的香胰子，這是用樹脂做成的，裡面帶了玫瑰花精油，透著絲絲獨屬於玫瑰的清香，聽說這是湯圓最喜歡的香胰子了。

就在她要抹在湯圓毛髮上的時候，就見牠突然劇烈地掙扎起來，謝清溪剛想問怎麼了，心中驀地一顫，整個人都不自覺地抖了起來。如今已是夏季，可是她卻猶如置身於冰窖之中般，打心底冷得心顫。

「王妃，妳怎麼了？」朱砂見她原本拿在手上的香胰掉進了圓桶中，而湯圓更是發出低低的吼聲，似乎很不安的模樣。

謝清溪霍地一下站了起來，吩咐朱砂道：「妳去將齊力給我找來，我有事要吩咐他。」

朱砂見她面色一下子變得難看，也不敢耽擱，立即出去找齊力。

謝清溪低頭看了一眼在木桶中顯得很不安的湯圓，她慢慢地坐回小杌上，用手一點點地撫弄湯圓的腦袋，試圖讓牠安定下來。

沒一會兒，門外就傳來腳步聲，謝清溪抬頭看著門口，不明白朱砂為何這麼快就回來了？直到身後跟著她一塊兒回來的齊力露出臉來的時候，謝清溪突然開口問。「王爺出什麼事了？」

齊力也是剛收到消息，是齊心派人從宮中傳來的，他看著面前依舊如少女般的王妃娘娘，雖她如今是這恪王府的女主人，可她到底不過是個十六歲的小姑娘罷了。

「王爺在宮裡受傷了，如今昏迷不醒。」

謝清溪只覺得這一瞬間腦袋都是空的，在皇宮那樣戒備森嚴的地方受傷？她試圖讓自己冷靜下來，可是這一刻，什麼都是空的。

霍地，一片嘩啦的水聲響起，就見湯圓突然從水桶裡一躍而起，就要往外面衝。

「湯圓，回來！」謝清溪暴喝一聲，聲音大得讓對面的朱砂和齊力都嚇了一跳。

湯圓被她叫住了，回頭朝她望，一人一狐就這樣靜靜地看著對方。

謝清溪看著牠濕漉漉的大眼睛，聲音低沈地說道：「不要亂跑，我要帶你進宮的，王爺要是見著你，也會高興的。」

湯圓彷彿真的聽懂了她的話般，不再往外面跑，渾身濕答答地站在紅色繡金地毯上，水滴答滴答地落在地毯上，暈出一團小小的水跡，沒多久，牠站著的地毯處已形成一圈小水窪。

「娘娘，可是宮中還未宣您入宮……」齊力半晌後才說出一句勸阻的話來。齊心只派人送出王爺受傷不醒的消息，旁的卻並未細說。

謝清溪看著他，神色堅毅地說道：「我的丈夫在宮中受傷了，我自然要去接他回來。朱砂，伺候我更衣。」

第五十章

「你的兒子諫言，你便拿哀家的兒子撒氣，你怎麼就能下得去手？你——」蒼老的聲音突然戛然而止。

殿內又傳來一陣喧鬧之聲，似乎又是在宣太醫。

此時在殿內伺候的太監，恨不能戳聾自己的耳朵，可是太后罵皇上的話，還是聲聲入耳了。

太后原本紅潤的臉色，此時竟是顯得滄桑，原本看著年輕的面容一瞬間符合了她如今的年紀。

此時跟著太后前來的宮女趕緊上前替太后撫背，讓她順下這口氣。

另一個大宮女將炕桌上的茶盞端給了太后，小聲道：「太后娘娘，您喝口水，緩緩氣吧。」

太后接過水杯喝了一口，方才一口氣沒上來的情況，總算是緩和了過來。

而對面的皇帝則是從始至終都沒有起身，只坐在一旁看著這些宮女給太后拍背順氣、替太后倒茶水。

太后此時再看著對面的皇帝，心中突然失望透頂了。她如何都不能明白，為何原本溫和有禮的人，會變成如今這副模樣，會變得讓她這個親娘都覺得不再認識？

「母后，方才朕也說過了，只是一時失手。如今您這般責怪於朕，待六弟甦醒之後，豈不是有損朕與六弟的兄弟之情？」皇帝垂著眼眸說道，可他這樣的話與其說是在勸說太后，倒不如說是在威脅。做一個和皇帝相親相愛的弟弟，與做一個被皇帝嫌惡的弟弟，顯然是前者對陸庭舟更加有利。

太后沒想到都到了如今的地步了，他還能說出這等話！太后此時反倒淡漠了下來，猶如被人對準胸口狠狠地扎了一針，原本在胸腔裡的那些憤怒如同放空了一般，一瞬間就退散乾淨。

原本太后對皇帝還是抱有希望的，覺得他是個善待陸庭舟的好哥哥，所以陸庭舟被砸傷至今未醒來，她才會憤怒、才會生氣。可如今她突然發覺，皇帝心底並非表面上那般對陸庭舟關心有加，所以她反而沒了失望。

待過了半晌，太后渾濁的雙眼突然溢出點點淚光，輕聲喊道：「啟基……」

皇帝突然轉頭看著太后，眼中似是驚訝，也似是懷念。自父皇去後，有多少年再沒人叫過這個名字了，以至於皇帝都忘記，原來他也是有名字之人。

太后那帶著悲愴的叫聲，似乎將皇帝心中那一絲絲溫情勾起，他看著面前頭髮花白、臉上早已皺紋滿面的人，一抹心酸也上了心頭。

二十一年過去了，父皇走了二十一年，母后也老得讓他彷彿再也不認識一般。皇帝腦海中突然記不起母后年輕時的風華來了，他只記得母后出身高貴，是天下一等一的美人，可是這樣的出身、這樣的美貌，卻沒給她帶來帝王的恩寵。

「母后……」皇帝也叫了太后一聲，輕聲道：「朕真不是有意要砸傷小六的。」

太后朝他伸出手，輕聲道：「母后知道，母后就是太著急了。」

皇帝站了起來，走到太后的身邊，終還是握住她的手。即便有著這世上最好的東西保養，可這雙上了年紀的手還是猶如樹皮般，乾瘦又布滿皺紋。

此時太后渾濁的眼眸還是淚光閃爍。「母后這一生最重要的就是你和小六，如今小六突然這般，母后太著急了，母后怕你們兄弟二人……」太后的話沒有說出口，可是眼淚在眼眶中轉了幾轉，終究還是落了下來。年老之人眼睛較乾，並不容易哭出來，可見太后是真的傷心到了極致。

皇帝並非泯滅良知的人，此時見太后哭成這般，便輕聲道：「小六是朕的親弟弟，朕從小將他養大的，又怎會和他生分了呢？」

太后聽到他的話，猶如放心了一般，一邊點頭還一邊唸唸不休地道：「你能這麼想就好，你們兄弟可不能生分了呀！」

太醫院所有的太醫都被宣召過來了，待過了許久之後，裡面總算有了動靜，有人出來回稟道：「皇上，王爺的外傷微臣等已處置妥當，可王爺額頭之傷乃為玉石所傷，頭乃是身體中最重要的部分，一旦被外力撞擊，只怕會有後遺症狀出現。」

「後遺症狀？什麼後遺症狀？」太后驚叫著問道，她抓著手中的帕子，那眼神險些將太醫灼出洞來。

太醫不敢抬頭。

皇帝耐著脾氣，也緊跟著問道：「究竟會有什麼後遺症狀？」

皇帝雖然有種啥都不怕的執拗勁，可那都是在小節上，他寵信出家人也好，在男女之事上有些風流也好，說到底那是皇帝的私德，若皇帝堅持，最後大家也就是看看笑話而已。可陸庭舟是皇帝的親弟弟，自己當著眾人的面把他砸出個好歹來，這天下悠悠之口只怕是再也堵不住了。皇帝這會兒也怕背上苛待弟弟的名聲，況且這還是親弟弟呀！雖然太后此時退讓了一步，但要是陸庭舟真的有個好歹，皇帝幾乎都能肯定太后不會輕易善罷甘休的。

「後遺症狀還要等恪王爺甦醒之後，臣下才能仔細觀察。」太醫說道。

皇帝這次忍不住動怒了，他咬著牙問道：「那恪王爺究竟什麼時候能醒來呢？」

這會兒太醫終究忍不住顫抖了，他仔細斟酌了下，可是感覺哪一個回答都會惹怒上首的任何一個人啊！「按理王爺早該甦醒了，可是如今卻遲遲不醒，臣下實在也不知王爺究竟什麼時候能甦醒……」太醫最終還是戰戰兢兢地將此話說出來。

此時謝清溪已經在宮門口等待了，沒一會兒就見有人匆匆而來，是一個身材清瘦的太監，他一路走到了恪王府的馬車旁邊，站在車外恭敬地說道：「王妃娘娘，奴才長遠來接娘娘去瞧王爺了。」

此時馬車的車門被打開，慢慢地，一雙繡鞋出現，順著梯子下了馬車。長遠一抬頭就看見對面的人膚若凝脂，眉若遠山，眼如星辰般晶亮，此時臉上雖面無表情，可卻絲毫無損於佳人的傾國傾城之貌。

她懷中抱著一塊白布，再仔細看了眼，好像是裡頭裹了個東西，只是這東西實在是太大了，讓她抱了個滿懷。

「娘娘這抱的是什麼？不如交給奴才吧，這可實在是怪累的！」長遠討好地說道。他是乾清宮的二總管，能讓他主動討好的人可不多，這位王妃就是一位了。

「謝謝公公，不過湯圓不喜別人碰牠，我抱著牠便好了。」謝清溪頷首說道，又說：「還請公公前頭帶路吧。」

謝清溪離得遠遠的就看見殿外跪著一排的人，有穿著親王服飾的，也有穿著皇子服的。待她拾階而上時，眾人就看見一雙精美的繡鞋不緊不慢地從旁邊走過，那微微曳地的裙襬在地上劃出一道弧線。

太后看見謝清溪抱著湯圓進來的時候，驚得眼睛幾乎都直了，她立即震怒道：「都這般時候了，妳還把牠帶來做什麼?!」

「湯圓陪在王爺身邊這麼多年，我把牠帶來，王爺或許會好得快些。」謝清溪輕聲說道。

太后看著她理所當然的表情，再想起自己以前說過陸庭舟太寵湯圓時，他那不以為意的模樣。突然間，她有些明白為何兒子非要面前的女子不可了。

夜幕降臨，廊廡上懸掛著的宮燈，將整個院子照得通亮。在院子裡頭放著的兩口水缸上，養著的睡蓮在黑夜中安靜地蜷縮著。

守在門口的丫鬟垂手恭敬地站著，並不敢出聲。

而此時正廳裡的人略有些坐立不安的模樣，還不時地朝外頭張望著，終於，她還是忍不住地站起來，走了幾步到了門口，緊緊地盯著院子門口看。

許繹心起身時，身後的半夏趕緊上前將她扶住，如今她已經有了六個月的身孕，可是她的肚子有些太大，比一般七個月身子的女子看起來還要大一些。

半夏擔憂地輕聲道：「大少奶奶，您小心些。」

蕭氏一轉頭就看見許繹心站了起來，她趕緊說道：「妳別站著，趕緊坐下。如今妳都六個月的身子了，站著太累了。」

「娘，您也別著急，待公公和清駿回來，肯定就有消息的。」許繹心開口安慰蕭氏。

可蕭氏的臉上仍是滿滿的焦慮不安，從聽到這消息開始，她的心就像浸泡在沸水中一般，一刻都不得安寧。

蕭氏向來是從容優雅的，即便是再艱難的事情，她都能淡然處之地面對，謝清駿性格中的大部分就是傳自母親的這種從容優雅。

許繹心看著素來面不改色的婆婆，此時臉色變得這般難看，也忍不住垂下頭，輕輕地嘆了一口氣。

待過了不知多久，蕭氏扶著門框一直望著院子門口時，就看見兩個高大的身影出現在院子門前，她立刻等不及地迎上前去。

謝樹元看著面前焦急不安的妻子，猶豫著該不該將打探出來的消息告知她。

蕭氏盯著他的眼睛，滿含期望地問道：「怎麼樣了？」

謝樹元慢慢搖了搖頭，聲音幾近輕喃般道：「太醫院的所有太醫都在，王爺還是沒有醒來。」

蕭氏只覺得身子一下子就軟了，就連雙腿都在這一瞬間被抽去了力氣一般，再也支撐不住了。她在原地晃了下，幸虧謝樹元眼疾手快地扶住了她，要不然她還真的會摔倒在地上。

謝清溪成婚連一個月都沒到，恪王爺就突然昏迷不醒地躺在床上了，要是昏迷一大蕭氏還不會如此緊張，可這都已經是第三日了，到現在都還沒甦醒過來！

「清溪呢？她還在宮中嗎？」蕭氏看著謝樹元問道。

謝樹元點了點頭，緩緩道：「清溪已經在宮中住下了，如今皇上已命人將全京城最好的大夫都召進宮中，為恪王爺醫治。」

「太醫院裡的太醫都醫治不好了，外頭的大夫就行嗎？」蕭氏忍不住抓住他的衣袖問道。

謝樹元看了她眼眸中的失望，忍不住想要安慰，可是到了嘴邊的話卻是說不出口。

「娘，我扶妳進去歇會兒吧。」謝清駿走過來，扶著蕭氏，將她帶著往屋裡走，待進去後，他朝許繹心看了一眼。

許繹心會意，趕緊扶著腰身緩步上前。

蕭氏看著身子笨重的許繹心，這才恢復了些許氣力般，對旁邊的謝清駿說道：「繹心陪我到現在，都還沒用晚膳呢，你帶她回去吃點。她如今是兩個人在吃飯，可不能餓著的。」

「兒子知道了，我讓人也給妳上晚膳吧？妳多少吃點。待明日，我再進宮去看看。」謝清駿安慰她。

蕭氏知道謝清駿如今有進宮的權利，一下子便抓住他的手，眼神有些灼熱地看著他說道：「你去見見你妹妹，看見她後，讓她別害怕，也別哭，王爺一定會醒過來的！」蕭氏似乎還有什麼想叮囑的，可是想來想去，卻又不知從哪裡說起了。

暴君不仁，奪我妻兒！

這八個字猶如暴風一般，從城門口一直颳向整個京城，此時幾乎全京城的老百姓都在談論這件事。皇家的熱鬧誰都願意看，特別是這樣的桃色消息，簡直讓百姓像打了雞血一般。

沒多久，林雪柔的丈夫張梁一家被滅門的事情就傳了出來，聽說就連一個活口都沒。雖說凶手是誰旁人不知道，可是能在京城這麼光明正大殺人，豈是一般人敢幹的事情？所以百姓們紛紛議論，都猜這只怕是那位的手筆。

「可不就是嘛，敢和天作對，可不就是一個死字？要我說，大丈夫能伸能屈的，何必為了一個留不住的女人這樣呢？」說話的人喝了一口茶後，搖了搖頭，顯然是有些不敢相信。

旁邊立即有人反駁。「奪妻之恨猶如殺父之仇，怎麼能就這麼算了？」

這人說完後，旁邊的兩人也點了點頭，表示這話才在理呢！況且這可是明晃晃的一頂綠帽子，誰戴在頭上不憋屈了？

先前那人冷哼了一聲，朝著外頭看了一眼，說：「忍不了一時之氣，就得像那人一樣，從城樓上跳下來，腦袋都摔碎了，最後還拉上了一大家子墊背！」

「什麼一大家子墊背？這又是怎麼回事？」旁邊的人一聽這話，便連聲問道。

此時茶館上頭的人都豎起耳朵聽這幾人說話呢，看這架勢，定是知曉不少內幕之人。

只見那人得意一笑，便道：「我家有個親戚就住在那張梁家附近，聽說昨兒個京兆尹上門了，那一家子連著僕從一個都沒剩下，慘、慘，實在是太慘了！」這人搖頭晃腦的，不過說話間可不覺得這個張梁有什麼可慘的，頂多就是看看笑話而已。

「這事我也聽說了，京城乃天子腳下，敢在天子腳下這麼殺人的，怕是……」旁邊一個人也是搖頭，表示實在是不敢苟同，可見皇帝這等行事，讓不少百姓都覺得心寒，只是懼怕帝王威嚴，不敢光明正大地說出來罷了。

此時眾人都沈默不語了。這處茶館是京城最熱鬧的茶館，本朝民風開放，朝廷對於百姓言論的管制也並不嚴格，就算時常有人在茶館中高談闊論政事都不會有礙，而且這處茶館因有不少對政事頗有些見解的文人會來，時常還會有辯論賽，所以茶館生意一直很好。

只是樓上人的高談闊論剛停止，就見穿著京兆尹衙役官服的人闖進了茶館，直奔二樓。領頭的人朝著方才在討論城門跳樓案以及滅門案的人看去，揮了揮手，後面的衙役就撲了過去，將坐在一張桌子的四個人抓住。

其中一人立即高喊：「我們沒有犯事，你們為何要抓我們？」

「沒有犯事？」領頭衙役冷酷地掃視了這四人一眼，哼笑一聲。「你是沒犯事，你犯了口業。帶走！」領頭人見四人都被制服了，一揮手就讓身後的衙役跟著他們離開。

待走到樓下的時候，見茶館掌櫃躲在櫃檯後面，領頭人朝著樓上看了一眼後，大吼一聲。「京兆尹懷疑這間茶館有非法活動，有人在這兒誣陷聖上、藐視朝廷，不想跟我去京兆尹衙門的都趕緊給我滾！」

這人說得囂張，樓上的人很快地跑了下來，沒一會兒，樓上樓下的客人都跑光了，就剩下掌櫃和店小二在櫃檯後面瑟瑟發抖。

領頭人朝他們倆看了一眼，鄙視地一揮手說道：「帶走！」

這樣的場景，在京城很多茶樓都能看見，不少人都被押著往京兆尹去了。一路上的人指指點點，京兆尹的人也不在意，只大剌剌地押著人往前走。

今日是大朝會，朝臣早已等在門口。這會兒京兆尹府尹不停地擦著額頭上的汗珠子，說實話，這事雖是皇上吩咐的，可要是讓內閣的幾位老臣知道，只怕他這頂烏紗帽也戴不穩了。

如今皇上不愛問政事，等閒事情都是由內閣代為查看，再分門別類地將摺子分為緊急、重要的，這樣皇上可以迅速地看一些重要的摺子，或者是替內閣選定他們拿不准的摺子。

等大朝會一結束，整個朝廷都知道今天皇上幹了什麼事情。

謝舫等人都在內閣辦差的地點文淵閣，謝舫看了一眼首輔許寅，輕聲說道：「防民之口甚於防川，如今皇上採用這般雷霆手段，只怕會收到適得其反的作用啊！」

許寅雖然和謝舫不對盤，可這會兒也忍不住點頭。皇上這一招確實是昏招，也不知是哪個廢物給皇上出的主意？

雖然皇帝先前行事也頗為荒誕，可到底在民間的風評還算不錯。至少皇帝寵幸道士與和尚，大肆修建佛廟和道觀，反而是讓百姓多了幾個可以上香請願的地方。

可這回的事情實在是太惡劣了，就算皇上的聲名都不得不受損。更何況，在京城之中居然還有滅門慘案出現，實在是太令人震驚了。

可是，不管是許寅旁敲側擊，還是謝舫曉之以理，皇帝的態度就是——這等賤民，朕還不屑和他計較呢，死了就死了！

其實皇上自個兒心裡頭也憋屈，人明明不是他殺的，可如今不管是這些朝臣也好，還是太后也好，都把此事算在了他頭上！所以皇帝才會命京兆尹在十五日內迅速破案，找到真凶，還京城一個太平。

前頭亂得一塌糊塗，後宮也同樣熱鬧得很。就算外頭都罵成這樣了，可皇帝該去林雪柔宮裡頭還是照常去。

就連文貴妃都懷疑皇帝是被人下了蠱不成，要不然以他的性子，怎麼可能對一個女子這麼長情？外頭傳聞都已經把皇上比作周幽王，把林雪柔比作褒姒之流了。

文貴妃忍不住在心頭呸了一聲，就林雪柔那等風姿的，也想當禍國殃民的妖妃？可不管文貴妃如何吃味，那如流水般的賞賜還是進了重華宮。

昭和殿靠近壽康宮，因恪王爺在此養傷，皇帝為了怕人打擾恪王爺的清靜，特別派了一隊大內侍衛來守著。

謝清溪原本向太后請旨，想將陸庭舟接回王府休養，可是如今都過去七日了，他還是沒醒來，太后早已經沒了先前的安心，日日發難責問太醫院的眾位太醫，自然更不會同意讓謝清溪帶著陸庭舟回去了。

此時謝清溪正在用早膳，卻聽外面的宮人說，林貴妃娘娘到了外頭，想要進來看看王爺。

謝清溪不由得一怔，她來幹什麼？不過如今林雪柔的身分再不是那個寄居在謝家的表姑娘了，而是聖上親封的貴妃娘娘，就連謝清溪這個王妃娘娘見著她都要行禮。

說實話，謝清溪對林雪柔倒是沒有厭惡之情，不管陸庭舟受傷也好，還是被斥責也好，都是因皇帝而起的，雖然林雪柔便是那個起因，可這幾日外頭的傳聞她也有所耳聞，想來林雪柔在後宮的日子，只怕不像表面上這麼風光。光是陸庭舟受傷的事情，太后就會把這筆帳算在林雪柔的頭上。

不過她也不會聖母地去同情林雪柔，每個人都有權選擇自己的路，說不定此時林雪柔心中正因為自己飛上枝頭了而高興著呢！

謝清溪又喝了一口碧粳米熬製的粥，吃了點炒青芹，這等簡單的菜越是考驗廚子的功力。聽說給她做飯的這個廚子，是太后娘娘特別賞賜過來，專門伺候她的。

畢竟這會兒陸庭舟昏迷不醒，平日除了喝藥之外，就只能喝些流質的東西。謝清溪怕他營養不良，這幾日天天讓人給他熬製人參烏雞湯。

「王妃，貴妃娘娘就在門口等著呢。」朱砂忍不住說道。林雪柔去謝家的時候，朱砂年紀也還小，根本不記得這位了，所以這會兒她有些忐忑不安。

謝清溪倒是不管，又挾了一個生煎包，包子上頭灑了一點蔥花，下面被煎得又黃又脆，咬下一口，皮特別有勁道，裡頭的肉餡調製得更是好，肉是最上等的精肉做的，剁得碎碎的，調味料也放得恰到好處。

生煎包子是江南的特色小吃點心，一個大大的平底鍋，包子從鍋的邊緣開始擺放，一圈又一圈的，待要熟的時候，在上面灑點蔥花提味。

謝清溪吃得津津有味，朱砂朝她看了一眼，這會兒也不著急了，只垂手站在一旁。

此時一個雪白的身影從外頭過來，謝清溪一瞧見牠就忍不住笑了，指著旁邊空著的玫瑰椅便道：「湯圓，上來。」

湯圓輕巧地往上面一跳，兩隻爪子搭在圓桌邊緣，一雙大眼睛盯著桌面，滴溜溜地看著。喲，還別說，這香味直朝牠鼻子裡頭拱呢！

「你也想吃嗎？」謝清溪看了牠一眼，柔聲問道。

這幾日陸庭舟未醒來，就連湯圓都有些吃不好、睡不著的模樣，每日謝清溪坐在陸庭舟床邊的時候，牠就蜷縮在腳踏上頭，乖巧地待著，那模樣看得謝清溪都心疼不已。

「待會兒我讓人準備你最喜歡的肉好不好？這個包子你可不能吃。」倒不是謝清溪捨不得，只是這種人吃的東西，她不敢給湯圓吃。

待謝清溪吃完這個生煎包子，又將碗裡的粥喝完後，才慢條斯理地放下筷子。

此時旁邊的丫鬟趕緊上帕子，讓她擦嘴，後頭端著漱口水的人也站到了朱砂的旁邊。

朱砂將金盞遞給謝清溪，她喝了一口漱了漱後，輕輕地吐在盆裡。

她如今雖不和太后住在一個宮裡，可是行事卻是一點都不能踏錯，畢竟這宮裡頭只怕都是她老人家的眼線，所以她在陸庭舟床榻邊說了什麼話，太后都會知道得一清二楚。

待她不緊不慢地收拾妥當之後，這才扶著朱砂的手臂，輕聲道：「走，咱們這就去會會貴妃娘娘吧。」

此時宮門已大開，林雪柔帶著丫鬟就站在丹陛上，旁邊是漢白玉砌成的欄杆，陽光照射過昭和殿的屋脊，金色琉璃瓦在陽光下更加璀璨輝煌。

「不知貴妃娘娘駕到，有失遠迎。」謝清溪走到林雪柔的跟前，微微一屈膝，沒等林雪柔叫起，她自個兒就先站了起來。

林雪柔身邊跟著的都是皇帝親賜給她的宮女，而此時站在她身旁的是一個兩鬢有些灰白的嬤嬤。

林雪柔開口笑道：「瞧妳說的，咱們都是一家人——」

「貴妃娘娘。」林雪柔正要和她敘舊呢，旁邊的嬤嬤突然開口打斷了。「方才王妃娘娘給您行禮，按著宮裡頭的規矩，您也應該給她還禮的。」

林雪柔略有些慌張，不過片刻之後，她點了點頭，笑道：「本宮剛入宮不久，對宮裡頭的禮儀還不熟悉，多謝容嬤嬤教導。」

是的，站在林雪柔身邊的嬤嬤就是從前教導過謝清溪的容嬤嬤！謝清溪瞧著容嬤嬤不苟言笑的面孔，覺得林表姑在她手底下只怕比自己要難多了。

不用問也知道，這肯定是太后娘娘賞的。

「不知貴妃娘娘過來有什麼事嗎？」謝清溪問道，一點也沒有邀請林雪柔進去坐坐的意思。

好在林雪柔這幾日見著後宮的不少妃嬪，再尷尬的事情都遇見過了，她自覺自己已吃了這樣多的苦，如今就是再看些白眼又何妨呢？所以她反倒是一點都沒將謝清溪的冷待放在眼中，反而是有些楚楚可憐地說道：「我聽聞恪王爺重傷，特備了禮物過來看看王爺。」

謝清溪盯著她看了半天，所以現在這位林表姑是太天真了，還是心機已經深不可測了？難道她不知道陸庭舟是為何而受傷的嗎？

「娘娘是皇上後宮的妃嬪，王爺是外男，如今王爺在皇宮中養傷本就是皇上格外開恩了，不敢再煩勞貴妃娘娘。」謝清溪不冷不淡地拒絕。

就算在尋常宅門中，小叔子受傷了，難不成大哥的姨娘還能拿著禮物上門去看望不成？陸庭舟受傷之後，文貴妃、德妃還有成賢妃都派人送了重禮過來，而幾位皇子也紛紛過來看望過他，但是像林雪柔這樣，自個兒提著東西巴巴上門的，可還真是頭一個！

「娘娘是千金之尊，如今又懷有皇嗣，實在不該過分勞累，所以娘娘請先回吧。」謝清溪的口吻不清不淡，不過態度卻是堅決的拒絕。

沒多久，就見裡面竄出一隻白色的狐狸，撲過來就咬著謝清溪的裙襬，想將她往殿內拉。

「王妃娘娘，王爺醒來了！」齊心一路小跑出來，臉上滿是驚喜和振奮。

這會兒謝清溪再顧不得林雪柔了，一轉身就進去，她提著裙襬，到後面幾乎是在小跑了。待她到了床榻邊，就看見陸庭舟睜開了眼睛，他臉色蒼白，可在看見她的一瞬間，卻還是露出了笑意。

「庭舟……」謝清溪半跪在床邊，握著他的手，靠在自己的臉頰上，眼淚順著眼角止不住地流下。雖然知道他不會有事，雖然知道他會醒來，可是看著那樣躺在床上一動都不動的他，謝清溪心底還是難受得要命。如今見他再次睜開眼睛，她只覺得壓在胸口的那塊大石此時真的落下了。就在謝清溪有滿肚子的話要說時，只見床上的人可憐兮兮地說道——

「我餓了……」

謝清溪板著臉。「活該！」

「媳婦……」陸庭舟再次拉著她的手，可憐兮兮地叫道。

謝清溪這才破涕為笑，抽噎地說道：「你知不知道，我快擔心死了！」

「對不起。」陸庭舟伸手摸了摸她的臉。

就在謝清溪忍不住想撲進他懷中大哭一場的時候，陸庭舟突然淡淡地問——

「媳婦，我怎麼覺得妳好像長胖了？」

謝清溪忍不住摸了摸自己的臉，尷尬地問。「真的嗎？」

陸庭舟點了點頭，有些痛心地說道：「妳不是說擔心我嗎？」

「就是擔心，所以吃飯的時候才不自覺地多吃了兩碗啊……」謝清溪的臉一下子脹紅了。她這副面色紅潤的小模樣，好像真不像擔心死了的樣子呢……

直到後來謝清溪才發現，陸庭舟轉移話題的功力實乃是一等一的高，方才她還想著要怎麼和他算帳呢，昏睡這麼多天，害她如此擔心，結果他淡淡的一句「媳婦，我怎麼覺得妳好像長胖了」，就讓謝清溪光顧著摸自個兒的臉了。

沒多久，皇帝和太后都得了消息前來。

剛剛林雪柔也想跟進來瞧瞧的，可是在門口的時候卻被攔住了。門口的兩個太監是太后派來的，為的就是防止不長眼的人過來打擾陸庭舟。所以皇上來的時候，林雪柔還站在門口呢！

「臣妾給皇上請安。」林雪柔一見著皇帝就盈盈一拜，風姿猶如弱柳一般，別有一番如水的風韻。

皇帝見她在此處，先是一驚，接著便問道：「妳怎麼在此處？」

「臣妾聽聞恪王爺昏迷，便想來看看恪王爺，畢竟臣妾也算是王妃的娘家表姑。」林雪柔說話柔和又細膩，那嗓音猶如加了蜜一般。

她同皇帝在一起，也算是多少摸透了他喜歡什麼樣的女子，這樣柔弱如柳般的身姿才最是讓他迷戀。

皇帝點了點頭，他知道林雪柔和謝家的關係，不過如今太后對她太過厭惡，皇帝也怕她在此處碰著太后，便道：「如今恪王爺剛剛醒來，只怕恪王妃也沒有時間招待妳，妳先回去吧。」

林雪柔一聽皇帝的話，便知道她再留在此處只會徒惹是非，便趕緊福身，準備離去。誰知剛走的時候，就碰見匆匆而來的太后。

太后正下了輦駕，旁邊的宮人扶著她一路過來，就看見正準備離開的林雪柔。

林雪柔一見太后便是一驚，立即行禮。「臣妾見過母后。」

誰知太后竟是沒瞧見她一般，扶著宮人的手，徑直地走了過去。

林雪柔面色一白，可卻不敢起身。

待太后走到皇帝的身邊，皇帝立即上前恭敬地叫了一聲。「母后。」

「有人來給哀家回報，說小六已經醒來了，看來皇帝也得著消息了。」太后睨了他一眼，不冷不淡地說道。

皇帝自知理虧，訕笑著說道：「兒臣一聽到消息便立即趕了過來。」

太后朝他看了一眼，心中嘲諷一笑，可最終還是什麼都沒有說。

待進去後，就看見謝清溪在吩咐宮人。

「去膳房裡頭吩咐師傅，就弄些早上的碧粳米粥來，再來個清蒸肉末蛋，這個綿軟，正適合王爺吃。至於旁的，妳讓師傅看著辦，只消說王爺剛醒來，太硬、太油膩的就不要上了，弄些清淡的東西便是。」謝清溪見皇帝和太后進來了，立即便躬身請安。「見過皇上、母后。」

太后見她正張羅著給陸庭舟弄吃食，她聽了一下，也是點了點頭。先前只當她是個小姑娘，總覺得不會照顧人，如今看來倒是她錯怪了謝清溪。這些日子以來，陸庭舟雖昏睡不醒，她在人前卻一句抱怨都沒有，只管照顧著陸庭舟，晚上卻躲起來偷偷地哭。

太后點了點頭，立即說道：「妳也別忙了，吩咐這些宮人就是了。如今小六剛醒來，妳也進去多陪陪他。」

太后和皇帝進了內室，就看見陸庭舟正靠在寶藍色綾緞大迎枕上，面色雖有些蒼白，可是人醒了過來，就一切都好了。

陸庭舟一見他們進來便想起身。

皇帝趕緊壓著他的手臂道：「都是自家兄弟，你躺著便是了。」

「禮不可廢。不過臣弟躺了好些日子，如今只覺得渾身無力，便是想給皇兄請安，這腿也使不上勁。」陸庭舟苦笑了一下。

太后立即著急道：「你不過是躺得有些久了，待會兒弄些吃食，等身上有了勁，自然就能起身走動了。」

皇帝一聽也點頭，立即轉頭問謝清溪。「太醫呢？怎麼還沒過來？」

「我已讓宮人去請太醫了，估計也該來了。」謝清溪低頭說道。

太后一聽，臉上的喜氣立即沖淡了些許，露出怒色，衝著身邊的閻良道：「你親自再去太醫院走一趟，哀家倒要看看這些太醫忙什麼呢？竟是來得比哀家和皇帝還慢！」

閻良得了令，趕緊就去了。

皇帝又是一陣尷尬，心裡暗罵這幫太醫不省心。

「皇兄和母后也別擔心，如今我既醒來了，自然不會有礙的。」陸庭舟安慰太后。可是太后看見他的兩頰都消瘦得凹陷了進去，心裡頭哪能不心疼？

皇帝這會兒看著太后，輕聲道：「母后，兒臣能和六弟說會兒話嗎？」

太后看了他一眼，沒說話，只對謝清溪道：「妳陪哀家出去坐坐。」

謝清溪趕緊扶了太后出去坐著，兩人是在昭和殿的正殿坐著，太后坐在上首紅木嵌螺鈿大理石扶手椅上，謝清溪則坐在下首。

周圍站著的宮女都默默垂首，一時大殿內寂靜無聲，只怕此時就連一根針掉在地上都能聽見響動。

最後還是太后先開口，問道：「那林氏今兒個來幹什麼？」

「臣媳也不知，貴妃娘娘只說聽聞王爺病了，所以過來瞧瞧，不過因著王爺到底是外男，臣媳便沒請貴妃娘娘進來坐，然後裡頭就說王爺醒了。」謝清溪一五一十地說道。

「不知規矩！」太后聽完只冷冷地說出四個字。

皇帝看著陸庭舟，忍不住嘆了一口氣，半晌才說：「小六，皇兄對不起你啊！」皇帝到底是一國之尊，即便是錯了，就算是要說對不起，那也是在四下無人的時候才說。

「皇兄這是說的哪裡話？不過是意外罷了。」陸庭舟微微扯起唇，只是他實在是渾身沒力氣，就算是笑都不得勁般。

「你不怪皇兄便好，咱們是親兄弟，本就不該為著這點小事而生分了，母后這回也將朕好生說了一通。」皇帝有些苦惱地說道。

其實皇帝這幾日確實也不大好過，以前他雖然不愛處理政務，但內閣正常運作著，所以整個國家也都井井有條地運作著。可這幾日，先是林雪柔的夫婿在城門口跳樓自殺，接著他一家又被滅門，京中都在謠傳說是皇帝下令滅了他滿門。要這事真是皇帝做的倒也罷了，可這還真不是他做的啊！這黑鍋居然能扣到一國之尊的頭上，皇帝自然是惱火不已。他雖給了京兆尹十五日的時間，可期限都要過一半去了，京兆府尹那邊還是一點眉目都沒有呢！

「皇兄只管放心，母后只是一時擔心罷了，臣弟定會和母后好生說，這不過是個意外，皇兄也並不想砸傷臣弟的。」陸庭舟微微一低頭，如墨般的髮絲披散在寶藍的大迎枕上，白皙如玉的臉頰此時因臉色蒼白，越發白如雪。

「那好，你好生休息，明日皇兄再來看你。」皇帝見陸庭舟沒有任何異常，便放下心來。

待他走後，太后便進來了。

謝清溪依舊在外頭候著，她瞧著那抹明黃的影子慢慢地消失在臺階下，嘴角揚起一抹冷意。

太后心疼地摸了一下陸庭舟的手，原本就修長的手指此時越發無肉，就連手背都隱隱地露出了骨頭的形狀。

「你瘦了……」太后蠕動著唇，顫巍巍地說著。

陸庭舟搖了搖頭，輕笑地說道：「兒臣只覺得像是作了一場夢般，如今也只是一夢醒來罷了。」他烏黑的髮柔順地滑在肩頭，原本疏離淡漠的眉目此時卻是說不出的柔和。大概是這樣的大夢一場方醒，他身上的冷淡都還未甦醒一般，眉宇只散發著醉人的柔和。

太后彷彿又瞧見了那坐在自己膝上的一點點小人兒，一直隱忍的眼淚終於忍不住落下。

「母后不要再哭了，若是惹得母后哭了，倒是兒臣的罪過了。」陸庭舟溫柔地說道，他的聲音猶如汩汩流動的泉水，溫柔悅耳得能撫平心頭的悲傷。

只要他願意，這世上就不會有厭惡陸庭舟的人，因為厭惡他，就相當於厭惡這整個世間一般。

太后對他心疼都來不及了，此時又聽他這般說，這才趕緊用帕子擦了擦眼淚，輕聲說：「你皇兄這次並不是故意的，你心裡可不要有怨言。」雖對皇帝失望，可太后終究還是不願自己的兩個兒子生分了。

陸庭舟淡淡一笑，道：「母后言重了，雷霆雨露皆是君恩，且不說今日兒臣醒來了，即便他日兒臣醒不過來，那也是皇上的恩典。」

「不！」太后聽到這句話，心頭忍不住冷顫了一下。所以在庭舟的心中，皇上隨時都會殺他是嗎？太后忍不住問自己，皇帝會殺他嗎？可是當心頭那個答案出現時，太后也忍不住握緊了他的手。

太后抬眼看著面前的兒子，即便此時他依舊孱弱，可身上的氣韻卻還是掩藏不住，即便他只是淡淡地躺在這裡，這清貴之氣依舊不減分毫。

其實比起皇帝，小六才更具有帝王之氣吧？從容、淡定，不為外人所影響的堅定，勇往直前的執著。這些年來，每每看見越發出色的陸庭舟，太后都會忍不住後悔，為何當年不再等一等？等小六長大了，以先皇對他的喜愛，或許帝王之位也不會落在旁人的手中。

為什麼不能等一等呢？可是，如今再後悔也無濟於事了。

陸庭舟見太后面容游移不決，便輕聲安慰道：「母后不用替我擔心，日後兒臣更小心些便是了，畢竟兒臣和皇兄是親兄弟。」

更小心些？親兄弟？太后忍不住打了個冷顫。

膳食準備好了，謝清溪讓人搬了楠木嵌螺鈿雲腿細牙桌到這邊，親手餵陸庭舟吃了一碗碧粳米粥。他大概是真的餓了，一小碗粥一會兒就吃完了。

他抬眼朝謝清溪看了一眼，只見謝清溪搖了搖頭。

謝清溪堅定地道：「不能再吃了。先前太醫來也說過，如今只能喝些湯，可不能吃太多。」

好在這會兒太后已經回去了，要不然瞧著陸庭舟被她餓成這樣，指不定得多心疼兒子呢！

「媳婦，咱們什麼時候回家啊？」陸庭舟吃完東西後，便握著她的手，期待地問道。

謝清溪看他這會兒跟個小孩一樣，便摸了摸他的頭，玩笑般問。「該不會是那一下把腦子砸出個坑了吧？你居然在和我撒嬌？」

「這算是撒嬌嗎？」陸庭舟立即板著臉，嚴肅地問。

謝清溪笑得豔若桃李，肯定地點了點頭說道：「算。」

「那親親媳婦，咱們什麼時候能回家？」陸庭舟這會兒是真的笑開了，眉眼如染上一抹桃粉般，連聲音都帶著蠱惑人心的魅惑。

「我瞧著你在宮裡住得挺開心的，咱們就在宮裡再住幾日吧？」謝清溪還在惱他一昏迷就是這麼多天呢！

陸庭舟突然扯了下她的手臂，將她帶著壓在自己的胸口處。

謝清溪掙扎著想起身，她怕他如今剛醒，自己萬一把他壓壞了可怎麼辦？誰知她越是掙扎，陸庭舟抱著她的手臂就箍得越發的緊，那隆起的手臂肌肉讓他方才的羸弱感一下子就消散了，柔弱這兩個字可是和恪王爺沾不上半點關係。

「妳說的對，咱們現在還不能走。」陸庭舟輕輕一笑。

大皇子如今日日擔驚受怕，明明陳先生說過，只要殺了那姓張的，再在京中傳些謠言，到時候他便可到父皇面前告狀，說二皇子對皇上懷有怨懟，殺了張梁，還在京城中散布謠言。

他是讓自己埋在二皇子府裡最深的那根釘子去做的，可是，怎麼張梁如今卻是自己跑到了城樓上跳樓，而且臨死前居然還說出那等大逆不道的話？至於張梁滿門被滅口一事，大皇子就更加害怕了，他總覺得這事不是衝著皇上來的，而是衝著他來的！

陳先生這兩日不在，待他回來之後……大皇子眼中閃過冷酷的光。只要陳先生永遠都不能開口，就再不會有人知道張梁的事跟他有關了，甚至他還能栽贓到康王身上！

一想到此，他便朗聲喊了站在外面的人，待宮人進來後，他急急地問道：「陳先生呢？還沒回來嗎？」

「回主子，陳先生說去拜訪舊友了，要再過兩日才能回來。」這人是自小伺候寧王的宮人。

大皇子瞪了他一眼，揮了揮手，隱隱有些不安。難道陳先生已經察覺自己要殺他了？

陸庭舟在能下床走路後，便向皇帝言明長留宮中實在是不合規矩，想要回王府休養。如今他身體康復了，皇帝只稍作挽留便讓他回王府去了，不過卻是賞賜了成堆的滋補之物，還派了兩名太醫跟著他一塊兒回府中。

不久後，恪王爺上摺子，言身體不適，想前往近郊錦山休養，帝允。

正德二十一年七月，康王向皇上告密，說寧王利用張梁在城牆上散布謠言，後殺張梁一家二十七口人，以損聖譽。

皇帝聞言，立即派人前往寧王府搜查，在寧王府中搜出寧王與張梁的書信往來，信上寧王對張梁說——奪妻之恨不可消，吾願助你消這心頭之恨。

「逆子！逆子！」皇帝看著信上的內容，霍地就將信扔到了地上。

此時跪在地上的許寅和謝舫都默不作聲。

而康王則跪著爬了兩步，待他到了皇帝的腳邊，便伏在地上痛哭道：「兒臣知父皇心中難過，可還請父皇保重龍體，萬不可傷心太過，大哥不過是一時糊塗而已啊！」

謝舫和許寅都沒作聲，只聽著康王一直跪求皇上要保重龍體的聲音。

「來人，叫曲和過來！」皇帝喊道。

謝舫心中一驚，曲和是執掌紫禁城上直侍衛軍的統領，負責紫禁城的守備問題，乃是皇上的近臣。此時皇上召他前來，只怕是為了對付大皇子。

大皇子已經被皇上秘密監視了起來，王府之中不准出也不准入。

待曲和前來後，皇帝看著他，好久都沒說話，之後才下令道：「允治連同外人怨懟皇父，實乃不孝；誅殺無辜滿門，實乃不忠。今革除其寧親王爵位，交宗人府審查！」

康王跪在地上，忍不住顫抖，顯然也沒想到他不過是說了幾句話，竟就將這麼多年來的對手打入地獄之中。

此事便是記載在大齊史書上的「奪妻案」，也正是從此開始，諸皇子之間的黨爭更加激烈了。

外面有種天翻地覆的感覺，可在錦山的恪王別院中，卻是一派的寧靜祥和。

此處園子乃是皇帝賞賜給陸庭舟的，不過他甚少來住，今日再來，謝清溪見園子居然連名字都沒有，便立即喊著要給園子起個好聽的名字。不過名字還沒想出來，謝清溪就又想著去跑馬了。

陸庭舟早在宮中的時候就康復了，現在別說跑馬了，就算讓他去打獵都是一把子的力氣。

以前謝清溪跑馬那就是在謝家莊園裡頭圈一塊地，在裡頭撒歡而已，可這會兒她問清楚之後不禁咋舌，這莊子大先不提，就連這外頭連著的好幾座山頭和山腳都是屬於這園子的地界，也就是說，這麼大一塊地，都是屬於陸庭舟的！

成王家的莊子都沒有陸庭舟的大呢，估摸著也就他的三分之一而已。

不過最讓謝清溪開心的是，她院子旁邊連著的那座院子，裡頭三間屋子什麼都沒放，其中兩間屋子全被打通，成了一片水池！她看見時都震驚了，所以這是最早的室內游泳池嗎？

而且這池邊還特別砌了臺階，要是不想游泳，就可以坐在臺階上頭玩水。謝清溪一高興就要拉著陸庭舟去玩水，結果陸庭舟卻藉口前院有事。

要是平日謝清溪肯定不會放在心上，可是這會兒吧，她看著陸庭舟離去的背影，心裡頭那叫五味雜陳的。

之前太醫便說陸庭舟只怕會有後遺症，一開始謝清溪還沒在意，可是一直到回了王府，如今又到了莊子上，她才發現這幾日兩人睡在床上都是規規矩矩的，就像小學生一樣，居然是拉著小手一塊兒睡著的。

要知道，陸庭舟沒受傷之前，何曾忍過這麼長時間不和自己胡來？

所以方才她特意問陸庭舟，想讓他陪自己一起游泳，誰知他居然藉口前頭有事離開了。

謝清溪坐在臺階上，看著面前波光粼粼的池水。水裡倒映出來的人依舊是國色天香，美得不可方物。她這邊自然什麼問題都沒有，而陸庭舟也不可能昏迷了幾天後就突然變心了吧，所以她才會忍不住懷疑到那方面去了。

她握了握拳頭，忍不住在心裡想著，要是她懷疑的是真的，那這種事情確實是很尷尬，畢竟這關係到陸庭舟的男性自尊，所以謝清溪也不能開口問。她總不好直接說「小船哥哥，為什麼你最近都不和我玩搖啊搖，是不是你不行了」吧？要是她真問出口，日後只怕就不用做人了，估計連陸庭舟都得笑話她思春。這事要是放在平時，她是一點都不在意的，但是這會兒正是陸庭舟受傷醒來，所以她不禁懷疑這是不是就是太醫所說的後遺症？

謝清溪在現代的時候聽說過，有些人大腦受損嚴重的話，會影響到四肢的協調性，她有一個同學因跟人打架，被人用鐵棍子砸在腦袋上，當時她去看望過他一次，他吃飯的時候手都是哆哆嗦嗦的，說話的時候甚至還流著口水呢！

所以她這才害怕，陸庭舟是真的留下了什麼隱疾。畢竟要真是那方面的問題，以他驕傲的性子，肯定不會和太醫說，更不會在她面前表現出來的。

於是，謝清溪叫了齊心過來。

當然，剛開始問的肯定都是廢話之類的，後來她才開口問。「王爺這幾日吃飯吃得還香嗎？」

齊心忍不住抬頭看了她一眼，這話讓他可怎麼回答呀？難道王爺這幾日不是和您在一塊兒吃的？可是主子既然問了，作為盡職盡忠的好奴才，他當然得回答。「主子這幾日吃得還香。」

「那他睡得還好嗎？」謝清溪忍不住想捂臉了，她這問的都是什麼問題呀！

可是問來問去，她就是沒問到重點，待過了半天，還是揮手讓他離開了。

晚膳的時候，謝清溪特地讓人煲了冬蟲草燉乳鴿湯。她查了醫書，見冬蟲草有滋補壯陽的效果，便讓人做了。她不好意思做什麼牛鞭湯，這種的實在太明顯了。

晚上，陸庭舟正在書房裡頭看信，一切進展都如他預期的那般順利。

這時齊心進來了，後頭還跟著朱砂。

陸庭舟一抬頭便問道：「妳怎麼過來了？可是王妃有事？」

「王妃見王爺近日頗為操勞，便讓奴婢送些湯水過來。」朱砂低頭說道。

陸庭舟有些詫異，看了齊心一眼，卻見他垂著頭沒說話，他於是笑道：「妳便放在這裡吧。」

朱砂趕緊放在案桌邊上，告退的時候又道：「王爺，這湯是娘娘親自熬的，娘娘說趁熱好喝。」朱砂出去的時候，臉上還是紅的。她想了想，覺得自己剛才說的話可真是夠蠢的，說什麼不好，居然說那湯是王妃親手熬的！她是見這是謝清溪頭一回給陸庭舟送宵夜，所以想替謝清溪在陸庭舟跟前搏一回賢妻的名聲。

此時書房裡頭，就剩下陸庭舟和齊心兩人，他低頭看了眼面前的青竹白瓷罐，忍不住輕笑一聲。

齊心一抬頭就看見王爺摸著那瓷罐，他趕緊上前，笑道：「王爺要是想喝湯，奴才給您盛？」

待青竹白瓷小碗放在陸庭舟面前時，他一眼便瞧見了裡面的冬蟲草。他涉獵廣泛，自然知道冬蟲草的療效。他抬頭看了一眼齊心，立即冷笑道：「說。」

齊心的心肝抖了抖，麻溜地一下就跪了下去。他沒敢看陸庭舟，只輕聲說道：「王妃娘娘今兒個叫了奴才過去問話，只問了這幾日王爺用飯香不香、睡覺可還好。」

陸庭舟這幾天都是跟謝清溪一塊兒吃飯的，吃飯這事自然犯不著去問齊心。至於睡覺……陸庭舟一下子就頓悟了，可又忍不住搖頭，也不知這丫頭腦子裡想的究竟是什麼，竟會往這處想。陸庭舟此時既已知道了，就慢條斯理地開始喝起湯來。

他一邊喝還一邊問齊心。「那你怎麼和王妃說的？」

齊心如今都快嚇死了，心裡頭直打鼓。他雖不知王妃為何有這樣的想法，可這會兒既然王妃懷疑了，那肯定也是有問題，所以朱砂來送湯的時候，齊心很爽快地將人領了進來，不過這會兒他肯定是不敢把心裡的想法說出來的。

他斟酌了下後，道：「奴才只說王爺吃飯還好，至於這睡覺，奴才就真不知了。」

「滾下去。」陸庭舟沒好氣地看著他。要不是知道他這是關心自己，恨不能讓人拉著他下去打個二十大板了！不過他走到門口的時候，陸庭舟又叫道：「回來。」

齊心趕緊回來。

陸庭舟看了一眼桌上還放著的青竹白瓷罐，道：「這湯就賜給你了。」

齊心恨不能給他跪下了，這壯陽的湯賞給他，豈不是浪費了？不過礙於面前人的目光，他還是乖乖地把湯端走了。

謝清溪此時已經洗漱好了，一頭長髮披散在肩頭，拿著梳子梳完頭髮，正準備敷面時，就聽見內室的門被推開。

月白一回頭，正準備請安，就聽見清冷的聲音吩咐著——

「妳們都下去。」

謝清溪一轉頭就看見陸庭舟平靜的面容，可是他的眸子烏黑發亮，就像是看似平靜的海面，內裡早已經波濤洶湧。

她站了起來，輕聲叫了句「六爺」，正想著要怎麼解釋時，就見陸庭舟跨步而來，一下子便抱住了她。他身上還帶著外面的熱氣，整個胸膛如同滾燙的烙鐵般。

只見他低頭，一下子便咬住她的脖頸皮膚，他用牙齒細細地咬，有一點刺痛，然後下一秒濕潤的舌尖又滑過那齒痕，又軟又熱的刺激讓謝清溪整個人都抖了下。

「聽說我的王妃在懷疑她的夫君不能人道了？」陸庭舟就伏在她的耳畔，聲音猶如裹著毒藥般，危險又迷人。

「沒！小船哥哥，你聽我說——」謝清溪以為他是惱羞成怒，忍不住喊出最親密的小名。可下一秒，她整個人就被橫腰抱起。

當陸庭舟壓著她的時候，謝清溪伸手摸著他的臉蛋，這眉眼、這通身的貴氣、這滿身的乾淨，謝清溪忽然覺得這輩子她活得比誰都值得。

她伸手去摸他的唇，這樣淡漠的一個人，卻偏偏有一張豔若桃李的唇，就算不抹口脂，這唇也極好看。

「喜歡嗎？」陸庭舟盯著她問，說話間卻是伸出舌頭舔了她的手指，激得謝清溪忍不住往後躲。

不過此時她整個人都被他壓在身下，只穿著薄薄的中衣，只消掀開下襬，就能看見像是上了一層最好白釉的皮膚，嫩得跟豆腐一樣，摸上去滑不溜丟的。陸庭舟一想到，心裡頭就跟燒了一把火一樣。

謝清溪一下子就感覺到了他的「精神奕奕」，如今哪還有什麼懷疑呀？既然知道這不是什麼後遺症，她乾脆也不試探了，呵呵地乾笑了兩聲就開始求饒。她這人最是務實了，知道今兒個是得罪陸庭舟得罪得狠了，今晚他肯定是真下了狠心要整治自個兒，所以這會兒什麼好話她都敢往外說，什麼「小船哥哥最厲害了」、「小船哥哥最棒了」……

謝清溪雙眼無神地看著頭頂的大紅丹鳳朝陽紗帳，只覺得都是騙人的！

旁邊的陸庭舟一手撐著頭，一手覆在她纖細的腰肢上，將頭埋在她的脖窩，輕聲問道：「現在還覺得本王不行嗎？」

待她睡著後，陸庭舟才抱著她去梳洗了一番，全程她都閉著眼睛，無力地靠在自己的懷中，別提多乖順可愛了。這幾日正值事情的關鍵時候，所以他難免有些冷落了謝清溪，卻不知她是如何想到那方面去的。

待他抱著謝清溪回來，將她放在錦被之中，在她額頭輕輕吻了一下後，便起身出去了。

等他換了一身玄色衣裳出現在前院時，就看見裴方已經等在那裡，而長庚衛中的許多人也安靜地站在院子中。

「走吧。」

京城郊外，一行四人此時正騎著馬往北而去，看樣子是要遠離京城。不過很快地，四人就勒住了韁繩，停在了官道之上。對面火光閃耀，數十個火把將夜幕染成一片紅色。

這邊停住了，可對面的人馬卻策馬過來。

四人中的其中一人立即低聲喊道：「您先走，我們來擋住他們！」

「你們不過是三人，對面最起碼有四十人，你確定你們可以以一當十嗎？」領頭的人看著對面的人馬，沈聲道。

待對面這些黑騎緩緩而來，就見馬上騎士皆穿著玄色衣衫，臉上覆著黑色面罩，只將眼睛露了出來。更讓他們警惕的是，這些騎士胯下所騎的駿馬也是通體為黑，高大雄駿，匹匹都是千里良駒。

在距離他們數丈遠的時候，為首的騎士突然勒住馬韁，駿馬長嘶一聲便停了下來，而緊隨著他的幾十名騎士也都紛紛勒住韁繩，駿馬紛紛停住腳步，就如行軍的隊伍般，沒有絲毫的紊亂。

別說他們只有三人了，就算對方也只有三人，只怕他們都未必走得了。這是一幫訓練有素的騎兵，這等的威武，只怕各個都是以一當十的好手。

「我等乃是大同人士，因家中有急事，還望諸位行個方便，讓開一條路可好？」這邊領頭的人恭敬地朝著對方領頭的騎士說道。

他身後跟著的其他三人險些絕倒，人家擺明了是衝著他們來的，先生居然還能說出這樣的話？

對方為首的人並未開口，接著就聽對面又傳來馬蹄聲，那是一匹馬不緊不慢地行進的聲音，瞬間傳進了這邊四人的耳中。

當那人騎著馬走近時，騎士們立即從中間分開，自動給身後的來人讓出了一條路，可就算是讓路，這些騎士依舊整齊排列著。

一匹棗紅色的高頭大馬出現在最前方，四人中為首的那個在看清馬上人的面容時，終究是臉色大變。

騎在馬上的陸庭舟看著對面的人，突然輕輕一笑，問。「我如今是該稱您陳先生，還是成先生呢？」

——未完，待續，請看文創風377《龍鳳呈祥》6（完）

2016 線上書展
狗屋CASINO

精彩連三元 文創風 猴年不孤單

步步為營 字字藏情／清茶一盞

2/23 陸續出版

文創風 381-385

《醫諾千金》

前世她是個孑然一身的女殺手，為了生存，只能讓雙手沾滿血腥，
不料穿越後，她竟成了夏家醫堂的三房千金夏衿，
不但祖上三代懸壺濟世，還多了雙親疼愛，享盡不曾有的天倫之樂，
怎奈日子雖與過去天差地別，卻不代表從此和樂美滿，
皆因原先的夏衿雖體弱多病，但不至於喝了碗雞湯就香消玉殞，
如今平白無故死了，在曾為殺手的她看來，其中必有蹊蹺！
偏偏這大門不出、二門不邁的小嫡女能惹上什麼仇家？
最可疑的，便是那鎮日與三房為難作對的大房了，
這不，她才剛釐清真相，又一堆烏煙瘴氣的糟心事接踵而來，
不巧他們這回的對手，不再是過去的軟弱小姑娘，
她要讓大房知道——既然有膽招惹，就別怪她不客氣！

書展限定 **新書優惠75折**，訂單滿500元再送一張刮刮卡！

♥幸福大樂透

猴年猴賽雷，快來試手氣！買一本就能抽獎，
只要上網訂購且付款完成，系統會發e-mail給您，附上抽獎專用之流水編號，一本就送一組，買10本書就能抽10次，不須拆單，買愈多中獎機率愈大！**2016/3/10**在狗屋官網公布得獎名單，公布完即開始寄送，祝您幸運中大獎！！

★頭獎 HTC Desire 526G+ dual sim(1G/16G)..................共**1**名
可選擇喜愛的內容當作首頁，隨時更新，
800萬像素主相機及內置200萬像素鏡頭為妳捕捉精采時刻！

★二獎 Canon PIXMA MG2170多功能相片複合機..............共**1**名
日本製噴頭/墨水合一設計，外觀俐落，方便收納，
創意濾鏡特效列印將平凡照片變得超有趣～～

★三獎 SONY 5000mAh CP-V5 行動電源..................共**5**名
色彩繽紛，纖薄時尚，隨身攜帶超輕巧，
5000mAh電池容量可讓手機完全充電兩次！

★肆獎 狗屋紅利金200元..................................共**10**名
粉絲必備狗屋紅利金，搬書回家還能省荷包，一舉兩得～～

★小叮嚀

(1) 請於訂購後兩日內完成付款，最後訂購於2016/3/3前完成付款才算有效訂單喔！
(2) 寄送時間：2/3前完成付款之訂單，會於2/5前依序寄出，
2/4之後的訂單將會在2/15上班日依序寄出。
(3) 如訂單上有尚未出版之書籍，會等到書出版後一併寄送。
活動期間親自至本社購買亦享有相同折扣，請先電話聯絡確認欲購書籍，以方便備書。
(4) 購書滿千元(含)以上免郵資，未滿千元郵資65元。
(5) 書展活動結束後，Q版鑰匙圈將恢復定價49元在官網上單獨販售。
(6) 特賣書籍因出書時間較久，雖經擦拭、整理，仍有褪色或輕飾痕跡，故難免不如新書高麗。
除缺頁、倒裝外無法換書，因實在無書可換，但一定會優先提供書況較良好的書給大家。
若有個人原因需要換書，需自付來回郵資。
(7) 各書籍庫存不一，若遇缺書情形可選擇換書或退款。
(8) 歡迎海外讀者參與(郵資另計)，請上網訂購或是mail至love小姐信箱
(love@doghouse.com.tw)詢問相關訊息。

狗屋．果樹有權修改優惠活動的實施權益及辦法。

為流浪貓狗加油 和貓寶貝 狗寶貝 廝守終生（一定要終生喔！）的幸福機會

對人來說，貓寶貝狗寶貝只是生活的一部分，但妳（你）對牠們來說，卻是生活的全部，領養前請一定要考慮清楚——

▲ 帥氣又友善的Jimmy

性　　別：男孩
品　　種：混種
年　　紀：1歲多
個　　性：親人、親狗、親貓、親小孩，愛撒嬌，非常友善
健康狀況：已施打預防針，有一隻腳在流浪時受過傷，
　　　　　但不影響跑、跳與作息
目前住所：台北市北投區

本期資料來源：台灣認養地圖http://www.meetpets.org.tw/content/62422

『Jimmy』的故事：

Jimmy是來自於板橋收容所的孩子，2015年4月被前任主人認養出去，但前任主人採取放養的方式，所以Jimmy不見了主人也沒找回。後來9月愛媽在北投區山上餵食浪浪時發現了Jimmy，當時牠看起來非常狼狽、無助，而且也餓到沒有力氣走動，虛弱地躺在山腳邊，甚至有一隻腳還受傷了！

愛媽急忙帶下山、掃了晶片，經過一番周折，終於聯絡到前任主人。但是前任主人遲遲不願出面接回Jimmy，甚至表示不想再繼續飼養牠了。

後來，志工主動與前任主人接洽，請求前任主人轉讓飼養資格，由志工繼續幫Jimmy尋找下一個愛牠的主人。

經過幾個月的調養，Jimmy終於恢復了原來的健康，心情也開朗許多，對小朋友非常友善，喜歡向人撒嬌，也喜歡跟其他動物一起玩耍～～甚至可以跟貓咪和平相處呢！

你願意給遭受遺棄卻依然乖巧、信任人類的Jimmy一個永遠幸福的家嗎？有意認養者請來信carolliao3@hotmail.com（Carol 咪寶麻），主旨註明「我想認養Jimmy」，感謝大家。

認養資格：

1. 認養者須年滿25歲，有獨立經濟能力，並獲得家人、同住室友或房東的同意。
2. 認養前須填寫問卷，評估是否適合認養。
3. 須同意簽認養寵物切結書。
4. 同意送養人日後之追蹤探訪，對待Jimmy不離不棄。

來信請說明：

a. 個人基本資料：姓名、性別、年齡、家庭狀況、職業與經濟來源等。
b. 想認養Jimmy的理由。
c. 過去養寵物的經驗，及簡介一下您的飼養環境。
d. 若未來有當兵、結婚、懷孕、畢業、出國或搬家等計劃，將如何安置Jimmy？

世道忠奸難辨，唯情冷暖自知／朱弦詠嘆

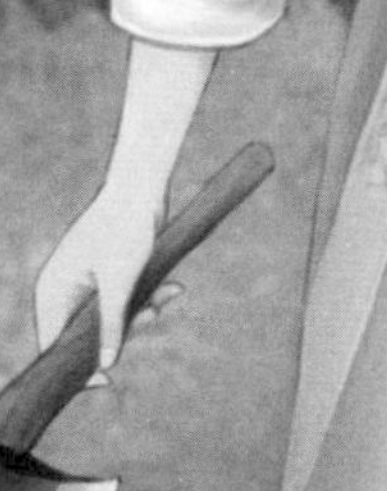

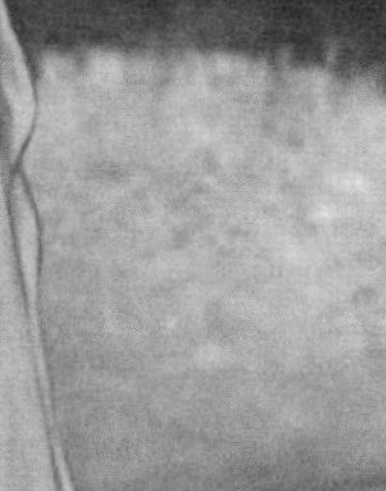

2015年9月出版

嫵妹當道

父親是清流良臣，丈夫乃弄權奸臣，
雖說忠孝情義自古難全，
可於她而言，父母之恩得報，夫妻之情也不得棄！

文創風 335 **1**

她曾是在刀口舔血下過日子的精英特務，
因一場意外而穿越到這大燕朝來。
當今世道是國將不國，清流之首的親爹偏又得罪寵臣霍英而下了詔獄。
為了救父，素有京都第一才女之名的長姊不惜委身於這廝，
孰不知，惡名昭彰的霍英竟看上了她，還指名要娶她為妻？!
想她蔣嫵也絕非善類，外無賢名，還是個眾所皆知的「河東獅」，
與這謠傳以色侍君、擾亂朝綱的大奸臣倒堪稱「絕配」！

文創風 336 **2**

霍府中姬妾成群，雖說她言明不與人共事一夫，
卻沒想到夫君當真守諾獨寵她一人，著實讓她驚喜萬分，
當夫妻倆的感情正漸入佳境，趕巧碰上金國和談一事，
由於清流一派的推波助瀾，霍英被迫立下軍令狀，
若和談協議失敗，便要奉上自個兒的項上人頭。
明知父親是為國除奸而後快，可夫君對她的疼惜又不似作假，
於她而言，這父母之恩要報，夫妻之情也得守！

文創風 337 **3**

與他相處日深，她越發難辨世人眼中的忠奸，
當長姊與小叔情意暗許之事浮上檯面時，
以清流自許的父親為了聲名，竟不惜棒打鴛鴦、賣女做妾；
反觀，她的夫婿對外頂著罵名搶親下聘，讓有情人終成眷屬，
暗地裡又為了保護小皇帝而與居心叵測的英國公周旋，
他忍辱負重至今，於她心中，孰高孰低，早已分曉……

文創風 338 **4**

霍英手握天子暗中交付的虎符，以病癒為由先行回京，
雖說暫且鎮住英國公奪權篡位的心思，
卻斷不了小皇帝服用禁藥「五石散」的癮症。
好不容易勸服了皇上戒除藥癮，
哪知他一片赤誠之心，竟換來君王的疑心與猜忌，
還派出影衛來截殺出遊避禍的霍家人？!

文創風 339 **5** 完

自扳倒英國公以降，夫妻倆便打算功成身退、退隱朝堂，
小皇帝卻為了留下霍英，不惜於千秋大宴上安排刺客，
還利用他愛妻如命之心，將心思算計到懷有身孕的蔣嫵身上，
種種舉措已令君臣心生隔閡，
不意他一時直言為忠臣求情，反而觸怒龍顏，身陷囹圄，
虧得她臨危不亂，出謀劃策大造輿論，使小皇帝收回成命，
卻未料，才剛救夫出獄，她赴邀入宮就遭人下藥險些難產喪命……

文創風 376

龍鳳呈祥 5

國家圖書館出版品預行編目資料

龍鳳呈祥 / 慕童著. --
初版. -- 臺北市 : 狗屋, 2016.01-
冊 ; 公分. --（文創風）
ISBN 978-986-328-549-6（第5冊：平裝）. --

857.7　　104024774

著作者	慕童
編輯	黃淑珍
校對	林俐君　蔡佾岑
發行所	狗屋出版社有限公司
地址	台北市104中山區龍江路71巷15號1樓
電話	02-2776-5889～0
發行字號	局版台業字845號
法律顧問	蕭雄淋律師
總經銷	知遠文化事業有限公司
電話	02-2664-8800
初版	2016年2月
國際書碼	ISBN-13　978-986-328-549-6
原著書名	**《如意书》**，由北京晉江原創網絡科技有限公司授權出版

定價250元

狗屋劃撥帳號：19001626

網址：love.doghouse.com.tw　E-mail：love@doghouse.com.tw